长篇小说

中国版《兵临城下》，绝地枪王再现江湖！

一个人的狙杀

中国王牌狙击手的神秘传奇

青斗◎著

西苑出版社
XI YUAN PUBLISHING HOUSE

图书在版编目（CIP）数据

一个人的狙杀 / 青斗著. —北京：西苑出版社，2015.12

ISBN 978-7-5151-0553-6

Ⅰ. ①一… Ⅱ. ①青… Ⅲ. ①长篇小说－中国－当代
Ⅳ. ①I247.5

中国版本图书馆 CIP 数据核字（2015）第 313681 号

一个人的狙杀

作　　者　青斗
责任编辑　雷燕青
开　　本　710 毫米×1000 毫米 1/16
印　　张　16
字　　数　240 千字
版　　次　2016 年 4 月第 1 版　2016 年 4 月第 1 次印刷
印　　刷　北京市通州运河印刷厂
书　　号　ISBN 978-7-5151-0553-6
定　　价　36.00 元

出版发行　西苑出版社　北京市朝阳区利泽东二路 3 号　100102
发 行 部　（010）84254364
编 辑 部　（010）84250838
总 编 室　（010）64228516
网　　址　http://www.jccb.com.cn
电子邮箱　jinchengchuban@163.com
法律顾问　陈鹰律师事务所　（010）64970501

目录

CONTENTS

001 神枪手 1

002 怒火猎杀 13

003 百缕衣 25

004 狙击定水河 37

005 神枪定山林 48

006 枪道 62

007 日军别动队 74

008 单枪夺县城 87

009 便衣队 99

010 全歼便衣队 111

目录

CONTENTS

121 011 被困黑土岭
135 012 危险的军犬
148 013 突袭招待处
158 014 绝命连环套
174 015 飞弹毙敌酋
183 016 狙杀飞行员
196 017 崎川卫队
210 018 阵地阻击战
227 019 危险的敌人
241 020 最后的决战

001　神枪手

故事发生在令中华民族饱受苦难和屈辱而刻骨铭心的抗日战争时期。

茂密的蒿草遮掩着其后面一个隐蔽的洞穴。不是十分留意，在这座林密草深的大山里根本不能发现它的存在，即使是走到这个洞穴的近前。

唐林躲藏在一块大石头后面，眼睛一眨一不眨地盯着那个洞口，手中的那杆汉阳造步枪的枪口正对准那里。他潜伏在这里已经几个小时了，为的是静候躲藏在洞穴中的一只猎物，一只狼。

这只落单的野狼近几日不断地惊扰山下的一座村庄，咬死了五只猪羊不说，竟然在大白天里还袭击了正在田地里劳作的一个农妇，咬住那瘦弱农妇的左腿想将她拖进林子里。那农妇大声惊呼，引来了附近田里的几个手持农具的农民。这只狼见势不妙，才落荒而逃。

唐林闻讯赶来，从这只狼的足迹来看，知道这是一只壮实得如牛犊的大狼，怪不得在白日里敢袭击人呢。唐林跟踪到了山里，那只狼似乎察觉到了危险的存在，躲藏在洞穴中不出来了。

唐林是个仅仅二十岁的年轻猎人，更是这里远近闻名的“神枪手”，人称“神枪唐林”。他的祖祖辈辈都是猎户，这种靠猎取山林中猎物来维持生计的本事不知传了多少代了，以至于造就了唐家每一代人都是出色的猎人。

唐林三岁就跟着父辈们在山林中游走，逐渐具备了一个优秀猎人所应有的素质和本领。他还是一个天生的猎手，除了继承了祖辈们的经验之外，竟然还在山林中磨炼出了几种自己独特的父辈们所不能具备的本事。

一个人的狙杀

唐林的目力极强，在全神贯注下，不但能看清三四十米外树木上的昆虫的形状，甚至有时候能清楚地辨识出昆虫身上有几个斑点，当然也能抬手举枪，一击而中。在唐林看来，远处的物体，他有能拉近的感觉，这可是他十几年来闲时坐在那里目定意想而练就的特殊本事，对正常人来说是一种匪夷所思的事。

这时，唐林感觉到了身体右侧两米外有轻微的异样。从在石土和地面树叶上蹦跳所触及发出的细微的声响来判断，那是一只机警的小动物，应该是一只松鼠。自小在山林中的唐林，与其说是磨练成了，不如说是感觉成了一种奇异的敏锐的直觉。在他全神贯注的感应下，可以感觉到身体周围一切异常的变化，甚至于是路过的蚂蚁和蚊虫的形状。尤其是在危险迫近的时候，这种感觉更加地明显，这或许说是一个天生猎人的直觉。

太阳开始西落了，那种似乎可以触及到的光辉洒满林木中，令人有些眩晕。唐林已经静候七个多小时了，那只狼仍旧无任何动静，这是猎人和猎物在较量着耐心。

先前为了猎杀一头豹子，唐林曾在草丛中潜伏了三天四夜，直到那头豹子走至他所持的火铳的射击范围之内，才一枪打出了个“对眼穿”——左眼进，右眼出，击毙了那头凶猛的豹子。那主要是由于武器上的局限，不如现在手里的这杆汉阳造成得心应手。

这杆汉阳造步枪才称得上是真正意义的猎枪，比那支用了几辈子人的火铳强多了。猎枪是猎人的第二生命，说起这杆步枪的来历，唐林颇为得意。

那是在半年前，镇上的乡绅张介洪在一次外出的路上遇到了土匪，欲行那绑票勒索之歹事。当时张介洪的两名随行家丁被打死，就在张介洪束手就擒的时候，恰好唐林在半路遇上了。他射了几火铳，伤了那几个土匪，将对方惊走了。唐林只猎杀野兽而不杀人，这是他的原则。

那张介洪对救了他一命的唐林感激不尽，尤其对唐林能决定人生死的神奇枪法赞叹不已，当时就赠送了唐林一杆汉阳造步枪和一百发子弹。张介洪是地方豪绅，拥有自己的地方武装，宅子里养了三十多条人枪。

“鸟枪换炮”的唐林对这杆步枪喜爱之极，未用上一天便熟悉了这杆步枪，那种感觉真是好极了，因为对他来说这是在武器上的一个质的飞跃。对唐林来说，如果有更好的枪，他甚至能将月亮打下来。

世代为猎户的唐家，其先人在明朝时就开始使用火器来猎取猎物了。不知是唐家的先人无意中发明的还是有什么世外高人密授，唐家有一种神奇绝秘的可延长枪弹射程的法子，那就是取十年以上的雄鹿的鲜血，在烈日下暴干后研末，按一定比例混掺于火药中，可将弹丸的精确射程延伸百米以上，甚至更远。看来鹿是一种神奇的动物，那位美国义勇军的夏普少校以鹿油包裹子弹延长射程的方法与唐家的鹿血秘法有异曲同工之妙。

另外，唐家还有一种更奇更绝的“消声粉”。这是一种神奇的由几种罕见的矿石提炼的粉末，混合于火药中，在火光一爆之际，能起到一种奇妙的化学变化。弹发时，有烟无声，击杀鸟兽于不觉中，防其余类惊走，此法最为奇特，有比那种现代消音器还神奇的效果。数米之内，但听得一声闷响而已，这便是相交甚厚的猎户中也不轻易相授的秘法。

这种神奇的“消声粉”还是唐林的太爷爷在世的时候，和一位远方来的猎人以火药中合以雄鹿血以延长枪弹射程的家传秘法交换来的，后又经过改进，二方合一，创造了唐家独有的可在特殊情况下击杀远处目标的“无声子弹”。

这些中华民族的在山林中猎取鸟兽为生的猎户们，发明了比现代军工们都想象不到的神奇的科研成果。虽然它们那时只适用于猎取以果腹的猎物，也仅仅是为了能猎取到更多的猎物而发明的。人类的智慧真的是无穷尽的！我们要向这些伟大的猎人们致敬！

（注明：以鹿血干粉末掺于火药中可延长子弹的射程，可参阅清人纪晓岚《阅微草堂笔记》，其中有此记载。那种“息声粉”的实物在新中国成立前的某些山区的猎人中流传过，但配方早已失传，传说中确有此神奇的消声作用。）

这时，唐林心中一动，感觉到那头狼终于耐不住寂寞和饥饿要出来了。因为他发现了洞穴内幽光一闪，那是狼的眼睛。

一个人的狙杀

“出来吧！我的狼！你的命已属于我！”唐林心中自信地嘀咕道。

唐林现在所隐藏的位置距离那处洞口约有四十余米，并且有意地选择在了下风头，这是为了避开那头狼敏锐的嗅觉。聪明的猎人和狡猾的猎物之间的那种斗智斗勇的感觉，是唐林最喜欢的，并且期盼着能遇到一个真正的对手。但是他知道这是不可能的，因为它们只是动物而已，而自己手中掌握着一种对它们来说是恐怖和致命的武器——步枪。这便是人和野兽的区别。

洞口处，那只狼的头快速地探出了一下，虽然未及两秒，但可以瞬间察觉到洞穴外面有无危险的存在。但与此同时，一声枪响，它的头颅垂瘫在了洞口处，并没有来得及收缩回去。狼死也未能明白，外面的猎人为什么还在这里，为什么能算出它在这一刻要探出头来，而且能领先于它的思维而开枪。

唐林感觉到了那头狼的头骨在子弹冲击下的碎裂声。他的嘴角现出了一抹微笑，然后收枪起身，头也不回地转身去了。

夕阳包裹住他的身影，融化在了万物之中，直至不见，显示这一切都是自然的存在。

天地之间，只有一个猎人在行走。

唐林回到了自己在山中隐蔽的猎屋，这是背靠在一座孤立的悬崖下的几间木制的房屋，这是他的家，与山为伍、与草木为伴的家。两年前父亲病逝后，就剩他一个人过活了。唐林还有一个姐姐叫唐翠，嫁给了镇上一个叫王国深的小学教员。前些日子唐林去姐姐家，唐翠神秘而又兴奋地告诉唐林，他要做舅舅了。这个意外的好消息着实令唐林兴奋不已。

第二天一早，唐林拎了几只山鸡野味到镇上去看望姐姐。他要给姐姐滋补滋补身子，日后生出个强壮的外甥来，好教他打枪。另外，他还要去北屯看一个人。

唐林很少出山，二十年浸染于山林中的生活，养成了他冷静的性子。除了用猎物换取些生活上的必需品外，他不愿意与外界接触。甚至被他救过的张介洪和几家大商行重金聘请他做保镖，唐林都不去。他喜欢游走在山林中的感觉，大山中才是他的世界，更是他无拘无束自称霸王的天地。山外面的一切，都与他无关。也因为如此，山外面的人很少有识得唐林真面目的，愈增加了其神秘感。“神枪唐林”对这一带的老百姓来说，是一个神龙见首不见尾的英雄符号，便是土匪都敬而远之。当然，唐林此次除了去看望姐姐一家，还有一个令他怎么也忘不掉的叫罗妹的姑娘。

罗妹是姐夫王国深的表亲，两个月前唐林在姐姐家见到她的。当时唐林挑了一担水回来，见屋子里坐了一位姑娘，大大而又明亮的眼睛，一条乌黑的垂直到臀部的长辫子，纯朴迷人的美丽令唐林呆看了好一会儿。

“你就是那个神枪唐林啊！”罗妹惊喜地站起身来，大方地说道。

不知怎么，唐林当时感觉到脸上发热，一时间竟说不上话来，站在那里难受地支吾着，心中却自升起了一种奇妙的感觉。

一旁的姐姐唐翠看出了些门道，笑呵呵道：“林子，这是你姐夫的表妹，叫罗妹，就住在后屯。今天知道你来，我特地叫她来家的。”

罗妹那边脸色一红，低下了头去。敢情今天是来相亲的。

“嘿嘿！”唐林挠了挠后脑勺，难为情地笑了笑。

就这样，唐林和罗妹认识了。

在罗妹走后，唐翠对唐林说道：“这姑娘怎么样？还合你的意吧。你也到了成亲的时候了，不能老是住那山里的猎屋中，也应该过一个安定的日子了。姐知道你过惯了山里的生活，但不能一个人在山里过一辈子吧。爹妈走得早，没人疼你，也该有个人来管你了。”说着说着，唐翠的眼睛湿润了。

“姐，不管怎么样，我不愿意下山来住。”唐林执拗道。

“这可由不得你，总不能让人家姑娘陪你上山当野人吧。这事儿听姐的，再说了，这些年你打猎物赚来的钱也够你宽松地过日子了，姐可都给你攒着呢。人家姑娘和她的父母一听说介绍的是你，立即就同意了，只是要求你下山来住。猎照打，枪照放，但不能一走就在山中好几天不见影子。我和你姐夫商量好了，上了秋就让你们成亲，那时你就给我下山来，守着媳妇过日子。”唐翠以不容置疑的口气说了一大通。

想到这里，唐林摇头笑了笑。对他来说，山中游猎，就是他生活中的一切，甚至是人生的一种境界，是任何事情都不能改变的。好在与罗妹接触了几次后，这个通情达理的姑娘没有执意要改变他的生活习惯，并且还说日后他们可以有两个家，山里一个，山外面一个。不论唐林走到哪里，她都会相随的。

从此唐林便有了一份牵挂，他的生活中又多了一种来自大山外面的美好的东西。

出了山口上了大路，唐林迈开大步有力地走去。

行了一程，忽听得前方一声清脆的枪响，从树林中惊飞出一只野鸡，惊窜飞去。紧接着又是一声枪响，那只野鸡仍旧在惊飞，两枪未中，也是那只野鸡胡乱惊飞之故。

唐林这边看得真切，笑了笑，从肩膀上摘下那支汉阳造步枪，抬手就放了一枪，已飞至百米外的那只野鸡应声而落。百米左右的距离对唐林来说，根本就不用瞄准，虽然还是一个处在动态下的不稳定的飞行目标。

“好枪法!”随着一声洪亮的喝彩声，从树林一侧转出了五名骑马的全副武装的军人。唐林认得，那是驻防在定河县城的国军。

一名军人驱马前去将那只落地的野鸡拾了回来，举在手中兴奋地喊道:“团长，命中头部!”

“呵呵！方圆百里内能一枪击中鸟兽头部的，只有一个人，那就是神枪唐林!”为首的一名军官笑道。

那名军官驱马来到唐林面前，跳了下来。这是一个有着英俊面孔的年轻军官，虽是含着笑意，却自透着一种军人的威严。

“你就是唐林吧。久闻大名，今日一见，果然名不虚传！在下是国民革命军新编第七独立师28团团长张子龙!”那军官笑道。

“张子龙!”唐林惊讶道，“你是张老爷家的大少爷!”

唐林听人说过，镇上的乡绅张介洪有一个儿子叫张子龙的，是国军中的一名团长，率部驻守定河县城。

“正是本人!”张子龙拍了拍唐林的肩膀笑道，“听家父说起过，你还救过他老人家一命，张某在这里再一次谢过了!”张子龙说着，朝唐林一抱拳。

“举手之劳，张大少爷不必客气！”唐林说道。对这个没有任何架子的国军团长，唐林立生好感。

“不，我应该谢谢你的。知道吗？你救下家父时击退的那几名土匪是来自四顶山的悍匪，我率部队围剿时的漏网之鱼。他们为了报复我，转而想绑架家父，庆幸的是被你遇见了，你说我应该不应该谢谢你啊！”张子龙感激地说。

“没什么，张老爷已经谢过我了，这不，还赏了我这支步枪！”唐林将手中那支步枪举了一下说道。

“哦！一名出色的猎人应该配有最好的武器，这支汉阳造太陈旧了，会限制你发挥的。”张子龙瞟了唐林手中的那支步枪一眼，然后一招手，身后上来一名卫兵。

张子龙从卫兵手中接过一支崭新的步枪，递给唐林道：“这支中正式步枪的威力和性能比你手中的这支汉阳造好多了，今天既然遇到了你这位神枪手，就送你一支作为见面礼吧。”

唐林见状，惊喜道：“谢谢张大少爷了！”双手接过来，抚摸着，应手的感觉果然比那支汉阳造步枪好多了。唐林喜不自禁。

张子龙笑道：“我是一名军人，不要再叫什么少爷了。对了，再给你配上 200 发子弹，用光的时候去县城 28 团的团部找我，随时欢迎你这位神枪手！”

张子龙说着，又从卫兵手里接过两联子弹搭在了唐林的肩膀上。

“谢谢张团长了！”唐林乐得合不拢嘴。

张子龙笑道：“就不要和我客气了。其实我早就想见上你这位远近闻名的神枪手一面了，可惜没有机会，今天算是缘分了。对了，看样子你是去前面的镇上吧，我正好要回家看望家父，也不远了，我们走着说会话吧。”

说着，张子龙亲热地拉了唐林一路走来。他的卫兵们在后面远远地跟着。

张子龙先是询问了一番唐林在山中狩猎的情况，然后感慨地说道：“真是羡慕你自由自在、无拘无束的生活，可惜现在是国难当头，令我们这些军人不能再有闲情逸致，否则真想和你在山中游猎几天。对了，唐林，有兴趣当兵吗？如果你愿意，我的28团随时欢迎你这个神枪手的加入，为国效力！”

唐林摇头道：“对不起张团长，我在山林中散漫惯了，军队中规矩太多，不适合我的。况且我不杀人，这是唐家祖辈定下的家规，任何时候唐家的后人都不能违背的，否则他就不能成为猎人的后代。真正的猎人是不杀人的，只猎杀野兽。”

军队对唐林来说，是一个杀人的团队。

张子龙听了，不无遗憾地说道：“人各有志，我也不勉强你。虽然说真正的猎人是不杀人的，但是在正义的情况下，也需要你射出枪膛里的子弹。”

唐林听了，暗里摇了摇头。先前救张子龙父亲的时候，也算是正义吧，但是唐林也只是将那几名土匪击伤惊走而已。他尽量不惹山外面的麻烦，因为山外面的麻烦都是山外面的人自己惹来的。对唐林来说，人不犯我，我不犯人，野兽除外。

张子龙这时又说道：“早就听说你不理山外面的事，可是这个世界是一体的，互相影响着的，已没有了那种传说中的偏安一隅的世外桃源。真要到了令你出枪的时候，也由不得你的。现在日本人已占了大半中国，并且还在疯狂地扩张，也正在朝我们这里逼进，战火快要烧到这边了！”张子龙的脸上呈现出了忧虑的神色。

唐林没有说话。他虽狩猎山林之中，也早已听说过来自海上一个孤岛上的日本国正在侵略中国。日本人就是唐林在赶庙会时听说书人常说起的那种倭寇，是来自外国的土匪。战争在唐林的头脑中还是一个模糊的概念，还是一件很遥远的事，似乎与他不相干的。祖祖辈辈游猎山林中的唐家，几乎没有受到山外面任何朝代更替和战火的影响，大山外面无论怎样变化，唐家的先人们始终是过着一种与世无争的恬淡宁静的狩猎生活，和野兽的斗智斗勇那是他们生活中的乐趣和生存的必要。有时虽有危险的存在，也是一个猎人所寻求的一种刺激而已，并且在唐家人的眼中，那种来自野兽的威胁几乎是不存在的，甚至说是一种遗憾。

张子龙见未能说服唐林投入到自己的28团当兵，也就没有再行说教。

他知道战争降临的时候，或许能改变唐林固执的想法。事实总比那些男儿当需保家卫国的说教来得奏效。并且张子龙倒真是希望这座大山能保住唐林心中的那一份安宁。在日寇铁蹄践踏下的中国，正在进行全面的抗战，几乎没有一块乐土可言了。

到了镇上，张子龙临别时，又对唐林语重心长地说了一句："希望日后能见到你的神枪真正一击必杀的威力！"然后率领卫兵回家去了。

唐林肩负了两支步枪兴致勃勃地来到了姐姐家。

姐姐唐翠的腹部早已高高凸起，行走已不甚方便了，再有十天半月的也就生产了。

从窗口望见了进入院子中的唐林，唐翠忙扶了床沿挪下了地，高兴地道："林子来了！"

进了屋的唐林忙将步枪和手中的几种山珍野味放在外间屋，上前扶了唐翠道："姐，你慢点，可别抻着。"

唐翠笑道："不碍事！又带来了野味啊！姐有你这个弟弟真是福气呢，山珍野味的吃不尽，镇上怀了孩子的媳妇都羡慕我呢！"

唐林笑道："只要姐能生出个健壮的小外甥，保管他能天天吃上老虎豹子肉，养得结结实实的，长大了我带他上山里打猎。"

唐翠笑道："那可不行，不能像你一样放在山里野性了。"

唐林道："姐夫呢？"

唐翠道："在学校里还没下课呢，一会你姐夫来家让他将你带来的东西收拾了，中午我们一家人吃顿好饭。"

唐林说道："不了，我还要到北屯一趟。"

唐翠听了笑道："去罗妹家啊！行啊！去吧，前天她还来家打听你呢。你也是，在山中一待就是十天半月的不回来，冷落了人姑娘家可不是什么好事，小心这个好媳妇跑了不嫁你。"

唐林"嘿嘿"一笑道："跑到哪我都能给追回来！"

"晚上来家住吗？"唐翠问道

"不了，镇上皮货店的汪老板向我订了一张皮子，催了我好几次了，见了罗妹后我还要回山里给他寻摸去。好皮子深山里才有，我要走远些了，怕是七八天回不来了。”唐林说。

“要小心了。”唐翠叮嘱道。

“没事，那些野兽们还不是像咱家里养的，顺便多取几张好皮子回来，给小外甥准备一份见面礼。”唐林笑道。

“你呀，真是贫嘴！”唐翠摇头笑了一下。

“对了，林子，听说东洋人要打过来了，现在已是人心惶惶了。姐看事情赶早不赶晚，你还是早些和罗妹把婚事办了吧，也省了姐的一桩心事。”唐翠忧虑道。

唐林道：“还是等姐将小外甥生下来再说吧，放心好了，管他什么东洋人西洋人的，不行都和我进山里去，饿不着你们。”

“唉！你总是将山外面的事不当回事，听你姐夫说，他们学校过些日子都要停课了，镇上有钱人家都准备走了。姐的身子不方便，也不知怎么办好了。”唐翠叹息道。

唐林想起了路上见到的张子龙，应该是回来接他的父亲张介洪走的，这才感觉到了事情的严重。安慰唐翠道：“姐，什么都别怕，让有钱人走他们的，我这次回山里将山中的猎屋收拾一下，风声紧了，我便过来将你和姐夫接进山里。”

唐翠道：“我一个要生产的人如何在山里住？听你姐夫说过些日子要将我送到乡下避一避，唉！到时候再说吧。那些东洋人也不一定能打过来呢！”

唐林不以为意道：“没事，有我呢！我去打听些消息再说。”

唐林又安慰了姐姐一会儿，然后出了屋子，觉得身边带有两支步枪不方便，于是将那支汉阳造步枪寻了块旧布裹了藏在院子中的柴房里，背了那支中正式步枪出了姐姐家直奔镇上汪记皮货铺。他要向汪老板打听一下目前的局势，汪老板是生意人，消息灵通，也比普通老百姓知道得多些。

“哟！唐林，你可来了！我订的那件皮子何时交货啊？人家客人等着呢！”一见到唐林，那汪老板便急不可耐地问道。

“听说日本人要打过来了，汪老板还惦记什么皮子！”唐林回应道。

那汪老板笑道：“别听那些人造谣，日本人连省城还未打到呢，一时半会的也打不到咱这里。况且这里穷乡僻壤的，日本人也不会感兴趣。一个从省城回来的朋友说，省城都闹哄哄的几个月了，也未见到日本人的影子，现在也安静下来了。还说国军的几个师都调往省城驻防了，足以挡住日本人一年半载的，到时候局势发生什么样的变化还不一定呢！你操那个心干吗？该怎么活还怎么活就是了。”

唐林听了，心中稍安，于是说道：“既然这样，汪老板在五六天后，和以前一样派伙计去我山中的猎屋取皮子吧，或有几张多的，先寄存在你这里便是了。”

“好！一言为定！那几张皮子我也包了，看质量定价。”汪老板高兴地说道。

唐林随后拒绝了汪老板请他吃饭的邀请，一路出了镇子，朝北屯而来。

走到无人处，唐林持了那支中正式步枪试射了几枪，子弹飞射出，贯穿力极大，凡是目之所及，无不击之。

中正式步枪全长 1.11 米，为 7.92 毫米口径，旋转后拉式枪机，毛瑟式前栓榫锁定，内藏式弹仓，5 发弹夹，表尺射程 2000 米。

乌黑漆亮的枪管，润泽的木制枪身，轻轻抚摸，好似罗妹那纤长滑腻富有弹性的手臂上的皮肤……

“好枪！真是什么都能打到了！”唐林赞叹道。

北屯是一座拥有百多户人家的村庄，出村七八里便能进山了。

唐林寻到罗家时，罗妹正一个人坐在堂屋里择菜，也许是聚精会神，或是在想着些什么，她没有发现唐林的到来。唐林站在门外，望着自己的未婚妻含笑凝思地坐在那里似画中的美人。

“你是在择菜啊还是在撕菜啊？”唐林望着罗妹手中不自觉地扯断了几段的菜梗，笑问道。

“你……你来了！”罗妹忽见唐林，好像对方看破了自己的心事一样，惊喜之余，脸色绯红地忙站了起来，带得青菜落了一地。

“呵呵！你就干这样的活啊！真是个笨丫头！”唐林笑道。

“你坏！”罗妹嗔怪道，内心却是无限喜悦。

“大叔大婶呢？”唐林问道。

“爹娘下地干活去了。”罗妹一边说着，一边给唐林端了碗红糖水来。

唐林在一边的桌子旁坐了，随手将步枪竖在了墙侧。

罗妹瞟了一眼，说道：“你扛支枪招摇过市的，怕人都不认识你啊？”

“方圆百里，唐林只有一个！并且猎户中只有我拥有真正的军用步枪，人家看到扛枪的老百姓，就知道是我唐林到了，通通给面子的！”唐林笑嘻嘻地道。

“吹牛吧你！”罗妹白了唐林一眼，坐在一旁。

“对了，前些日子我托人送来的几只野味家里都收到了？”唐林问道。

“收到了，谢谢你！”罗妹应道。

“和我客气个啥！”唐林说着，端起碗，“咕噜”一声，喝干了那碗糖水。

“你急啥！去过姐家了？”罗妹望着唐林喝水的样子，忍着笑道。

“嗯！刚从镇子上过来。”唐林抹了抹嘴说道。

“我给你做饭去！”罗妹起身道。

“不用了，坐一会儿我得回山里。现在局势有点紧张，我得赶紧给人家打张皮子回来，交付了事。”唐林说道。

“听说日本人要打过来了。”罗妹忧虑道。

“不用担心，我问过镇上皮货铺的汪老板了，说日本人一时半会的过不来，有国军在那顶着呢！”唐林说道。

“你早点回来，姐姐那边也快要生产了，局势又不稳，要是真有点啥事上哪找你啊！”罗妹提醒道。

“行！这次进山顶多也就十天八天的，回来后我就不走了，看看局势有什么变化再说。”唐林点头道。

“这样就好！”罗妹应道，脸上自有欢喜之色。

“我准备了些干粮你带上吧，山里用，也比总吃那种烧烤的野味方便些。”罗妹道。

“行啊！”唐林心中升起了一股暖意，这被人关心的滋味还真是不错。

又坐了一会儿，唐林便告别了恋恋不舍的罗妹，起身持了步枪去了。

002　怒火猎杀

唐林先是回到山中的猎屋，将张子龙送的那 200 发子弹进行了部分改造，也是改造成了那种延长射程的无声子弹。

歇了一晚，唐林早早起来吃了点东西便朝深山里出发了。

唐林的运气还不错，在第三天的下午便射杀了一头成年的豹子。用匕首将皮割了下来，又取了两块大腿肉，扛回了猎屋，以待那皮货铺的汪老板派人来取。意犹未尽，便又朝另一个方向进发了，他还想猎一只肥嫩的獐子，给生产后的姐姐月子里用。

山林深处，树茂草高，野兽出没，只有胆子大的猎人才敢孤身深入，猎取大一些的猛兽。对唐林来说，则是一处无拘无束任他游猎的世外桃源，是他一切快乐的所在。在这连绵起伏、没个尽头的大山中，才是他自视为王者的世界。在这里，他才能无所畏惧，任何危险他都能化解。山林中所熟悉的一切，树木、昆虫、石头、悬崖、野草，甚至于微风，都能成为他抵御危险的武器。而猎取那些猛兽，对于唐林来说，不过是增添生活在山林中的乐趣而已。

前面传来了一声枪响，是那种老式的火铳才能发出的略显沉闷的声响。

“杨三爷!”唐林闻之一喜。

这位杨三爷名叫杨立山，是唐林的父亲还在世时于山中狩猎时认识的来自大山中的另一名老猎人，彼此交好。唐林也从杨立山的身上学到了不少东西，是他在这大山里最为敬重的一个人。

唐林从枪声中判断出杨立山也到了大山深处，忙拾了一块石头在一棵树干上敲击了数下，这是他们猎户间在深山老林中联系的一种方式。

接着前方也传来了敲击树干的声响。唐林确定了位置朝前面走去。

不多时，一位健壮的穿着兽皮袄的白须老者出现在前面的一棵大树下。

“杨三爷，您老也来了！”唐林笑着迎了上去。

“是唐林啊！”杨立山笑呵呵地应道。

“怎么！换家伙了！”杨立山望着唐林手中的中正式步枪，眼睛一亮。

“真正的军用步枪！”唐林笑着将步枪递了上去。

“比你原来用的那支还好！”杨立山摆弄之余，颇有意味地羡慕道。

“这是一名国军军官送给我的，对了杨三爷，我原来的那支汉阳造日后送给您吧，让您老也来个鸟枪换炮。”唐林笑道，从杨立山的眼神中，唐林已猜测出了什么，索性先行说出。对于一名游走于山林中的猎人来说，有一支好的猎枪，就等于多了一条生命，因为那是安全的保障。

“呵呵！你要是舍得，那敢情好！我这支老掉牙的单发火铳早已不济事了。”杨立山听了，高兴地说。

“不知道您老人家来这里，否则就给您带来了。”唐林笑道。

“不忙不忙！你有这个心思就好！这支军用步枪对你来说真是如虎添翼啊！神鬼可击！龙虎可伏！神枪唐林以后愈发厉害了！你的父亲和爷爷都没有福气用上这等好枪哩！”杨立山感慨道。

“对了，前些日子袭扰山后村子的那只狼是你杀得吧，村里人要谢你哩！找不着你，便托我捎个话，请你有空去一趟。”杨立山又说道。

“小事一桩，有啥谢的。”唐林笑道。

杨立山道：“其实也是村里人好奇，借个由头想看看神枪唐林长什么样。你的大名算是传出去了，怎么不喜欢见人啊？”

“杨三爷，您老知道我的，不爱理会山外面的事。”唐林道。

杨立山笑道：“这样也好，神龙见首不见尾，真人不露相的。你父亲在世的时候，就曾令唐家神枪名扬这大山内外，到了你这里，枪头子打得愈发神奇了。就是那些摸惯了枪支的正规军人，也没听说有练到你这种境界的。好在你不杀人，只猎野兽，否则便会成为古今的第一位刺客杀手！天下间没有人能避得过你这一击必杀的神枪！”

唐林笑道：“杨三爷说笑了，听书听得多了吧，那些说书人说的都是编造的故事，杀一个活生生的人，哪是那么容易下手的。”

一个人的狙杀

“兵者！不祥之器！到了某种时候，也由不得你的。”杨立山摇头说道。

“对了唐林，前几天我在老爷岭那片林子里发现了虎踪，看上去应该是一只成年的老虎，个头比一头牛还壮实。我的火铳不行事，未敢跟下去惊动它，只有你和你的钢枪才能对付得了，你去那里转转吧。这般大兽，一般的猎人是不敢去惹它的，一击不成，反遭其害。”杨立山又说道。

“真的！”唐林闻之，精神一振。一张虎皮，足以卖上一个好价钱。镇上皮货铺的汪老板曾高价订购一张虎皮，三月而未得。并且虎的全身都是宝，入药的虎骨也是价格不菲，曾有药商向他约货的，一幅全架虎骨可售一百块现大洋的。若是猎杀了这只老虎，可与姐姐一家人还有罗妹一两年内生活无忧的。眼下时局动荡不安，有了这笔钱可暂避其祸。

“杨三爷，谢过了！此番不管猎得那老虎与否，日后必以那支汉阳造相赠。”唐林高兴道。

“不用和我老头子客气。对了，老爷岭岭后的那片老林子，你日后过去时要注意一下，我准备在那里布下一处‘连环套’。”杨立山说道。

“天罗地网连环套！”唐林闻之讶道：“这种杀伤力极大的布置，只有我小的时候见杨三爷和家父布过一次，那种精心设计的机关是专门为了对付狼群的。”

杨立山道：“近日我发现山中来了一群野狼，应该是从别的山里过来的，经常袭扰山外的村落，不布下这套机关难以对付它们，日后我会将狼群引过去的。”

唐林笑道：“待我有了时间和杨三爷一起对付那群野狼吧。”

兴奋的唐林随后谢过了杨立山，朝老爷岭方向而去。

在老爷岭上，搜寻了半天的唐林果然发现了有老虎行走过的踪迹。追踪野兽的本事是唐林的擅长，尤其是得到过这方面的高人老猎手杨立山的特别传授，辨爪印、闻气味，一路追踪了下去。

在几块岩石的后面，唐林发现了一处虎的巢穴。一只成年的母虎和两只应该是刚出生不久的虎崽。望着那两只嗷嗷待哺的虎崽，唐林笑了一下，收回了步枪，悄然退去。

唐林放过了这只母虎，是因为那两只还不能独立生存的虎崽。他不忍猎杀，否则日后便会少了两张虎皮。聪明的猎人，从不将山中的猎物斩尽杀绝，总是要留有猎物的储备，并且兽类中的幼仔，不在一名真正猎手的猎杀之例，杀母绝子的事也在其中。唐林知道，这三只老虎，日后必是自己的猎物，所以枪下留情，日后取之。

弱肉强食本是山林中的法则，对一名真正的猎人来说，他也在起着一种平衡的作用，将身心都融入到山林中的猎人，有时候也在保持着这种自然的和谐。虽然狩猎是他生活中的一部分。山不绝兽，林不绝鸟，才是猎人们长久的狩猎之道。这也是世代为猎的唐家遗下的一个祖训：不杀人，不绝猎。

在大山中游猎了四五天的唐林，这天来到了大山的另一侧。

这时，唐林隐隐听得远处传来了轰隆隆的声音，那是炮弹爆炸的声响，看来山那边正在打仗，可能是日本人真的打过来了。唐林的眉头皱了一下，他讨厌任何外来的事情干扰他的世界和打破这种山林中的宁静。

唐林登上了大山边缘的一座山顶，前方呈现出了一条公路，尘土飞扬，一辆辆汽车载满了身穿土黄色军装的士兵正沿着公路开进。一队队的步兵肩膀上扛着的步枪上面是明晃晃的刺刀，似如枪林刀山。几面膏药旗在上面胡乱地飘动。

“这就是日本人啊！”唐林忙寻了一射击点，卧倒，将步枪伸出架好。

一辆小型汽车上端坐了一名两手握着指挥刀，鼻子下长着一撮“仁丹胡”的日军军官。唐林将准星对准了他。

“妈的！人太多了，要是十来个人倒能将他们一窝收拾了！”唐林嘀咕了一声，犹豫了一下，没有开枪。

“这是日本人的军队，应该由张子龙的正规国军去对付。”唐林想着，收枪起身而去。并非唐林不敢射杀那名日军军官，便是多射杀几个，然后快速避入山林中，日本人也奈何不了他。只是唐家有祖训，只猎杀野兽不杀人的。也是久居山林中的唐林对山外面的世界不甚了解，觉得这些日本人还没有惹上自己，就由他们去吧。

在大山里又转悠了两天的唐林，总觉得心中有事，在猎到了一只肥大的獐子后，决定出山到镇上看望姐姐一家，毕竟日本人已经打过来了。日本军队刚出现在大山的另一侧，到达姐姐家居住的镇子上应该还有几天的路程，自己倒能及时地赶回去。

这天，唐林已望见了远处的山口。此时却听见了山外面传来的稀疏的枪炮声，本已心情迫切的唐林不由一惊。日本人来得太快了！他并不知道，在大山另一侧看到的日军其实是另一支部队。

一种不祥的预感涌了上来，唐林将肩膀上负着的那头獐子甩了下来，持了步枪飞身跑去，他惦记着姐姐一家人的安危，尤其是怀孕待生的姐姐。

跑出了山口，唐林看到了远方一处村子里冒起的浓烟和火光，战争终于降临到这块宁静的土地上了。

唐林心急火燎地奔跑着，忘记了刚走出大山时的疲劳和饥渴。镇子的影子终于出现在视野里，却是被浓烟笼罩着。

“姐！”唐林惊呼一声，飞奔进了镇子。镇子显然是遭到了日军的屠洗，街面上随处可见百姓的尸体和坐在那里抚尸哭泣的女人和孩子，房屋被烧毁了大半，有的还在冒着火光，一片人间地狱的景象。一些劫后余生的人们正在默默地搬运着尸体，突如其来的杀戮，令人们感觉到是做了一场噩梦，似乎还没有恍过神来，一切便已经发生过了。

当唐林飞奔到姐姐家的门前时，他不由得呆在了那里。姐夫王国深倒卧在院门外面，全身血迹，背上竟有五六处刺刀的口子。这个小学教员的手里握着一根棍子，似乎在临死前还在尽力地保护着他的家人。

院子中一副惨不忍睹的景象令唐林似乎遭受到了电击一般。姐姐唐翠仰面躺在地上，双眼圆睁，腹部已被剖开，血水溅满了身子，淌在地上渗透到泥土中并已凝固变黑。

唐林脑中一阵眩晕，险些摔倒。随即，他看到了另一个恐怖的景象：一个身上涂满了血迹的婴儿竟然被戳穿在了一截木桩之上，细嫩的四肢弯曲着，还保持着在母腹中熟睡的状态，就被一把冰冷的刺刀挑起并戳在了木桩的尖端。

“啊……”痛苦万分的唐林，仰头朝天疯狂愤怒地叫喊着。他懊悔之极，为什么这几天偏偏就去了山里，以致姐姐一家惨遭杀害。

一个人的狙杀

“是唐林……回来了？”唐林的怒吼声引来一位老者，是唐翠家的邻居，人称刘老汉的。

“作孽啊！土匪都没有这么狠的！这是畜生才能做出来的事啊！”刘老汉含着眼泪说道。

“日本人来得太快了，昨天刚听说夺了省城，今天早上就到了这里，镇上的人都未来得及跑就被围上了，进来就开始放火杀人抢东西。他们在你姐姐家的柴房里发现了一支枪，不分青红皂白就乱杀一气。可怜的孩子快要出生了，这帮畜生们也没有放过。你姐姐她……”说到这里的刘老汉忽然停止了话语，他发现站在那里一言不发的唐林，惊怒的眼中暴射出了一股凛厉的骇人杀气，即使刚刚经历了一次浩劫的刘老汉也不由得全身打了个激灵。

“唐林，你先收拾一下，一会儿我叫几个人来将你姐姐一家抬到地里埋了吧。唉！这世道！”刘老汉惊讶之余，叮嘱了两句，摇头一叹去了。

“野兽！”唐林咬着牙齿，冰冷地说出了两个字。

能制造出这种惨绝人寰之事的只有野兽，并且比山中虎狼还要残暴的野兽。唐林握紧了手中的步枪。

他忍着心中的怒火和悲痛，找了一块布，遮在了那个婴儿身上，然后慢慢地从木桩上取下来包裹了，转身放在了姐姐的怀里。多天前还幸福欢笑的姐姐就这样和她未及出世的孩子悲惨地离开了这个世界，唐林悲愤的心中有一种极大的自责，一向自以为只要一枪在手、人神不惧的自己，竟然没有保护了姐姐一家。还有，为什么将那支汉阳造步枪藏在姐姐家的柴房里，进而激怒了野兽般的日本人！或许，即使不这样，她们母子的性命也难以保全，覆巢之下无完卵。

唐林同时更加后悔，在大山的另一侧，为什么没有一枪击毙了那名日军军官。野兽的行径，即便你不去招惹它，它也会招惹你。

刘老汉领来了几个人，和唐林一起将姐姐一家人用席子裹了抬到野地里，掘坑埋了。这种时候，一副简单的棺材也找不到了。

刘老汉意识到了唐林要去做什么，好意地提醒道：“唐林，日本人有枪有炮的，不要白白地去送死啊！你一个人对付不了他们的。要想杀日本人，去参加国军吧，听说北边也有打鬼子的游击队。”

唐林跪在姐姐一家人的坟前没有说话，只是举起步枪朝天放了一枪。一个冷酷的猎人，就要开始他的猎杀行动了。

“姐，我要杀光那帮禽兽，为你们一家报仇！”唐林心中发誓道。

唐家祖训，唐氏子孙只猎杀野兽而不杀人的。但在唐林看来，这些日本人是一群披着人皮的会说话的禽兽，并且是比禽兽更加残暴的野兽。猎杀他们，并没有违反唐家的祖训，而是在行使一个猎人的天职。他日后的目标，就是所要猎杀的猎物，将是这些来自日本国的野兽。

唐林在坟前又默默地站了一会儿，然后检查了一下步枪，背在身上，转身离去。

唐林一路行来，不断地朝路人打听哪里有日本人。面对这个持着步枪的一脸杀气的年轻人，那些路人自会知道他要去做什么，有佩服他勇气的，也有认为他鲁莽的。对这些，唐林全不理会。后来有人告诉他，前方二十里有一处日本人新修的据点。

这处日军据点扼守公路的要冲，一座高耸的坚固的碉堡，上面有几处能朝各个方向射击的射击口。后面是几间房屋，四周围绕了铁丝网，还挖掘了防护壕沟。碉堡上面正站着一名日军哨兵，持着上了刺刀的步枪，来回走动。

站在远处的唐林观望了片刻，然后寻了一处土包，卧倒，举枪，射击。一颗裹满了仇恨的子弹悄无声息地疾射而出。那名日军士兵头一歪，身子瘫软下去，他还未明白发生了什么事，就莫明其妙地失去了性命。从这一刻时，这个战区的日军士兵们便开始了他们的噩梦。

带着仇恨和怒火而来的唐林并没有失去冷静，也从这一天开始，唐林猎杀日军所用的子弹都是那种经他特殊改制过的无声子弹。这样可以在不暴露自己的情况下，更加安全地射杀对方。

碉堡上又探出了一名日军士兵的头，他不明白先前那个哨兵为什么会突然死去，头部应该是中弹了，可是并没有听到枪声，他惶恐之余，想看个究竟。结果一颗子弹又将他掀翻了。

接着，碉堡里的几处射击口里喷射出了一道道火焰，在遭到了莫明其妙的袭击之后，几架机枪开始猛烈地盲目扫射。

一排子弹倾泻而来，激得土包尘土飞扬。唐林忙向后退去。

唐林换了个比较安全的位置，举枪朝碉堡的一处射击口射了一枪。那架机枪随即哑了，显然是击中了机枪手。暂停了一下之后，紧接着那架机枪又响了起来。

唐林没有再开枪，退到一土丘后面隐蔽了起来。

在胡乱扫射了一阵之后，碉堡内的几架机枪都停了下来，因为日军并没有发现来袭的目标，这令他们感觉很奇怪。停止射击，并进行观察。

二十多分钟后，在碉堡里用望远镜观察却一无所获的日军，终于按捺不住，派出了十多个人，在一名军曹的率领下进行实地搜索。这正是唐林所期盼的，对方龟缩在碉堡里，他是没有机会射杀的。

在检查了三名中弹身亡的日军后，尤其是那名中弹的机枪手，碉堡里的日军确定了神秘子弹袭来的方向。

出了碉堡的十二名日军士兵，紧张地观察了一会儿，见无动静，这才放下了吊桥，出了据点，朝唐林潜伏的方向小心翼翼地搜索过来。碉堡内的机枪随时进行火力掩护支援。

唐林见十二名日军都出了据点，先是一个点射，击翻了那名军曹。其他士兵忙卧倒射击，碉堡里的机枪又开始了吼叫。

唐林在野地里的树木和土丘的遮掩下，迅速地撤离了刚才的射击位置，绕到了另一个方向。这里有一条突起的地垄，是碉堡内的机枪火力威胁不到的地方，并且可以清楚地看到那些出了据点搜索的日军士兵。并乘这个机会，填装子弹。

在机枪的掩护下，日军又开始了向前移动。唐林在他们的侧翼，也开始了点射。在射倒了三名士兵之后，另外八名士兵这才感觉到了恐惧，趴在地上不再前进。碉堡内盲目射击的机枪火力已掩护不了他们了。他们趴在地上只要一抬头，便会遭到精确和无情的射杀，他们忘记了卧倒的同时，应该找一处掩体。

又有五名士兵毙命，剩下的三名士兵看到了旁边同伴中弹时身体的抽搐，惊得爬起来，转身朝据点里拼命跑去。但又相继摔倒，永远没有再起来。

外面的情形，碉堡里的日军看得真真切切，竟然在没有看到敌人任何影子的情况下，这十二名士兵便稀里糊涂地断送了生命。惊恐之余，他们又进行了一番疯狂的扫射。

唐林在射杀了这十二名日军士兵之后，又转换了一个位置，射哑了一个机枪射击口。碉堡内的日军这才感觉到，他们在坚固的碉堡里也是不安全的，于是在没有命令的情况下停止了射击。

唐林这时候觉得，射杀这些日本人竟和射杀山中的野兽没有什么区别，多的只是一种莫名的兴奋和快感。那种杀人的感觉，也许就是这样吧。

"十六个了！"唐林心中数道，他头一次计算起了他的猎物，他的目的是要将这个据点里的日军统统杀尽。

一个小时过去了。

据点里那几间房屋内，有两名日军士兵抱了几样东西冲出来，想进入碉堡里，但随即都倒在了地上，他们想给碉堡内送水和食物。唐林不放过任何射击的机会。

一名日军想观察一下外面的情况，在射击口内刚探出半个头来。一颗子弹就好像在外面正在等候着他一样，并精确地计算好了时间，在他一探头的瞬间，子弹便扑到了他的前额。

碉堡内的日军感觉到了恐怖和绝望，没有人敢再站直身子，都蜷缩在角落里。一名日军趴在地板上不断地打着求援的电话，却不知为什么总是打不通，或是外面的电话线在哪里断了吧。

一个射击口内的机枪开始喷射了起来，子弹却多是射向了半空中。那是一名日军蹲了身子低着头，举着两手持住机枪胡乱地扫射，以此来减少心中的恐惧。

唐林见了，也不理会，潜伏在一堆石头后面，静待时机。

"十九个了！看看这里到底能有多少人。"唐林在取得了绝对的优势前，暗里也自松了一口气。

此时的碉堡里，仅剩两名日军了。在绝望中又静候了两个小时后，他们认为外面那个魔鬼般的射手应该离开了，一名日军小心翼翼地站了起来，贴着碉堡内的石壁慢慢地移动到了一处射击口旁。又等了十多分钟后，四周的安静给了他安全的信心，终于在射击口内呈现出了他那张还在惶恐的脸。

没事了。这名日军终于松了一口气，抬手招呼另一名士兵。他们此时看到碉堡内外布满了尸体，那是他们的同伴们遭到了神秘枪手的诡异般的精确射杀，并且始终都没有看到敌人的影子。

这时，一名日军士兵感到身边的那个同伴的身体微微地一颤，并慢慢地朝他转过了头来。他的额头上赫然地出现了一处花生米大小的弹孔，一道血流如一条红色的小虫子缓缓地爬了出来。

这名日军惊骇间，也自觉太阳穴处有一个铁钻钻了进来，巨裂般疼痛之后，一切都化为了乌有……

“二十一个！”唐林一边默数着，一边填装子弹。

整个据点内呈现出了一片死气沉沉的气氛，好似已没有了生命的迹象。唐林站了起来，冷冷地望了一眼，转身离去。他射杀尽了这个据点里的二十一名日本士兵，也正好开了二十一枪，没有浪费一颗子弹。

唐林心中还惦记着一个人，那就是罗妹。不知她所居住的北屯是否也遭到了日军的屠洗，他要赶去看一下。

从这一天起，唐林就开始了他狙击日军的生涯，开始了他在大山外面的猎杀行动。因为在大山的外面，同样也存在着吃人的野兽。

唐林从五六岁时，在爷爷和父亲的教导下就开始了各方面的训练，这是为了能使唐林成为一个出色的猎人。唐家的先辈们并不知道，他们培养出了一个世界上最优秀的狙击手。

首先是射击，这是一个成为真正猎人的基本技能，为了保证让猎取到的野兽能保存下完整的皮毛，卖出一个好的价钱来，射击的目标只能是鸟兽的头部，所以必须达到百发百中的境界。还有一种动态下的射击，以对付奔跑中的野兽和空中飞翔的猛禽。最有效的训练方法就是射杀林中突飞迅落的飞鸟，在这一点上，唐林早已练得炉火纯青。他甚至考虑到了风速和环境的潮湿度对子弹在飞行中的影响。

第二是距离上的判断。世代猎户的唐家采用他们家传的秘法可以延长火枪的射程，射杀远距离的目标是唐家最擅长的。所以对距离准确判断的训练，在唐林还没有真正拥有自己的猎枪时就开始了。当时的训练方法是在开阔地上确定目标距离自己有多少步，而后一步步地去丈量。时间久了，便转到复杂的地势上，通过地势上的高低起伏和前面的障碍物，也能一眼判断出自己和目标之间准确的直线距离来。

第三点是潜伏和伪装。为了能接近猎物，达到最为有效的射击位置，同时还要避免鸟兽们敏锐的嗅觉和感官上的察觉，在它们还未能发觉的情况下进行有效地射杀。唐家奇特的无声弹是对野兽们最致命的威胁。唐林在闲时将部分子弹经过了特殊的改制，首先是将弹头拔下，将那种“息声粉”和雄鹿血的干末按一定比例掺进弹壳内的火药中，这样不但可延长子弹的射程，更为奇特的是击杀目标于不觉之中。在日后狙击日军的狙击中，唐林开创了自己独特的游击性狙击生涯。

第四点就是在不暴露自己的情况下追踪猎物的方式，在静止、观察下将自己的听觉、嗅觉发挥到极致，进而去察觉甚至是感觉到猎物的存在。

所有的这一切造就了唐林具备了一个优秀猎人的所有素质，进而成为一个天生狙击手所具备的先决条件，而这一切仅仅是为了多射杀些山林中的鸟兽来改善自己的生活。唐林由一个满足于现状的悠闲的猎人转变为一个冷酷的专门猎杀人头的狙击手，是残酷的战争迫使他改变了这一切。

唐林赶到北屯时天色已经黑了。见村子内并无异常变化，还是那样安静，显然是日本人还未来得及光顾这里，他这才放下一颗悬着的心。

罗妹一家人正默默地坐在屋子里，唐林的突然到来，令全家人很惊讶。

“唐林！”罗妹眼中先是闪过了一丝惊喜，然后不顾父母在侧，上前一把抱住唐林“呜呜”地哭了起来。

“唐林，我和爹刚从镇上回来，姐姐她们一家……”罗妹哽咽着道。

“我知道了！”唐林低下头，用手轻抚了一下罗妹的秀发，脸上的肌肉抽搐了一下道。

“你……”罗妹抬起头来，这才惊讶地发现，往日有些谈笑不拘的唐林，此时变得一脸的冷酷，已有些令人不认识他了。

“没事，我……我有些累了！”唐林疲倦地说道。

“林子，你先歇会，我和你叔给做饭去。”罗妹的母亲说了声，拉着罗妹的父亲避开了。

“唐林，以后怎么办啊？”罗妹将唐林扶到床上躺了，忧伤道。

“杀光日本鬼子！”唐林喃喃道。困意袭来，竟自睡了过去。

第二天一早，罗妹醒来时，已不见了唐林和他的步枪，厨房中一些现成的干粮也被他带走了。

唐林一路向北走去，他听说日本人是从北面过来的。

路边的庄稼和野草在暖和的阳光下静静地疯长，树叶间偶尔会传来一声鸟儿的鸣叫，远处则是那熟悉的大山的轮廓。本来这天地间宁和安静的一切，此时却充塞满了一种悲壮的气氛。

姐姐一家惨遭杀害的场景不时地在唐林的头脑中呈现，也增加着他对日本人的仇恨。唐林第一次模糊地体会到了什么叫作国仇家恨。那是一种令他不可容忍的愤怒，并且这种愤怒只有随着枪膛里的子弹击发时一同宣泄，否则只能在他的身体里膨胀。

003　百缕衣

正在行走的唐林，忽然停下了脚步，警惕地四下观察，他感觉到了空气中的异样。自然环境中一切，草木、石头、昆虫、微风，都能给他传递着远近细微变化的信息。那种来自第六感的敏锐的直觉，无时无刻地不在起着作用。

一阵并不急促的马蹄声逐渐清晰起来。右前方 200 米外的田野里出现了五名日军骑兵，都背着步枪，驱马在轻松地奔驰，不知是巡逻兵还是通信兵。

唐林迅速地四周观察了一遍，空荡的田野里只有这五名日军骑兵，并没有发现后面有部队跟随。谨慎的唐林只有在进可射杀、退而能走得安全情况下才开枪射击。孤军深入、寡不敌众所带来的危险时刻存在着，所以必须时刻警觉。

在确定了对方的情况之后，唐林没有隐蔽，而是站在那里举起了步枪。这样的距离和人数，他足可以轻松地射杀，虽然还是五个动态下的目标。

唐林瞄准了最后一名骑在马背上的日军，他要从后面开始一个一个地收拾掉这五名贸然撞到他枪口上的日本骑兵。

右手食指扣动了扳机，枪身微震，一颗子弹悄无声息地射出。那名士兵倒伏在了马背上。由于马行的速度不是很快，竟然没有摔下，也自没有惊动前面的那四名日军骑兵。

第二名日军中弹后，身形不稳，从马背上侧歪了下来，脚还在马鞍里，被拖着走了。前面的那名日军终于感觉到了后面的异常，回头还未看清楚怎么回事时，一颗子弹将他掀落马下。

最前面的两名骑兵这才听到了后面的动静，回转马头观看，惊讶之极，三名同伴竟在没有听到任何枪声的情况下遭到了诡异射杀，在这两名骑兵还没有寻找到袭击他们的目标进行回击时，就相继头部中弹，落马而亡。没有人能在这空旷的野地里逃过唐林精确的射杀。

五匹战马在没有了人的驱使下，驮了一具尸体和拖了一具尸体开始调转路径按照来时的方向走去。

唐林见了，一边往弹匣里填装子弹一边在后面远远地跟随。他要让这些马匹领他到有日本人的地方。

两个多小时后，那五匹战马自行地走进了前方的一片树林里。随即，唐林感觉到前面的情形有些不大对劲，忙闪于一旁的草丛中隐蔽了。

前方一道道的沟壑里，竟然晃动着一些头盔，远处还有几座堡垒工事，不时地见有人影走动。那五匹战马竟将唐林引到了日军的一处阵地前。

“这么多日本兵!”唐林感觉到了一种兴奋。

日军的阵地距离唐林所在的位置约有六百米，前方的景象在开始时还比较模糊，但在唐林专注了一会儿之后，模糊的景象逐渐变得清晰起来，有了那种被拉近的感觉。目力极强的唐林，此时虽然还处在一种狙击的原始状态，他的步枪上还没有配置瞄准镜，但在他聚精会神的专注下，一样有将远程目标精确定位的效果，那就是锁定目标头部的轮廓。

五匹战马带回了两具尸体，引起了阵地上日军的一阵骚动。接着唐林看到一名日军军官探出半个身子举着望远镜朝他这个方向观察着。唐林知道这种“千里眼”可以清楚地看到远处的目标，所以他先是一个点射将那名日军军官掀翻了去。“射贼先射王”，唐林知道在那些日本士兵中持望远镜和短枪，还有指挥刀的，都是当官的。也是他先行射杀的对象。

在没有听到枪声的情况下，那名日军军官便遭到了莫明其妙的射杀，旁边的几名日本士兵还在惊疑间，几颗悄无声息的子弹又将他们依次击倒。随即，阵地上的日军才明白遭到了攻击，十几架轻重机枪开始射击起来，也只是胡乱盲目地扫射。

于是，这些暴露在前方的机枪手们就成了唐林射杀的目标。身处六百米外，日军的火力还不足以对唐林造成太大的威胁，主要的是日军未能发现来袭者的具体位置。

在射杀了一名机枪手后，唐林忽然感觉到了空气中的一丝异样，那是一种危险的降临。他没有犹豫，迅速地朝后面退去。接着一排迫击炮弹落了下来，“轰轰轰轰”一连串的巨响，掀起了冲天的尘土沙石。日军阵地上的观察兵还是发现了唐林的身影，并快速地向炮兵发出了指令。

“这玩意厉害！”唐林忙趴在地上。

一阵炮击之后，周围的一切安静下来。

唐林抹了一下脸上的尘土，在地势的掩护下，迅速地转移了位置。这个时候唐林才感觉到这里不比那座据点好对付，应该及早撤退才是安全的。今天也算是够本了，有十名日本士兵倒在了他的枪口之下。这种阵地战可不是他一个人能玩得了的，唐林在接触了之后，立即明白了这个道理。

在日军阵地的对面，是28团张子龙所部驻守的阵地。日军阵地上的枪炮声早已惊动了张子龙，此时他正在一处掩体内进行观察。

一名前沿阵地的观察兵在兴奋地向张子龙汇报刚才看到的情况。

“团长，日军的炮火是一个老百姓惊动的，他好像射杀了五名在日军阵地外围巡逻的骑兵，然后贸然地闯到了这里，并且在六七百米外又神奇地射杀了五人，枪法真是准啊！一枪一个，弹无虚发！”

一个持了步枪，弯腰疾速飞奔的中国老百姓出现在了张子龙的视野里。

“是神枪唐林！果然是英雄虎胆！竟敢一个人闯进战场上射杀敌人！去，马上把他给我叫来。呵呵！这小子，也开始大开杀戒了！真是好样的！”张子龙惊喜地说道。

唐林跑出了中日两军对峙阵地的边缘，回头望了望日军阵地，多少有些遗憾地摇了摇头。他知道日后要想个好办法来对付这些躲藏在阵地内并且有强大炮火支援的日本人才行。他的这种单枪匹马的猎杀方式暂时是不适合阵地上的，一颗从天而降的炮弹就有可能将自己解决了，实在是不合算。

唐林忽然感觉到身后有些异动，忙卧倒举枪。

“唐林，不要开枪，我们是国军28团的，张团长已经看到你了，派我们来叫你过去，张团长要见你。”远处有几个人影趴在地上，其中一人摇晃着手臂喊道。

“张团长的人！”唐林很快从对方的军装上认出了是张子龙的国军，站了起来，微讶道：“你们怎么知道我在这里？”

那几名来找唐林的28团的士兵这才放心地起身，一人笑道：“我们28团的防御阵地就在那边，刚才看到你射杀日本人了，真是厉害啊！”

28团前沿阵地指挥部。

见到唐林过来，张子龙高兴地迎上前道：“好样的唐林！竟敢一个人骚扰日军的阵地！”

在这里见到张子龙，唐林也感觉到意外，摇头叹息了一声道：“可惜这日本人的炮火太猛烈了，胡乱打来，也令人没处藏身，否则也能多射杀几个！比据点里的鬼子难对付多了！”

“据点！你是说那处日军据点里的鬼子是你消灭的？”张子龙惊讶道。今天早上张子龙刚刚获得了这个情报，那座日军据点里的二十一名日本士兵被人消灭干净，开始张子龙还以为是外县过来的游击队干的。

“是的，我从山里回来得晚了，日本人屠洗了镇子，姐姐一家人都……”唐林的眼中又呈现出了凛人的杀气。令旁边的人望之一寒。

“战局变化得太快了！日军突破了我军的几道防线直扑过来，老百姓没有来得及撤离，有些人被杀害了。唐林，这是残酷的战争，我们必须面对。”张子龙感慨道。

“没想到你一个人射杀了那座日军据点里的二十一名鬼子，可以说创造了一个战争中的神话！今天又射杀了十个吧，真是英雄啊！不愧是神枪唐林！名不虚传！怎么样，国难当头，现在我可以邀请你正式加入国军了吧。有了你这个神枪手，日后可令鬼子闻风丧胆！”张子龙随又兴奋道。

“对不起张团长，我要用自己的方式去杀日本人。”唐林摇头，认真地说道。

张子龙闻之一怔，随即笑道：“也好，我尊重你的选择，只要是抗日，不管是采取哪种方式，我们都是支持的。或许你的这种猎杀的狙击战术能起到比正面战场更大的作用。”

“还有，你一个人单独作战，更要多加小心，尽可能地不要和日军发生正面交火，否则对你是不利的。当然了，你是一个出色的猎人，自会有自己对付野兽的方法，期待你新的战绩。两天歼灭31名敌人，实在是太了不起了！我代表真正的军人向你敬礼！”张子龙郑重地朝唐林敬了个标准的军礼。旁边的几名军官和卫兵们也举手敬礼。

唐林点了一下头。得到正规国军的认可，多少令他感到些意外。

张子龙随后从卫兵手中接过一支驳壳枪，递于唐林道：“这是支德国造全自动型的‘自来得’，可速射20响，送给你做近身防卫吧。”

唐林见了，自是一喜，忙接过谢了。以前倒也曾想拥有一支短枪。张子龙又送了几颗手榴弹给唐林，告诉他打开保险，拉了线扔出去就行了。

张子龙和唐林确定了几个日后联系的地点，以方便给唐林补充子弹。

又说了会儿话，唐林便告别去了。

“团座，何以这般看重这个唐林？”28团副团长李志南问道。

“我们应该看到，仅仅两天之内孤身潜入敌占区，歼灭31名鬼子，非常人所能做到的。这个人的作用日后足可以抵得上一支部队！我们要尽全力地支持他！希望他一击必杀的神枪，以特殊狙击的方式给予日军另一种打击！触怒了一个猎手，野兽们是要遭殃的。”张子龙望着唐林远去的背影，肃然说道。

“知道吗？一度横行欧洲战场上的德国狙击手，听说在苏联红军那里遇到了对手，伏尔加格勒保卫战一度演化成了双方的阻击战。这种特殊战术上的较量，足以给予人以精神上的震撼。打击敌人的士气，振奋己方的斗志，以至于影响战局的变化。看到唐林刚才的眼神了吗？这是一个冷酷的天生的杀手，也能成为一个出色的狙击手。目前在中国战场上，我们和日军对狙击的作用都不甚重视的，这个唐林应该能开创一种狙击之风！”张子龙随后又感慨地说道。

唐林回到北屯罗妹家中的时候，已经是晚上了。

望着唐林疲倦而又刚毅的脸上呈现出的一丝满足感，罗妹便清楚地知道，这个猎人今天又有所斩获了。见到唐林安全归来，悬着一天的心，也落了下来。

吃过饭后，唐林坐在一旁看灯下的罗妹在缝补衣服。罗妹的父母借故出去了，留下两个年轻人说话。

“你还要继续下去吗？”罗妹忙着手中的活，有些心不在焉地问道。

“是的，不杀光日本人我不会罢手的。”唐林淡淡地应道。

罗妹没有再说话，她知道以唐林的性子，决定的事情不会改变的，并且他这是在为姐姐一家报仇，这是任何人都阻止不了的。日本人不应该激怒这个猎人的，因为他不是一般的猎人。这个视山林中凶猛虎豹若羔羊的猎人，可以猎杀尽天下一切凶恶的野兽，而且毫不留情。

“以后这里我不能经常来了，免得引起别人的注意。”唐林说道。

罗妹背过身去掩去了眼角欲将流出的泪水，她担心这个已经和自己定了亲的男人，怕他出现任何的意外。但是她也知道，自己若是有他一样的本事，也会毫不犹豫地拿起步枪去猎杀那些东洋野兽的。这毕竟处在一个非常的时代，一个战争的年代。那种幸福美好的生活已不会存在了，除非将这些可恶的日本人赶出中国去。

“你一定要多加小心，不要为了杀日本人杀得痛快，忘记了安全。”罗妹叮嘱道。

想到白天在日军阵地上遭到日军炮弹的轰炸，唐林也心有余悸，知道一定是日本人发现了自己。看来自己在隐蔽伪装上还不到位，这会影响到日后在猎杀行动中的安全。

望着罗妹身旁的几件旧衣服，唐林心中一动，说道：“给我做一件袍子吧。”

“我已经在给你做一件新袍子了，再过几天就能穿上身了。”罗妹道。

唐林忙摇头道：“我不要新袍子，我要一件又破又旧的那种，你见过镇上的叫饭花子吧，有点像他们身上穿的。你用破旧的衣服给我拼凑一件就行，最好是灰色和土黄色、绿色相杂在一起的。”

“你干吗？要做乞丐啊？”罗妹惊讶道。

“不是，我想披在身上潜伏时日本人不容易发现我。”唐林说道。

“哦！是这样啊！我想想怎么做吧。你先睡吧，明天早上保证给你一件要饭的衣服。”罗妹笑了一下道。

“也不急，啥时候做出来都行。”唐林说着，困意袭来，倒在一旁睡了。

第二天一早，唐林刚睁开眼睛，就看见罗妹笑吟吟地站床前望着自己，很兴奋的样子。

“干什么？一大早的乐个啥劲儿！”唐林讶道。

“出来，到院子里给你看一样东西。”罗妹拉了唐林就走。

“搞什么鬼？”唐林只好跟了出来。

二人出了屋子，站在院中，罗妹笑道：“请你找一找，有没有你要的东西。”

“我要的东西！我要什么东西啊？”唐林茫然道。四下看去，院子里除了水井、水缸、一架木轮车，还有堆放在墙角里的几件农具之外，就是墙根处的数堆柴草了，此外并无特殊的东西。

“你再仔细地找找。”见到唐林茫然无措的样子，罗妹神秘地笑道。

唐林摇了摇头，表示他找不到罗妹所说的东西。

罗妹见状，得意地笑道：“将你都瞒过了，看来我成功了！”

说着，罗妹走到一堆杂草前，伸出手去一拎，竟将那堆杂草提了起来。抖搂了一下，少量杂草落下，展开来，呈现在罗妹手中的竟然是一件“衣衫褴褛”的破旧袍子。由一块块黄色、绿色、灰色的布块拼凑成，又错杂地缝挂着一些布条。

唐林见了，恍然大悟道：“你做成了！”忙上前接过披在了身上。感觉非常地轻柔，虽略显臃肿，但并不笨拙。且带有头套，可遮头脸。近耳部位则是空的，也不妨碍听觉。

“太好了，比我想象得还要好！真的是可以与周围的环境融为一体了，摸到日本人的眼皮子底下他们也发现不了我了！”唐林惊喜道。露出了他这两天来少有的笑意。

“这是我将家中所有的旧衣服都翻了出来，能用的不能用的毁了十几件才凑成的。只要再抓几把枯草撒在上面，能粘挂住的，我敢保证，趴在野地里，数米之外，只要你躲藏在下面不动，没人会发现你的。镇上说书的人讲过古人有一种‘金缕衣’，这件袍子则是由几百块各色布条组成的，我们就叫它‘百缕衣’吧！比那乞丐的衣服也差不多的。”罗妹高兴地说道。

“百缕衣！好名字！罗妹，你真是一双巧手啊！这件衣服能保我性命的。”唐林赞叹之余，感激地说道。从罗妹发暗的眼圈和憔悴的脸色中，可知她在油灯下忙了一整夜，才缝制出这件“百缕衣”来。

罗妹听到了夸奖，愈加欢喜，又说道：“再找找你的步枪。”

“步枪！”唐林闻之一怔，仔细观察之下，竟发现那支中正式步枪枪身上也是丝丝缕缕地缠了些布带，立在墙角里，不仔细看，还真是发现不了。持在手中时，感觉并不妨碍填装子弹和射击，也自增加了隐蔽性。

“哈哈！你现在真像一个持了根打狗棍的要饭花子！”罗妹见了唐林这一身“武装”，忍不住笑道。

“对，专打日本狗！”唐林说道。

“呵呵！没想到你也给步枪穿上了衣服！好！这样一来，人枪一体，更与周围环境相融混合，鬼神莫辨了！再加上弹发无声，远近的任何目标我都可以击杀了，并且对方不知我在哪里。真是好极了！谢谢你！”唐林激动之余，忘情地上前亲了罗妹一口。

“你坏！”罗妹脸色一红，低头跑开了。

在另一间屋子里，刚要出门的罗妹的父母瞧见了院中的情形，那罗老汉一把将老伴拉进了屋子里。

一个有经验的猎手短时期内不会在同一地点狩猎的，以防引起同一地点其他猎物的警觉，也增加自己的隐蔽性，而且他需要新的猎物。唐林又开始了寻找新的目标，他又朝另一个方向走去了。

唐林将那件“百缕衣”折叠起来负在背上，以在潜伏的时候披用，这样行走在路上不至于引起路人的惊讶。加上步枪的伪装，在远处看已是没有人能注意到他了，以为这是一个流浪汉。

此时的唐林已将仇恨隐藏在了步枪里的子弹上，随时可以击发。他明白自己现在所做的事情和所面临的危险，只有谨慎和冷静，才能将这种猎杀行动继续下去。他要将来到这里的日本人斩尽杀绝，告诉他们来到了一个错误的不该来的地方，和一个不应该去触怒的猎人。

唐林现在已经恢复到了如往常一般在山林中游走的平和的狩猎状态，像日常生活一样去做一个猎人应该去做的事，只是他现在的目标是另一种野兽。

天地之间，只有一个猎人在行走，在山林的外面去寻找他的猎物。

“砰砰！”前方传来了几声清脆的枪声。唐林停下了脚步，静感周围的一切。

“砰砰砰！”稀疏的枪声开始密集起来，显然前方在进行着一场枪战。有唐林熟悉的步枪射击时的声音，还有几支短枪在回应，应该是自己腰间别着的那种驳壳枪发出的。对枪械的迷恋，令唐林在声音上能瞬间能辨别出是何种枪械击发出的声音，他能感觉得到。

“哒哒哒……”一阵急促的枪声也响了起来，这是一架机枪在喷射。

唐林随即跑上了一座土丘，卧倒观察。前方的野地里，一队日军正在追逐着三个人，其中一人负伤了，另一个人搀扶着他，并和另一个人不断地回身用手中的驳壳枪射击。虽在危险之中，但他们不想丢下自己的同伴。可是日军的火力非常猛烈，在一架“歪把子机枪”的扫射下，将这三个人逼压在了一块石头后面，再也动不得身了。子弹击得石头火星飞溅。

在一名挥动着指挥刀的日军军官的命令下，那队日军开始朝前逼进。

那三个人是老百姓装束，应该是和自己一样去打鬼子的人，只是寡不敌众。唐林没有犹豫，先是一个点射，子弹飞出，将那名日军指挥官击倒。进逼的那队日军立即停了下来，卧倒射击。他们并不知道令指挥官毙命的子弹来自另一个方向，还以为是那三个中国人还击时无意中射中的。

唐林接着又是一枪，将那名机枪手射翻了去。机枪一停，对那三个人造成的威胁立减，他们忙探出身来进行还击。

正在给机枪进行填装弹药的副手，先是一怔，惊讶对方的枪法好准确，忙接过机枪又扫射起来。唐林这边则又是一个点射，将他击倒。

旁边的一名日本士兵见状，扔下了手中的步枪，滚过身来，持住那架机枪欲要接着射击，一颗子弹飞来击中头部又将他掀翻了去。

这一次，才令这队日军感觉到了真正的惊恐，他们一路追杀那三名中国人，虽说是损失了两名士兵，但也打伤了他们中的一人。可是没有想到他们的枪法突然间变得准确起来，只是一会儿的工夫就精确地射杀掉了指挥官和三个机枪手。

那三个人此时也感觉到了战场上的异样变化。他们接连目睹了两名日军机枪手遭到了精确射杀，还有那名指挥官也不见了影子，应该也中枪毙命了。他们清楚地知道，如此准确的枪法，并非他们所为，显然，他们受到了另外的火力支援。

突如其来的意外变化令双方都停止了射击，战场上一下子寂静起来。

那架“歪把子机枪”毕竟是这队日军的重要火力，一名日军士兵犹豫了一下，还是移动了过来，持住机枪欲要寻找目标进行射击。一颗子弹悄无声息飞来，击中了他的前额，令他带着惊恐和迷惑瘫软在机枪旁边，倒在了同伴的尸体上。

这队日军士兵终于感到了一种莫大的恐惧，此时才明白他们遭到了一个不知来自何方的无声杀手的袭击。对方射出的子弹竟然如此神奇，听不到一丝出膛时的声响，实在是不知道是一种什么样的无声武器。没有人敢再接近那架机枪了，它已经成为一种死亡的标志。

趁着这个空当，唐林不慌不忙地往步枪里填装子弹。他知道，这队日军已被自己诡异的无声打击震撼住了，他要的就是这种效果。

“大当家的，我们有神人相助啊！”躲在石头后面的一个人惊讶地说道。

“真是奇怪！枪法又准又狠，又听不到开枪时的声音，难道是他？”一个长着络腮胡子的粗壮汉子迷惑道。此人叫鲁大虎，是盘聚在四顶山上的土匪首领。今天和两个手下李飞、王赖子在出山办事的路上遇到了一队日军，双方交火之后不敌跑到了这里。

“大当家的，你知道是谁在帮我们啊？”李飞问道。

“方圆百里之内，弹无虚发，一击必中的还能有谁！”鲁大虎说道。

“神枪唐林！”李飞惊讶道。

“不错，一定是他到了，否则没有人这么厉害，传说中此人研制出了一种无声子弹，弹发无声，我还以为是假的呢！没想到世上果然还有这种神奇的子弹！”鲁大虎惊叹道。

“上回大当家的派我们去绑张子龙的老爹，兄弟几个就是被这个唐林击伤的，将那张老头救了。”李飞心有余悸地说道。

“他那是枪下留情！否则还有你们的命在。所以我们也没敢再去惹他，没想到今天他竟救了我们。”鲁大虎感慨道。

“可是我们现在还是走不了啊！小日本在那里没走呢。”李飞说道。

“有神枪唐林在，谁想走是他说了算，我们等着吧。”鲁大虎靠在石头上，松了一口气说道。

唐林填装好子弹，发现那队日军趴在地上没有人敢再动，心里冷哼了一声，举枪等待时机。一名日军士兵刚抬起头想观察一下情形，便被唐林一枪将他击飞。旁边一名士兵惊吓得想躲到一棵树的后面，身子一动之际，头一软，颓然而卧，再无动静。

面对这个魔鬼般的恐怖的无形杀手，剩下的十几名日军士兵全无了斗志。在胡乱地放了一阵枪之后，匍匐后退，又扔下了三具尸体，惊慌失措地逃去了。

唐林又一次射光了枪膛里的子弹，望着远处逃离的日军士兵，站了起来，没有追赶，淡淡地说道：“我会找到你们的！”

“请问，上面的可是神枪唐林吗？多谢出手相救！也叫我们兄弟三人领教了什么叫神枪！在下是四顶山大当家的鲁大虎，说起来我们还有些缘分，上次我们兄弟虽然没有绑成那张子龙的老爹，但是没有丢下性命，在这里也谢谢唐林兄弟枪下留情。”见没了危险，鲁大虎才站出来，朝唐林这边一抱拳，恭敬地说道。

“他们是四顶山的土匪！”唐林闻之，眉头皱了皱。以前在山中狩猎时，也曾遇到过这伙儿土匪，但对方敬畏自己的枪法，都远远地避开了，彼此井水不犯河水。便是在自己救了张介洪之后，四顶山的人也没跟自己过不去，一直相安无事。

唐林没有说话，这伙土匪平日里抢家劫舍，不知现在敢不敢去打日本人，今天的事情当是一个意外吧。

见唐林没有理他，鲁大虎心中先自怯了几分，讪笑了一下道：“唐林兄弟，救命之恩，不敢相忘。日后但有用得着兄弟们的地方，赴汤蹈火，在所不辞！”

“鲁大当家的也在打日本人吗？”唐林冷漠地应了一句。

“当然当然！这些日本人来了，我们的日子更不好过了，这些东洋鬼子也他妈的算是我们同行了，在和我们抢食吃哩。现在不是在宣传抗战吗？我等兄弟们也要响应的，国难当头，枪口要一致对外了。”那鲁大虎倒有些大义凛然地说道。

唐林听了，望了他们一眼，没有再行理会，转身去了。对这些啸聚山林中的土匪，只要没惹上他，他是不感兴趣的，更不愿意和他们打交道。

“大当家的，这个唐林真是怪啊！以前听说他从不理山外面的事，也从不杀人的，今天也开始杀日本人了。”李飞说道。

“小日本该杀就得杀！神枪唐林这样做了，来这里的小鬼子怕是要遭殃了，他想杀谁，没有人能避过他一枪的。是条汉子！以前幸亏没有去招惹他，今天算是给了我们条活路。回去告诉弟兄们，没事的时候也出来收拾几个小鬼子玩玩。唐林敢杀日本人，我们也敢。”鲁大虎吩咐道。

那些日军已逃得不见了踪影，但是唐林按着追踪野兽的方法判断出了他们逃走的路径和方向，一路寻了来。再狡猾的野兽，也摆脱不了聪明猎人的追踪。

004　狙击定水河

三个小时后，前方出现了一座日军的军营。

唐林披上了“百缕衣”潜伏一隐蔽之处进行观察。发现军营里停放着几十辆汽车和十几辆装甲车，一队队的士兵在操练，在军营的外围还有着一队队的巡逻兵，戒备森严。在军营的东面有一座不太高的山，名唤小孤山，此外全是平原。

唐林知道，在这种情形下是不能贸然开枪射杀的，否则一旦惊动了军营里的日军，会有大批士兵出来搜索的，自己可就不容易走脱了。在这平原地带，自己的目标很容易暴露的。

这不比熟悉的山林中，即便对方有千军万马，唐林也无所畏惧。山林中的一切，草木、河流、石头、昆虫，甚至是微风都可以变成唐林杀敌的武器。

即使在成群的猎物面前，冷静的猎人也会选择适当的开枪时机，他不会惊动一群凶猛的野兽进行反扑，将自己暴露在危险之下。安全，永远是第一位的。

唐林悄悄转移到了军营的另一侧，他终于发现了一个可以射杀的目标。这是一个处在角落里的日军士兵，正在修理着一件什么东西。周围没有其他人，将他无声击倒，不会有人发现。唐林不想空手而归。

唐林伸出步枪，瞄准了士兵的头部。在又一次确定了周围的情形之后，才扣动了扳机。一颗子弹无声飞去，贯穿了那名士兵的头部，士兵闷哼一声倒在了地上。果然，无人发现这名士兵已经遭到了射杀，军营里一切照旧，没有任何惊动的迹象。

一座营帐内有一名穿了白色衬衫的军官正坐在那里饮酒，帐帘卷起，刚好朝着唐林这边。唐林静候了几分钟，确定营帐内没有其他人，于是又一枪射去，将那名军官击翻。军官如睡眠一般躺在了那里。

两击得手之后，仍然没有惊动军营中的其他日军。但是唐林不在恋战，收了步枪隐了身形迅速退去。他知道适可而止的道理，并且这座军营将是自己日后经常来光顾“觅食”的地方了。他只想给对方造成一点“意外”，而不是让对方感觉遭到了袭击。

在第一次愤怒的情况下杀尽了那个据点里的21名日军士兵之后，唐林不再进行这种近乎极端的狙击方式，因为这是非常危险的行为。并且那次狙击也是唐林的幸运，据点里的通讯不畅，没有及时地叫来支援的日军部队。

得手即退，这是唐林日后执行的法则。也是令日军感觉不到他的存在，发觉不了他的行踪，只是将这些“事故”当成“意外”而已。

在这之后的数天时间里，唐林又寻到了几处日军的据点。在对方毫无察觉的情况下，射杀两三名日军士兵之后，全身而退。又有13名日军士兵莫明其妙地倒在了他的枪口之下。即便这样，仍然没有引起日军的注意，他们认为这些遇难的士兵是遭到了抗日武装游击队的暗杀，于是加强了对活跃在这个战区的游击队的围剿。

唐林在一处隐秘的地点取到了一个包裹，里面有200发子弹和10块银元。这是他和张子龙曾说好的秘密联络地点之一，以给他补充弹药。没想到张子龙还多加了十块银元，是给他这名不是正规国军士兵发放的军饷，因为唐林已经像士兵一样在作战了，并且取得了骄人的战绩。这是张子龙从自己的军费中支出的特殊津贴，以解唐林生活之忧，让他全身心去狙杀日军。

唐林心中涌起了一种感激。此时才感觉到不是自己一个人在作战，背后有张子龙和他的28团的支持，心中自是踏实了很多。

这天晚上，唐林来到了北屯，在夜色下翻进了罗妹家的院墙。唐林知道自己现在做的是一件危险的事情，所以尽可能不暴露自己的行踪，尤其是在北屯这里，他不想给罗妹一家带来麻烦。

轻轻地敲了敲罗妹房间的窗户，里面传出了一个惊喜的声音：“唐林！”

一个人的狙杀

罗妹从里面开启了窗户，唐林忙翻了进去。两个年轻的恋人抱在了一起。

“唐林，你担心死我了！”罗妹紧紧地抱着唐林，哽咽道。唐林离开的这些天里，罗妹担惊受怕，以为唐林出了什么意外。

“不用怕！就当我在山里打猎一样好了，日本人伤害不了我的。”唐林安慰道。

“你以后更要小心了，日本人在北屯设了伪保长，对外来可疑人员防范得很严。”罗妹说道。

“没关系，以前我来这里几次，也没人注意，更没有人知道我是谁。”唐林说道。随即将身上的五块银元取出来，放在罗妹的手里道：“这些钱你拿着，给家里用，这是国军给我发的军饷。”

“国军给你发军饷了！你参加国军了！”罗妹惊讶道。

唐林笑了一下道：“不是，因为我在杀日本人，张团长赏我的。”

罗妹道：“你拿着吧，走到哪里都要吃东西的。”

唐林道：“我还有，用不了那么多。”

罗妹道：“也好！我攒着，等日后我们成亲用。”

“等我杀光了日本人再说吧。”唐林叹息一声道。

“对了唐林，我给你准备了几样东西。”罗妹说着，从一旁取过来一包袱，打开来是几块皮子。

“这是我选的几块兽皮，给你做了两副护垫，放在肘膝部的，还有一张虎皮，你围在腹部，趴在地上久了，可以防止潮湿受凉生病。”罗妹说道。

唐林感激地道：“你可真细心！杀日本人也有你一份功劳的。”

罗妹摇头道：“别的我不想，我只是要你安全。”

唐林道：“放心吧，猎杀这些日本人和猎取山中野兽没什么两样，只要我小心些，他们对我构成不了威胁。”

又和罗妹说了会儿话，唐林便乘着夜色离开了。

这天，唐林路经一座村子，名唤小李村，遥见村子里活动着大批的日本兵和伪军，不知在干什么。唐林忙在村外隐了身形观察。面对大群的敌人，谨慎的唐林是不轻易出手的，以免暴露脱不开身，并且这里的地形平坦，不利于他进行隐蔽地狙击。

日本兵和伪军们在村子里挨家挨户地搜查着，搅得鸡犬不宁，妇哭婴啼，还不时传来几声枪响。

这时，村头传来一阵叫喊声，两名淫笑着的日军士兵架着一个挣扎着的女子朝村外的一座谷厂走去，那里有几间空屋子。

唐林见状，知道这两个日本士兵要做什么，咬了咬牙，持了步枪起身弯腰绕开村中日伪军的视线，摸向了那片谷厂。

“放开我，你们这些坏蛋！”前面传来了那女子无助的哭喊声。

唐林摸到了谷厂空屋的后面，隐在一处破败的窗户外向内望去，见两个日本士兵将那女子推倒在一堆谷草上面，而后放下手中的步枪，狞笑着开始脱去身上的军装。对即将实施的暴行，他们充满了得意，却忘记了危险的存在。

“畜生！”唐林心中愤怒道。随即侧身迅速地观察了一下，见这里距离村子有几十米远，村头警戒的日军倒是望不见这里的情形。

唐林没有犹豫，知道此时此地猎杀这两个日军士兵对自己是很危险的，稍有不慎便会被村子里的大批敌人发现。但是为了救下那名即将被日军糟蹋的女子，自己必须出手。好在自己步枪发射的是那种无声子弹，应该不会惊动村子里的日伪军。

一名狞笑着的日军士兵忽然停止了淫笑，提着裤子慢慢转向了他的同伴。另一名日军士兵惊恐地发现，一道血线从他同伴的额头上流下。那是一颗悄无声息的金属弹头近距离内贯穿了他的头颅。

那名日军士兵猛然意识到了什么，但眼前突如其来的景象已令他的思维迟钝，满面惊恐，转身望向了后面。看到的是一支幽深的枪口和一双愤怒的眼睛。随即，这名日军士兵脑中有异物射进，身形一颤，和另一名士兵先后瘫软在了地上。

那名躺在谷草堆上的女子惊讶地望着眼前的一切，她不敢相信两个欲对她施暴的野兽就这样悄无声息地倒下了。接着她看到了一个人从窗外跳了进来。站到了她的面前，是一个冷酷而又不失英俊的年轻人。

一个人的狙杀

唐林望着眼前这个慌乱美貌的女子，淡淡地说："你没事吧？"

"是你救了我吗？"那女子还未从刚才意外的变化中恍过神来。

唐林望了一眼外面，随即将两名日军的尸体拖到一旁，寻了些谷草掩了。

"必须马上离开这里，否则会被村子里的日本人发现的。"唐林说着，上前拉起那女子，翻出窗外，又迅速观察了一下，而后和那女子悄然离去。一切，神鬼不觉。此时几十米外，站在村头的一名日军哨兵，还朝这边笑着望了望，显然是在羡慕享受着艳福的同伴。

远离了小李村，到了安全地带，唐林才停了下来。那女子随即跪倒，感激涕零地说："大哥，谢谢你救了我。"

"好在那两名日本兵将你拖到村外的空屋子里，要是在村子里我也没办法的。你没事就好，不用谢我。"唐林说道。

"对了，这么多日本兵到村子里做什么？"唐林伸手将那女子扶起，问道。

"听说前面日本人的据点里昨晚丢失了几支枪，小李村离那里近，日本人怀疑是村里人所为，今天就来搜查了。"那女子应道。

"哦！看来也有胆大不怕小鬼子的人。"唐林点了一下头。

"大哥，谢谢你！我叫李娟，是小李村的人。能告诉我你是谁吗？"李娟随即又感激地说道。

"我叫唐林！"唐林应道。

"你……你就是神枪手唐林！"李娟惊喜万分道。

"失踪了两名小鬼子，你可能要有麻烦，暂时回不得小李村了，到别的地方避一避吧。"唐林说道。

"那就到徐庄我姑姑家吧，可是，这路上要是再遇到日本兵怎么办？"李娟心有余悸地说。

"我送你去。"唐林说着，先行朝徐庄方向走去。

"谢谢你唐大哥！"李娟欢喜地随后小跑着跟了上来。侧面羞涩地偷窥着救了她的这个传说中的神枪手。

"唐林真的就是你啊！"李娟兴奋地说。

唐林望了她一眼，笑了一下说："不是我还能是谁。"

"来去无影，弹发无声！和传说中的一样！"李娟惊喜道。

唐林这时停了下来，望着李娟认真而严肃地说道："你见过我的事希望不要和任何人说起，否则会给你带来麻烦的，也会给我带来不便。现在起，忘了我的样子，我们从未见过面，记住了。"

李娟惶恐地点了一下头，怯怯地问道："为什么啊？"

"我在猎杀日本人！"唐林说着，又转身走去。

"那帮畜生该杀！"李娟一脸崇敬地跟了上来。

"唐大哥，听说你们猎户唐家多少辈人都在山里狩猎，只猎杀野兽，不杀人的啊！"李娟又说道。

唐林听了，脚步停下，冷冷地道："因为日本人是畜生！"

望着唐林一脸的骇人杀机，李娟心中也自是一凛，不敢再多说话了，默默跟着唐林走去。

一个多小时后，前方现出了一座村庄。

"前面就是徐庄了，你安全了。"唐林说完，转身走去。

"谢谢你唐大哥！"李娟含着泪水感激地说。

唐林未再应她，径自去了。

一条清澈的河水平缓地蜿蜒流淌去，涓涓的水声如一首奇妙的乐曲，永不停息。几尾游鱼欢快地跃出水面，又迅速地扎进水里，激起了几朵白色的浪花。宁静的溪流感觉不到它外面的变化，仍以自己的方式运动着，用它甘甜的水分无形地滋润和养育着周围的草木和庄稼，以及沿河分布的村庄、城镇。这条定水河从大山里来，向远方去，汇聚其他的河流，长奔入海，没有任何力量能阻止它停下来，虽然只是一条小小的河流。

唐林喜欢这条定水河，因为它是从自己熟悉的大山里流淌出来的，岁月也随着这条河水流逝。他从一个少年长成了一个强壮的青年，童年在水里嬉戏的欢乐时光似乎也能从河水里找到一点影子，虽然都随着河水流淌去了，留下的只是记忆。

唐林蹲在河岸边洗了把脸，清爽的感觉还是没有改变。捧起喝了一口，还是那么甘甜。定水河的源头来自山林中数股泉水，是唐林少年时就已探寻过的。并且还在河边猎杀过来饮水的野羊和凶猛的豹子。

唐林的眉头这时皱了一下，清澈的河水和空气中和畅的微风带来了一种异乎寻常的信息。唐林顺着河水朝下游看去，河道拐过了下面的一片树林，遮住了它远去的方向。但在树林的那边似乎有一种危险的感觉在漫延开来，虽然不是那么强烈。唐林敏锐的直觉令他意识到——目标出现了。

唐林忙拾起步枪弯了腰快速朝那片树林跑去。

进了树林，唐林警惕地感觉着周围的一切。他端着步枪向前搜索。一阵嬉笑声和弄水声从树林那边的河水中传了过来，并杂着一种“叽里咕噜”的话语。唐林眼角的肌肉抽搐了一下。

透过稀疏的树木，可以看到那边的河水里有十几个男人全部光着身子在洗澡，白花花的肥肉在河水里翻滚，并大声喧哗着。岸边胡乱地堆放了一些衣服，十几条步枪支架在一起。这是一群正在洗澡的日军士兵。

唐林忙趴在了树林中的草丛里，慢慢抬起头来观察，对方一共有十四个人，岸上并没有哨兵，全部在河里洗澡。唐林静静地观察了一会，周围没有发现其他日本士兵的影子，这群肆无忌惮的日本兵竟然没有设防警戒。

“真是将这里当成你们的家了！竟敢污染这清净的河水！”唐林站了起来，走出了树林，举起了步枪。对方十四个人全部在河水里，距离岸上的步枪有二十多米远，正是自己射杀的大好时机。

唐林先是瞄准了一名正在游泳的肥胖的日军士兵，一个点射，准确地击中了他的头部。他扑腾了几下便漂浮在了河面上。旁边的一名日本士兵还未恍过神来，一颗子弹的冲击力令他一个猛子扎进了水里。

接着是一名士兵的惊叫，随即头部血雾腾起，倒了下去。其他的日本兵一阵惊呼，发现受到了攻击，齐向岸边的步枪奔去。因在齐腰深的河水里，速度不是很快，两名即将上岸的日本兵先行被射倒。

唐林手中中正式步枪里的五发子弹已经射尽，索性左手持了，右手从腰间拔出了那支驳壳枪，一边朝前走着一边“砰砰”地射击。立时击得这些光着身子手无武器的日本士兵们身形乱飞，哀号声一片。他们没有机会去拿岸上的步枪，只能遭受无情的射杀，就如他们在枪杀手无寸铁的中国老百姓一样，在感受着同样的无助和绝望。

驳壳枪的子弹唐林没有进行特殊的改制，有时候他也喜欢听那种清脆的枪声所带来的射击快感。

“都去死吧！”唐林怒吼着，站在岸边尽情地射杀。

河水染成了红色，漂浮着十四具尸体。唐林将驳壳枪里的子弹全部射了出去，胡乱地打在那些尸体上面，又是一阵血肉横飞。他在尽情地发泄心中的怒火，姐姐一家的惨死，尤其是那个还未出世的就被日军刺刀挑出母腹外的小外甥，那种不忍目睹的情形几乎就在眼前。日军又一次为他们的兽行付出了代价，他们本不应该激怒这个猎人，更不应该来侵略这个国家。

经过一场痛快淋漓的射杀，一切又都恢复了平静。唐林站在那里，望着河水中的十四具全裸的尸体，心中沉积的怒火终于泄去了大半，但是眼中的杀机丝毫未减，只是感觉到了一种快意和轻松。

射杀人的感觉和猎杀野兽的感觉，在此时，唐林终于感觉出了一种不同来，在山林中猎杀野兽时，有时候野兽在生命临终时的哀叫和那种哀求的眼神，也能令唐林的心中泛起一丝同情来。一笑之下，举枪放过。而在射杀这些日本士兵的时候，没有同情，没有犹豫，有的只是怒火和激愤，裹着枪膛里的子弹喷射出去，并在杀光对方之后，意犹未尽。

唐林最后还是摇头叹息了一声，他本不愿意这样做，可是这些日本人已经变成了野兽，只能用猎杀野兽的方式去对待他们，因为他们已经咬向了自己和自己的亲人们。他是一个猎人，必须这么做，这是山林中生存的法则。在弱肉强食的山林中，猎人起到的也是一种平衡的作用。

唐林拣了七条步枪和部分子弹，向大山的方向走去。他要回山林中休息，他感觉到太累了，需要养足精神后再进行他的猎杀行动，山林中才是最安全的。日本军队中配制的这种“三八式步枪”他也要回去研究一下。研究敌人的武器，也等于研究他的猎物一样，摸清他的脾气禀性，为我所用。

西落的太阳抛撒出了它的余晖，在欢迎这个满载而归的猎人回家。

一个人的狙杀

在猎屋中休息了一天的唐林，在第二天的早上，另持了一支三八式步枪和部分子弹转向了大山的另一侧。他是去找老猎人杨立山，赠送这支代替汉阳造的三八式步枪兑现自己的诺言。

在杨立山居住的村子里没找到他。唐林打听了一下，有人告诉他杨立山已携家人避进山里去了。

唐林复又进了山里，在一处以前曾歇过脚的简陋的猎屋中找到了杨立山一家人。

“唐林，你怎么来了？”见到唐林，杨立山颇感意外。

“给杨三爷送枪来了。”唐林说着，将那支步枪递上前去。

“谢谢你唐林，这种时候还记着给我送枪。这回在山里面可不愁吃喝了。”杨立山高兴地接过来，随又一怔道，“不是你的那支汉阳造。”

“这是我杀日本人缴获的，性能比那支汉阳造好。”唐林说道。

“怎么，你……你开始杀人了！”杨立山闻之，惊讶之余，复又点头道，“这帮东洋鬼子该杀！他们简直是禽兽不如！”

“我杀的就是野兽！”唐林淡淡地说。

唐林随后将姐姐一家人的遭遇述说了一遍。杨立山听了，震惊之余，愤慨万分，气得白须颤抖，握紧了手中的步枪，愤怒道：“小鬼子比豺狼虎豹还要凶残！唐林，我和你杀鬼子去。”

唐林望了一眼猎屋中的杨家老幼，摇头道：“杨三爷，你年纪大了，带着家人就避在山里吧，况且她们还需要你的保护。杀日本人的事我一个就够了。”

杨立山叹息了一声，摇头道：“我若是再年轻上十岁，一定和你一起去杀小鬼子。”

说到这里，杨立山一拍唐林的肩膀，脸色一肃道：“日本人惹上了你，他们的倒霉时刻就到了。我说过，你若杀人，必会成为天下第一杀手刺客。放开手脚去干吧。你的本事我知道，没有人能避过你一击必杀的神枪。要尽量用你唐家的消声子弹，得手即退，不要贪多恋战。一定要注意安全，不能由着性子蛮干，只有活着，才能杀更多的小鬼子给家人报仇。活下来是最重要的。”

唐林点了点头。

杨立山随后又感慨道："我以为你已经将家里人都接进山里了呢，没想到他们遭遇了不幸。这是日本人逼你出枪了。看来这世上并没有完全与世无争的生活，山外面的事也自会影响到这山里面。"

"我会杀光他们的！"唐林狠狠地说。

"你既然开了杀戒，日本人一定会注意上你的。好在你以前很少露面，没有几个人认识你。要尽可能地避开人多的地方。我还要通知几个认识你的猎户，要他们都避进山里，免得日本人有可能从他们身上找到你的线索，进而追查到你的行踪，他们可是熟悉一些你活动的规律的。小鬼子一旦被你杀红了眼，什么事都能做得出来。所以从现在起，不要与以前认识的人联系，更不要相信任何人，独来独往就是了，那样鬼神难查。"杨立山又叮嘱道。

"杨三爷虑事周全，我在这里谢谢了！"唐林感激地说。

"还有，日本人日后一定会进山围捕你的，所以要在山里面做一些必要的准备。当然了，日本人只要一进了这大山里，他们是奈何你不得的。当年你太爷爷曾惹怒了清兵，三百多人进山抓捕，被你太爷爷拖得精疲力竭，搜山五日无果而退。在这大山里才是对你最有利的战场。如今有了神枪在手，任何人都近不得身的，也尽量不要靠近他们。打一枪换一个地方，便是将千把人撒在这大山里，也难动你分毫。只是在山外面行动时要倍加小心才是。"杨立山说道。

唐林又告诉了杨立山几处他能找得到的自己在山中的秘密藏枪地点，以待他在应急的情况下随时取用，然后告别杨立山转身去了。

在以后的日子里，唐林到处寻找日军的据点和小股外出的巡逻队，潜伏一定的距离外进行精确地射杀。尤其是在野外偶遇的和游离在据点之外的巡逻队，人数不多，没有携带重武器，在空旷的田野里，避无可避，是唐林最为喜欢的射杀目标。这些日本士兵们在没有看到来袭者的情况下，就莫明其妙地丢失了性命。

经过几次的成功狙击，唐林也取得了一些经验，那就是要与前方活着的目标保持五六百米以上的距离，他就是安全的。对方不能发现他，几乎可以完全避免日军枪炮的精确打击，而这个距离也是他最佳的射杀范围。

巡逻队失踪，据点里不断地出现莫明其妙的死亡事故。日军在接二连三地遭到了袭击之后，终于惊讶地发现，一个魔鬼般的幽灵，神出鬼没，在精确地射杀他们的头颅。不知对方来自哪里，无法确认他的存在，却不能否认他的存在。无论白天黑夜，任何时间、任何地点，草丛里、石头后、树木中都有可能射来夺人性命的诡异的无声子弹。当他们发现有同伴倒卧在一旁的时候，大多数已变成了尸体，他们不是在睡觉，而是在毫无察觉的情况下遭到了不知来自何方的无情的射杀。

恐惧终于像瘟疫一样在日军士兵中漫延开来，这个无形的死亡杀手比魔鬼还要可怕。再没有巡逻队敢出来，他们都龟缩在据点里，甚至不敢暴露在阳光之下，因为不知道哪个方向会有一颗悄无声息的子弹在等候着他们。便是在夜晚也不敢点灯，那点光明有可能会引来黑暗中死亡的子弹。

唐林在一个多月里射杀了一百多名日军士兵，引起了这个战区日军指挥官伍田大佐的震惊和愤怒。他随即命令日军的特务机关，特高课的情报人员全力调查这个射杀日本士兵的神秘的敌人来自哪里。

两天后，有关唐林的一些资料便出现在了伍田大佐的手里。战争推进到这个战区之后，一个叫唐林的枪法奇准的中国猎人也随之销声匿迹，这是一名世代都居住在山林中以狩猎为生的猎户的子孙。从一百多名日军士兵全部是头部中弹的情形推断，极其符合这个中国猎人一贯的猎杀手法，这些莫名其妙的命案应该均是其一人所为。

“神枪唐林！这个射杀了一百多名大日本皇军士兵的中国人竟是个来自山林中的猎人！马上抽调精干部队进山围捕，一定要击毙这个给皇军士兵带来太多麻烦的中国人！记住，只有见到这个中国人的尸体，才是部队撤出山中的命令，否则只有战斗下去！”伍田大佐意外之余，断然命令道。

005 神枪定山林

唐林持了步枪站在一座山顶上，望着苍茫起伏的群山，心中升起了一种凄凉，甚至是悲壮的感觉。日本人的到来改变了他原有的一切安宁，从猎杀山林中的野兽转而猎杀另一种野兽。每想起姐姐一家惨死在日本人的刺刀下，唐林心中便充满了对日本人的愤恨。虽然已有一百多名日本士兵倒在了他的枪口之下，对此时的唐林来说却浑然无觉。一百多人和一个人只是一个数字上的概念，从射杀第一个日本士兵的时候起，唐林便已不在乎人数的多少了，在他的眼中，这和他以前射杀的野兽没有什么区别。并且他已下定了决心，只要这些侵略者还在中国的土地上，他就要一直猎杀下去直到杀尽最后一人。

远方山口处，一队人影进入了唐林的视野之内，这是一支队伍，一支进山围捕唐林的日本部队，约有六七十人。

“你们倒是找上门来了！”唐林嘴角泛起了一丝冷笑。在这熟悉一草一木的山林中，可是他的世界。

唐林举起了步枪。这支日军搜山部队已进入了唐林的中正式步枪精确射程之内——800 米。唐林所持步枪的精确射程，在没有瞄准镜的情况下，永远都是别人的一倍以上，只要能看到目标的轮廓，便能实施精确迅猛的打击。

领队的日本军官叫武川秀，是一名日军中尉。他率队一进入山地中，便感觉到了四下里透发出的隐隐杀机。草丛里、树林中、沟壑内，甚至路旁的石头里都有可能射出夺人性命的子弹。这个魔鬼般的中国人，幽灵隐没，难觅踪影，似乎和这片土地上的万物融为了一体，无所不在。

武川秀抬手命部队停了下来，然后双手举起望远镜观察有无危险的存在。

远处的一座山岗上，一个人影出现在了武川秀的望远镜里，并且那个人已举着步枪对准了他，似乎在朝他微笑。

武川秀一怔之下，马上意识到了什么，但他的思维未及有所反应，便觉得有一只小虫子从他的眉心处钻进了脑内，一切开始模糊和淡化了……

后面的士兵们还不知道发生了什么事，在静静地等待着武川秀的命令。直到武川秀的身体瘫痪在地上，他们才恍然大悟。

但这是一支训练有素和有备而来的搜山部队，虽然他们脸上充满了惊恐，却并没有因指挥官的失去而乱了阵脚。他们立时四下散去，各寻掩体，进入了战斗状态。

“目标前方，攻击前进！”一名副指挥官马上从武川秀中弹的位置确定了子弹飞来的方向，拔出指挥刀，冷静地指挥道。

六架机枪立时开始了火力攻击，但也只是盲目地射击，因为他们并没有看到目标的存在。唐林在一枪得手之后，迅速离去，转向了这支搜山部队的右翼。他要凭借自己熟悉的有利地形和远距离的射杀技能在山林中展开猎杀行动，并且尽可能地不让日本士兵们发现自己。这除了增加对方对自己的恐怖神秘之外，也是为了更隐蔽地射杀敌人和保护自己，这本是一个优秀的猎人在猎杀凶猛猎物时的本能。

唐林飞速地奔跑着，这是他自小在山林中早已训练出的本事，能跑上一整天，甚至可以追上疾速的兔子——赤手搏兔。

唐林很快转移到了日军的右侧，在射杀了两名机枪手后，又迅速地离去。就这样，唐林东击一枪，西射一枪，然后快速地转换位置，打得这支日军的搜山部队晕头转向。尤其是唐林射出的无声子弹令日军分不清这子弹是哪里射来的，好像是这山林中有无数个唐林，能从不同的方向射来令人恐怖的子弹。

虽然是在山地中，但是唐林知道，自己现在面对的是一群凶猛的野兽，必须万分谨慎。所以唐林始终和这些日本士兵们保持几百米以上的距离。即使对方发现了自己的踪影，也不能及时地进行有效的合围，同时也能避开对方猛烈的火力攻击。

一个人的狙杀

这支日军的搜山围捕部队，令唐林感觉到了一种极大的刺激和莫名的亢奋。好像是一个久猎无果的猎人突然间发现了一群待猎的山羊，并将它们圈进山谷中进行恣意地游杀。

每看到这些日本士兵被自己射出的子弹击中头颅时腾起的血雾和飞溅的血水，唐林心中便感觉到了一种满足和兴奋。还有那些找寻不到目标惊恐地胡乱射击的日本士兵，更令唐林感觉到一种将猎物玩弄于股掌之中的快感。他甚至抛弃不用遍布山中的套取野兽的那些陷阱和机关。他喜欢步枪的射击，直截了当地将猎物一击必杀，这才是真正狩猎的感觉。

唐林的远距离游走猎杀的狙击方式，令这支日军的搜山部队感到无计可施。在接连阵亡了 25 人的情况下，他们也被迫采取了五人一组，每组间隔二十米，一线式推进的方法，向前谨慎地搜索。

在这座山里，唐林在十几处隐蔽的地点都藏有步枪、子弹和食物。因为他知道自己对日本人的狙击，势必会遭到日本人的报复反击，加上杨立山曾经的警告，所以他做好了准备。

唐林在兴奋中奔跑，在激情中射击，日本士兵们一个个在他的枪口前方倒下，并且没有伤，只有亡。因为他一击必杀，而且只射头部。这是唐林在山林中猎杀野兽养成的惯性，虽然仅仅是为了获得野兽身上那张完整的皮毛。

夜幕降临了，绝望也开始在日本士兵中漫延。他们已无退路，战区指挥官伍田大佐给这支搜山部队下的命令是：击毙中国猎人唐林，只有见到他的尸体，部队才能撤出山中，否则只有战斗下去。

此时这支搜山部队仅剩 34 人了，阵亡了 31 人，精疲力竭的士兵们集中守在了一处山坳里，静待天明，他们甚至不敢点燃篝火。此时令他们感到不解的是，这个奔跑于山林中放冷枪的中国人似乎不会感觉到累的滋味，始终保持着一种兔起鹘落般的快捷，神出鬼没，且枪枪必中。甚至在奔跑中也能开枪击中自己队友的头部。面对这个恐怖的死神，这些士兵们知道，今晚，或许明天，这座大山，就是自己的葬身之地。

在这些日本士兵中有一个叫田和信的军曹倒是保持着一种出人意料的平静。面对这些恐怖和绝望的队友们，他认真地说道："这个中国猎人在随意地猎杀我们，我们却无法发现和消灭他，他不是军人，却胜似军人！这是一个神奇的猎人！他仅凭一个人选择了一场特殊的战斗，因为他来自一个大唐精神永远不会消退的民族，我们也许不应该来到这块土地上和他为敌，和这个民族为敌！明天，我们不知道谁会活着走出这座大山！”

历史上的唐朝盛世，是日本人心中永远崇敬的年代。

田和信的这番话若是在平时，会遭到其他士兵们的指责，但在此时，他们都低下头去无言以对。

黑夜中冷寂的山风吹得树叶“呼呼”作响，远处一个枯枝折断，惊得一名士兵跳起来。未及他举枪射击，便一个跟头栽倒在地，随即了无声息，因为在那一瞬间，一颗子弹夺去了他的生命。

目力极强的唐林，即使在黑暗中，也能隐隐辨得远处活动物的影子。

其他士兵们漠然地坐在那里，他们已熟视无睹，没有人敢再动，静等着属于自己的那一颗子弹。

恐惧、绝望早已代替了疲劳和饥饿。在煎熬中艰难地度过了数个小时之后，终于有两名士兵承受不住心理上的巨大的压力，精神崩溃之下，不约而同地各端起一架机枪站起身来朝四下里疯狂地扫射。

“胆小鬼！出来！”他们声嘶力竭地喊叫着。

田和信见状，知道他们在黑暗中这样做无疑是自暴目标，本想扑过去制止他们。但是那两名士兵相继摔倒，显然是遭到了射杀。山林在黑夜中又恢复了平静，似乎这一切都不曾发生过。

黑暗，已如千军万马将他们围困。

“天亮！我们一定要等到天亮再出击！否则必将成为那个中国人的靶子！他也是人，体力也会有一定的极限，天亮后我们会想办法消灭他的。”田和信朝其他士兵喊道。

他只想给队友们安慰，让他们安静下来，或许这样可以延长他们的生命。白天里都不能发现这个中国人的踪影，黑夜中更不可能了。而这些日本士兵们永远不会知道，唐林有三天三夜不睡觉的本事。

“神枪唐林！战神！”田和信喃喃自语道。

面对幽灵般的强大的对手，田和信对唐林也产生了敬畏。

一个人的狙杀

“轰！”远处一声爆炸，火光冲天。惊得日本士兵们朝那个方向胡乱射击起来。

这是唐林扔出的一颗手榴弹。他要不断地惊扰对方，并且在对方的火力暴露之后，一一射杀。

“中村中尉！”此时的田和信思考片刻，对身旁的副指挥官中村说：“我们不能坐以待毙，可以将现在的三十人乘着夜色隐蔽地分散在山林中各处，然后每个人寻找有利的地形隐藏好，在天亮之前尽可能不要暴露自己的位置。等到天亮以后，也要让他找寻不到我们，同时会形成对那个中国人有威胁力的三十个火力射击点，或许还有可能将这个中国人包围在其中。这本是他的战术，我们不妨学习借用，静等他自己暴露位置。只有这样，我们才能发挥出以多对少的优势，才有机会和这个中国人做最后一拼，否则只能静等他的射杀。”

“你很聪明！”听了田和信的话，本已无计可施的中村眼睛在夜色中一亮。他随即命令，从现在开始每个士兵要各自为战，乘夜色四下分散，百米之内要匍匐前进，然后在数百米内拉开距离，并各自寻找有利地形隐蔽，在没有发现那个中国人之前，不要暴露自己的位置。只有在发现对方之后，尽可能地用火力将其压制住，以待其他人对其形成有效的合围。

为了顾及士兵中原有的恐惧，中村命令每两人一组，分散隐蔽。这样就将田和信计划的 30 个火力点变成了 15 个。

在一块巨石后面歇息的唐林，忽然感觉到了一种危险在蔓延，他敏锐的直觉在危险呈现的一瞬间开始起作用了。唐林起身朝日军隐藏的山坳里注目凝望，已没了一丝动静。在他扔出了两颗手榴弹之后，对方也没有士兵射击了。

唐林眉头皱了皱，意识到了危险的存在，持了步枪快速离去。他要与这些日军拉开距离，只有凭借距离上的优势，唐林才有可能更加安全地射杀对方。唐林尽量避免百米内的近距离战斗，对方强大的火力足以令他遁无可遁。唐林清楚地知道自己擅长什么。扬长避短，隐蔽和安全，是唐林时刻注意和遵守的原则。在猎杀每一个目标之前，唐林都能慎重地考虑好退身之计，这就是唐林神枪奇出、百杀无一失的战术。他也是在和日军的对抗中不断地集累着战斗的经验，因为他知道自己所面对的是一群比山中虎豹更加凶猛和残暴的野兽。出色的猎人总有对付这些野兽的方法。

唐林迅速地撤到了千米之外，站在一座山岗上的一棵大树下面，掩蔽了身形。他望着前方夜色下的苍茫群山，静静地在感觉其中的变化。他知道这些日本人已在悄悄地运动，应该是在形成对自己的一种威胁，在进行一种“困兽犹斗”。大山中的草木甚至是吹拂的山风都能给唐林带来一种异常变化下的细微信息，他自能感觉得到。

天色见亮的时候，唐林选择了一处进退可守的山顶，作为制高点潜伏了下来。天色大亮时，前方低矮的山谷和丘陵呈现在了面前。仔细观察之下，对这里的地形再熟悉不过的唐林立即发现了大石后、沟谷内，以及树上的七处日军的隐蔽点，甚至可以清楚地看到几名日本士兵卧伏在那里的身形。这是昨晚在分散隐蔽中，黑暗中辩不清地势所致，所以现在暴露在了居高临下的唐林的视野之中。

“好狡猾的鬼子！”唐林也不由得点了一下头。

日军这种分散伏击的方式，确实对自己构成了极大的威胁。否则身处其中，只要自己身形一动，便会立即遭到对方的射杀。好在自己及时地撤出了日军伏击的范围之外，可以在外围安全地射杀他们了。

一处隐蔽点里的两名日本士兵的身上虽遮盖了几根树枝，背部却朝着唐林，这是呈现在眼前的最为明显的目标。唐林将步枪的枪口瞄准了一名士兵的头部，轻轻地一扣扳机，无声子弹悄然射出。那名士兵的身子甚至动都未能动一下，便莫名其妙地失去了生命。他身边的伙伴竟然没有察觉到他的死去。接着，这名日本士兵也遭到了同样的命运。两名潜伏的士兵，此时变成了两具静静地睡卧在那里的尸体。

经过那种神奇的“消声粉”改制的特殊子弹，是唐林在狙杀日军中最为有力的武器。它可以悄无声息地杀人于无形，虽能令人感觉到对手的存在却不知道对手身在何处。

罗妹巧手缝制的那件用来伪装隐蔽的“百缕衣”也同样神奇。只要唐林在身上一披，随便卧伏在某个地方，远近之人便很难发现他的存在。这同样也是保护唐林生命安全的武器装备。

唐林在悄悄地改变着位置，以达到射杀那些暴露目标的日本士兵的最佳角度。尽可能在消灭掉一个伏击点之后，不被其他伏击点里的日本人发觉，让他们“安静”地死去。

在唐林悄无声息地不断运动的射杀中，由于位置和角度的变换，又被他发现了四处日军的伏击点，那里的士兵也被他在不同的方位一一射杀。

“59 个，还剩 6 个了！”唐林此时长吁了一口气。

昨天在发现日军进山围捕他的这支部队时，唐林便数清和记住了对方来的人数。每一个数字都是对自己的威胁，只有一个个地消除，自己面临的危险才能逐渐地减少。

剩下的那 6 个危险目标唐林没有发现，看来对方也有隐蔽的高手，他又不敢贸然地近距离去搜索。这些日本人也采取了和他一样的隐蔽射杀战术，经过昨天一战，也变得聪明了。现在只有和他们比试耐力了，静待对方忍耐不住时自暴目标。

这时，唐林忽然发现对面山坡上的一处草丛里有一点光亮闪耀了一下，立即引起了他的注意。那是中村持了望远镜在小心翼翼地观察，镜片反光所致。

在那望远镜反射的光亮又向唐林这边闪了一下时，唐林朝那闪光处送去了一颗子弹。中村一个翻滚倒在了一旁，额头上的弹孔流出了一道鲜红的血水。和中村一同埋伏在这里的士兵见状，惊骇之余，不顾一切地站起来转身就跑。这个魔鬼般的中国人射出的悄无声息的子弹好像能自动找寻到目标，令他感觉到的不仅仅是恐惧。然而这名士兵未能跑出几步，一颗追上来的子弹将他击倒在地。

“还剩四个了！”唐林欢快地说了一声。然后隐身快速离开了这个射击位置。

田和信和一名士兵隐藏在一块长满了杂草的巨石下面，天亮之后他才清楚地看到，他的一些队友们的隐藏地点不是那么很隐蔽，有两处甚至已经暴露在了他的视野之内，不由得令他暗暗叫苦。田和信知道那个中国人就在附近，在暗中窥视着这里的一切，他是没有办法示警队友们了，因为那样有可能导致自己的暴露。

偶然间，田和信突然发现远方 200 米处的距离上有一堆杂草在游动，但是瞬间即逝。田和信知道是那个伪装的中国人，他忙将手中的三八式步枪对准了那个方向。

田和信此时有些懊悔，那就是中村没有完全按他的计划实施，将三十个人以三十个伏击点分散布置，那样范围会扩大些，很有可能将这个中国人圈在里面了。否则现在这个中国人不会出现在他们伏击圈的外围了。

“或许这个中国人感觉到了什么，提前与我们拉开了距离？不管怎样，他不会走掉的，一定在找机会和我们较量，只要有一处火力点起了作用，对这个中国人来说便是致命的。”田和信想道。

这时，田和信身边的那名士兵用手臂轻轻地撞了他一下，随后用手指了指前方。那是潜伏在另一个火力点内的两名士兵身上竟落了几只乌鸦，在他们的身体上走动和歇息。

田和信一望之下，脸色不由一变。他知道这些乌鸦不会落在活人身体上的，他的两名队友也不会这么安静地卧在那里不动，他们还没有那么高的定力。鸟落不惊，原因只有一个，说明他们已经死去了，已经遭到了那个中国人的诡异射杀。

唐林夺人性命的无声子弹，是令这些日本士兵感到最为恐怖的，在第一时间里他们无法判断子弹飞来的方向，而不能展开有效的攻击。那个中国人总是在变换不同的位置射击，四面八方都有可能飞来那种悄无声息的夺人性命的子弹。

田和信与身边的士兵相望之下各自骇然，已明白发生了什么事，并且那些没有隐蔽好的火力点可能都会遭受这个中国人的无情射杀。

时间已经到了中午时分，山林中仍然是静悄悄的，但是田和信已隐隐地感觉到了这山中充满了血腥之气。他虽不知道己方 15 个火力点中的 30 名士兵被那个中国人暗中射杀了多少，但大部分已被射杀无疑。因为他感觉到这四周太静了，静得可怕，静得异常。

一个人的狙杀

田和信知道自己提出的这个分散隐蔽伏击的战术目前来说仍然是奏效的，虽然已有部分士兵死去，但是他还存在。

另一方向 150 米处有一个草包在移动，田和信立即调转枪口朝那里开了一枪。这一枪显得格外清脆和响亮，划破了山林中的寂静。

正在弯腰前行的唐林，忽闻枪声一响，随即头上方的石头壁上溅起了几点火星。他连忙朝下卧倒，并迅速地游爬离开，在这一系列动作的同时已确定了子弹飞来的方向。

“这个小鬼子还行！就是枪法差了点！”唐林嘟囔了一句。

“击中那个中国人了？”田和信身边的士兵很兴奋。

“没有，他又消失了！”田和信失望地摇了摇头。

随即，田和信意识到了什么，忙对那名士兵说道：“谷川君，那个中国人应该发现了我们的位置，乘他离我们还远，看不到这里，你马上顺着这条山沟跑到那边的草丛里隐蔽好。记住，任何情况下都不要暴露你的位置，我在这里吸引他，等他在附近出现的时候，在有十分把握的距离内，击毙他。”

那名叫谷川的士兵点了一下头，持了步枪低了身形迅速跑开。

唐林移动到了另一个掩体后面，没有再动，他知道遇上了一个冷静和有经验的日本兵。刚才在自己隐蔽的地方发现了一个蚂蚁窝，为了避免有蚂蚁爬到身上，在移动时被那个细心的日本兵发现了。好在自己身子弯得低，否则非中枪不可。

又是两个小时过去了，山林中还是那样平静，虽然每个人都感觉到了杀机暗伏，在谁也不知道对方具体位置的情况下，谁也不敢轻举妄动。

“这剩下的四个小鬼子还真够有耐心的！好！看谁能挨过谁！”唐林潜伏在一掩体后面，警惕地观察着周围的一切动静。

突然，两名日本士兵惊叫着不约而同地从一草丛中跳了起来，一个飞跑去，一个持了步枪朝地面上射击。原来是一条花斑蛇游动到了他们的身体中间，一时的恐惧忘记了另一种危险的存在，竟令这两名士兵同时惊跳起来。

一个人的狙杀

“愚蠢的家伙！”望着前方几十米外那两名士兵在惊跳起来后，又相继摔倒，田和信痛苦地闭上了眼睛。

“真是天助我也！还剩最后两个了！”唐林射出两枪之后，轻松地收起步枪朝一边的山谷跑去，那是刚才开枪射击他的日本兵所在位置的后方，他要迂回到那里，进行最后的猎杀。

野外潜伏，最怕草丛中有蛇类来惊扰，这一点唐林的父辈们早已传给了他一条很好的经验，那就是身上带有一块雄黄石。蛇类最惧此物，都会远远避开的。

脸贴在地面上不忍看到队友们一个个倒下去的田和信，此时感到了一种超乎寻常的恐惧，他惊骇地慢慢地抬起头来。他这个时候才清醒地意识到，隐蔽在各处火力点进行伏击的日本士兵们都已经被那个中国人一一射杀殆尽了。因为在他开枪和那两名士兵惊跳起之后，山林中已没有了任何动静，没有人来回应了。那是生命消失的迹象，一种死气沉沉的感觉。

今天的战斗比昨天一天一晚进行得更加诡异和恐怖，28 名士兵就这样在不知不觉中被射杀了。

田和信惊恐之余，强迫自己恢复了平静。因为他知道这个中国人开始朝他这里进攻了，他和谷川必须将这个中国人击毙，虽然几乎是全军覆没了，代价巨大，损失惨重，但是只要击毙了这个中国人，也算是完成了这次进山围捕的任务。更为主要的是，只有击毙了对方，自己才能活命。

田和信努力地回想了一下从昨天进山开始直到现在那个中国人的作战方式，可以说是神出鬼没，无法确定他会哪里出现，又会在哪里消失。

田和信此时心中一动，忙回转身来，朝后方观察了一遍，他看到了远处一个草包在忽隐忽现地朝他这里移动。田和信忙转过枪口，欲行射击时，那个草包似的东西又消失不见了。

田和信给一旁隐蔽的谷川发了一个示警的暗号，然后睁大了眼睛望着前方，以待目标的出现。

十分钟后，田和信终于又发现了目标，五十米外，那个他熟悉的草包似的东西此时竟然在一棵大树的前面站立了起来，应该是这个中国人披着的一件伪装物。田和信不失时机地扣动了扳机，那件东西动了动。

“中了！”田和信一阵狂喜，不由得站起身来，并快速地拉栓上膛，举枪又是一击而中。

这个时候，田和信感觉到了不对劲，那件看似草衣的伪装物下并没有人，而是被挂在了树枝上，随风摇摆。

田和信此刻精神一溃，汗流遍体，叹息了一口气，慢慢地转过身来，他终于看到了那个中国人，正举着步枪瞄准了他。这是一张冷酷而又不失英俊的脸，凛厉的眼神中透露出了一种无比的仇恨。

失望之余的田和信此时反而变得平静起来。他静静地望着眼前这个令他们日本士兵心惊胆战的中国猎人，复杂的心情油然而升起了一种敬意，对方虽然是一个可怕的敌人，但也是一个可敬的敌人。田和信应该是第一个正面看到这个他们认为的魔鬼般的中国猎人的日本士兵。

眼前这个年龄和自己一般年轻的日本士兵令唐林感觉到了奇怪，他竟然没像其他日本士兵一样在将要遭受死亡打击时流露出的恐惧和慌乱，此时表现出的却是一种出人意料的平静。

然而更令唐林感到奇怪的是这个日本士兵在发现上当后，慢慢地收回步枪左手持了，一个立正，竟然莫名其妙地抬起右手朝自己敬了个标准的军礼。

“小鬼子，搞什么鬼？”唐林此时没有犹豫，扣动了扳机。

子弹击中了田和信的眉心，田和信仍旧保持着敬礼的姿势朝后倒去，脸上仍然是那样平静，只是在死亡的那一瞬间，嘴角上露出了一丝微笑。他在向一个神奇的对手表达敬意的同时，也在给那个隐藏在一旁的谷川一个机会……

“64 个？不对，应该还有一个！”唐林脑中电光一闪之际，一种危险的感觉涌上心头。在他今天击杀的目标中，每个伏击点都有两名日本士兵的，并且在总数上还差了一个。

就在唐林一枪将田和信射杀的同时，那种突闪的念头也在脑中一闪。随即身形侧翻倒地。与此同时，一声枪响，一颗子弹击穿了左臂的肌肉。隐蔽在一旁的谷川几乎与唐林同时开枪。

唐林负伤倒地，随即弃了步枪，右手立时从腰间拔出了那支张子龙送的驳壳枪。此时那个谷川已从隐藏的草丛中站了起来，举枪正要射击第二颗子弹。却被唐林抬手一个点射，击中额头定在了那里。

“65 个！妈的！差一点被这最后一个收拾了，小鬼子真是狡猾，给我敬礼的同时也想要我的命！”唐林躺在地上无力地说道。

山口外面，一个叫松奇正一的日军联队长率了大批的日伪军在等着搜山围捕部队的消息。

几个便衣特务从山里惊慌失措地跑了出来。

“太……太军，进山的皇军全都……死了！”一个特务哭丧着脸道。

“嗯？”松奇正一闻之，一时惊呆在了那里，冷汗直冒。

随后有部分伪军带上了一些老百姓进山里去收尸。唐林只射杀日本人，对那些抓壮丁抓来的普通伪军多是枪下留情，除非有对他攻击的企图。

唐林意外地受了一枪，好在没有伤到骨头，并无大碍。自己简单地包扎了一下，又休息了一会儿，随后清理了一下战场，收获了部分战利品。他只收集步枪和子弹藏在山中隐蔽处，以待日本人第二次进山时好用，顺手还拾了一架望远镜。见远处有部分伪军和老百姓进入山来，知道是给这些日本士兵们收尸的。笑了一下，转身去了。

“真准啊！枪枪命中头部！不愧是神枪唐林！”一位老者望着眼前的十几具日本士兵的尸体，惊讶道。

“活该！这些小日本鬼子都死绝了才好！”一个年轻人愤恨地说道。其他的老百姓都呈现出了惊喜之色。

一名伪军军官用温和的口气道：“大家快干活吧！日本人还在山外面等着呢。”

“哼！不敢进山来了，否则也是这个下场！还有那些欺负老百姓的人。”年轻人望着伪军军官，扬声说道。

那名伪军军官低下了头去，没有再说话。

战区日军指挥部。

“大佐阁下!”松奇正一的脸上流下了滴滴的冷汗，立在那里，低着头，以一种悲痛的语气说道，“65 人搜山围捕唐林的部队，在仅仅进入山中两天的时间里，竟被那个中国猎人一一射杀殆尽，无一幸免！全部殉国!”

“你说什么？65 人的搜山部队竟被一个中国猎人消灭！这可能吗？一定是遭遇到了几股游击队的合击。松奇君，你能不能调查清楚了再向我汇报，65 名大日本皇军士兵的生命就这样轻描淡写般地消失了吗？”伍田大佐惊怒道。

“大佐阁下，属下现在汇报的情况一切属实，若有一点差错，愿受军法处置。这个叫唐林的中国猎人神出鬼没，搜山部队始终未能见到他的踪迹，但是却无法避开他躲藏在暗处似乎能从四面八方射来的子弹。并且每颗子弹都准确地射中了搜山部队士兵们的头部，枪枪夺命，令人防不胜防。更为奇怪的是，这个唐林所持的步枪射击时竟然不出声响，无论距离的远近，都无法确定他开枪时的位置和方向，这也是搜山部队遭到重创的原因之一。这是一个如幽灵般的看不见的魔鬼杀手，现在已令各个据点里的士兵们白天不敢出来巡逻，夜晚不敢亮灯。”松奇正一站在那里已是汗流遍体地说道。

“你马上从各联队及特高课抽调精锐人员组成一个特别行动队，专门对付这个叫唐林的中国猎人，不惜任何代价，一定要消灭他。同时命令各部队，悬赏缉拿。”伍田大佐颓然地坐在椅子上，沮丧地说道。

“大佐阁下!”松奇正一此时眼中又闪过了一种希望之色，说道:“我们的这次进山搜捕行动虽然失败了，但并没有完全结束……”

唐林手臂负了伤，回到猎屋后取出唐家世代相传的枪伤药进行了处置。然后全身无力地躺在兽皮铺就的木床上，为了对付这支进山围捕自己的日军部队，这两天唐林的精神始终都处在一种高度的警戒和兴奋之中。他不敢有一点松懈，否则都是致命的。好在将这支日本部队消灭了，自己只是受了轻伤。

为了防止意外，唐林在休息了一会儿之后，带了些食物和水离开了猎屋，来到了一处极其隐蔽的山洞内，这才放心地睡了过去。狡兔三窟，山林中的动物们是唐林的猎物，也是他的老师。

在大睡了两天之后，唐林才醒了过来。臂上的伤口还有些隐隐作痛，不过已无大碍。唐林想起和张子龙约定的时间到了，准备去一处联络点去看一下。他们二人曾约定，每月的初一和十五，张子龙都会派人到某一联络点给唐林送子弹，若是有事，派去的人也会在那里等他。

唐林在山洞内静静地感觉了一会儿外面的情形，确认安全之后，这才走了出来。山林中的一切都能给唐林传达安全的信息和危险的信号。因为不是去狙击日军，唐林带上步枪，犹豫了一下，又放回了山洞里，只在腰中藏了那支驳壳枪。

山林中早已恢复了它自有的平静，似乎在两天前的那次智勇的狙击不曾发生过。

006　枪道

唐林轻快地走着，这次全歼日军搜山部队，对日后的行动更是增加了极大的信心。唐林心中此时感到奇怪的是，日本人也不过如此，一枪一个地就被自己放倒了，怎么就轻易地占领了大半个中国呢。

行走中的唐林忽然被地上的一个什么东西绊倒，身形倒地之际却是一个翻滚躲在了一棵大树后面，同时拔出了腰中的驳壳枪。原来行走中的唐林忽然感觉到了一种危险的存在，似乎将要被一支枪械锁定的同时，及时地佯装绊倒，避过了对方有可能的致命一击。

“日军又派了人来吗？”唐林心中惊讶道。要不是自己时刻处在警戒之下，适才就被对方的枪械锁定了。好在对方未能及时地射击，也是自己敏锐的感觉无时无刻不在起着作用——一感到有异常，即刻做出反应。在山林中的感觉，能令唐林处在一种异常的敏感状态中。这是在山林中磨炼的，也是一种天生的对危险的直觉。

“砰”的一声清脆的枪声在右侧四十米外响起。接着见到林木中有一个跑动的人影。

随即又是一声枪响，那个运动中的人影闷哼了一声，跌倒在地。

“是唐林吗？出来吧，这两个东西已经被我放倒了。”一个苍老而熟悉的声音在前方响起。

“杨三爷！”唐林闻之一喜，从树后现出了身形。

此时看到持了步枪的杨立山站在一侧树林中朝自己招手。唐林见状，知道刚才的危险是他解决掉的，感激之余，忙走了过去。

“看看他们是谁？”杨立山指着地上两具相隔十多米的尸体，对唐林说道。

一个人的狙杀

那是两具当地老百姓装束的尸体，从身形上看倒是有些熟悉。待唐林细看之下，不由大吃一惊道："是朱虎、朱龙兄弟！杨三爷，你怎么将他们杀了？"

朱虎、朱龙兄弟也是这一带有名的猎户，唐林识得的。

"唉！"杨立山叹息了一声，说道："他们已经投靠了日本人，是专门来杀你的。"

唐林的眉头皱了一下道："不错，从刚才的情形看，他们兄弟是针对我来的，暗伏此处欲要袭击我。可是，杨三爷，你如何知道他们投靠了日本人？"唐林疑惑。

"我也是刚刚知道了他们当了汉奸要杀你。"杨立山说道。

唐林闻之一怔，讶道："什么，杨三爷，你也刚刚知道他们是日本人派来杀我的？莫不是你杀错了吧，他们兄弟是在此地狩猎，无意中遇上了你我？"

"我应该没有杀错人！"杨立山道，"我前几天听到山这边枪炮声不断，就知道日本人进山找你来了。所以急急赶了来想助你一臂之力，一起杀小鬼子。可是半路上我无意中发现了朱家这兄弟俩，竟然也在朝这个方向来。当时我还以为他们也是想来帮助你的。然而发现这兄弟俩有些不对劲，是想来这里，又不敢来这里。同时发现了这兄弟俩的可疑之处。"

"你看看他们用的是什么枪？"杨立山说道。

唐林这才注意到朱龙、朱虎兄弟俩的尸体旁边各有一支日军配制武器三八式步枪。

"三八步枪！"唐林讶道，"可是这说明不了什么。"

"我发现他们兄弟俩竟然也各自持有一支和我一样的日本人的步枪，我的步枪是你杀日本人缴获后送给我的，那么他们的步枪是从哪里来的？有两种来源：一是他们和你一样杀小鬼子缴获来的；二是日本人送给他们的。不过第一点我马上排除了，因为他们既然和你一样有敢杀日本兵的勇气，缴到这种步枪更换了原来的火枪也不算什么稀奇。但是他们的表现令我感到奇怪，既然是想去帮助你打鬼子，却在半路上犹犹豫豫的，始终不敢接近你和鬼子开战的山区。这种行为只能说明他们不敢去打鬼子，也不曾杀过鬼子，更不要说缴获步枪了。不过那时候我仍然没有怀疑他们投靠了日本人。虽然我担心你的安危，恨不能立刻赶去助你，但是这两个人令我放心不下，于是我耐着性子暗地里继续监视。”杨立山说道。

“原来在我和日本人交火之际，杨三爷便和朱家兄弟朝这边赶来，这些天杨三爷一直在监视他们。”唐林讶道。

“不错！”杨立山说，“我见他们兄弟形迹可疑，怕对你有所不利，于是一路跟踪过来。这一带的猎户中他们兄弟可是认识你的，并且也熟悉这山里的一切。我曾经通知过他们兄弟，避开日本人找麻烦，他们兄弟也曾应了。就在两天之前，这边的枪声渐稀而停，我站在山顶上发现，有老百姓开始进山收运日本兵的尸体了，才知道你已全歼了鬼子的搜山部队，真为你感到高兴。你果然是在这大山里葬送了来对付你的日本人，让日本人知道了神枪唐林的厉害。不过这时候，我发现朱虎悄悄地和一名搬运尸体的老百姓说了几句什么就极不情愿地连忙走开了，愈加引起了我的怀疑，他一定是在和混在老百姓中的日本特务联系上了，取得了什么命令。这是我现在才明白的，那时候我仍然没有确定他们投降了日本人。”

“他们兄弟竟然在这里候了我两日，看来果真是投降了日本人来对付我的。”唐林说道。

“唉！”杨立山叹息了一声道，“我那时候虽然对他们兄弟起了疑心，但是极不愿意相信自己的这种怀疑，希望自己的判断是错误的。后来我发现他们兄弟俩没有离开，而是守在了从山中去山口的路上，暗伏下来。他们的行为可不是在狩猎，因为在这种时候，这个你刚刚杀光日本人的地方，哪里会有人有这种心情在狩猎，只能说他们潜伏这里另有目的。这几天你必会出山的，他们是受了日本人的指令，要在你全胜之后，精神松懈之下打你个措手不及。并且他们是你认识的中国猎人，就是在这里面对面地遇上，一时间你也不会分出真假的。”

“好狠毒的一招！”唐林握紧了拳头。

杨立山又说道：“朱家兄弟在这里潜伏了两天，直到你刚才出现，将枪对准你的那一刻，我才确定这两个人果真是投降了日本人专门来杀你的。于是我一枪先将朱虎杀了。朱龙吓跑，也被我一枪击中。我的枪头子没有你打得精，但这么大的两个活物是不在话下的。也是他们的注意力都在你的身上，未料到旁边有要他们性命的人哩。他们万万没有想到，我一直在暗中监视他们的一举一动。”

“谢谢你杨三爷！没有您老的掩护，我唐林今天就死在这里了。适才虽然发现了危险，但是他们兄弟若是现身相见，我必不会怀疑，到时再打我的冷枪，或是面对面地出枪，猝不及防之下，我也必死无疑。”唐林说着，低身拜去。

“莫和老夫客气！你神枪唐林是我们猎户中也是我们中国人的骄傲，一个人杀了那么多的鬼子，就是一支部队也难以做到这种程度。别说这两个败家子了，就是我的家人在日本人的逼迫下，甚至是为了保护我的这条老命而出卖你神枪唐林，我知道了，也照杀不误。”杨立山毅然道，上前将唐林扶起。

“杨三爷！”唐林感动得热泪盈眶。

“好孩子！为了让你的本事去杀光日本人，就是搭上一百条我们中国人的性命也是值得的。你已经证明了你是值得我们这么做的。要是小鬼子们知道，咱们中国的一个猎人足以抵得上他们的一支部队，肯定后悔来到了这里。”杨立山也自激动地说道。

“放心吧杨三爷，我会让日本人连后悔的机会都没有。”唐林坚定地说道。

“猎户唐家，世代英雄！到了你这里，赶上了这个特殊的世道，就最大限度地去发挥你猎杀野兽的本领吧。你是要出山吧，那就去吧，大山里还有我这个老头子为你守着呢！”杨立山说道。

“杨三爷！那我就去了。”唐林说完，抹了一把激动的泪水，坚定地转身走去。此时的唐林，已是无所畏惧。

唐林出了山口，右行十里，然后朝一座废弃的寺庙走去。到了那里，唐林又四下观察了一下，发现一棵树下拴了一匹马，一个着了便装的人站在那里焦急地来回走动。此人唐林认得，是张子龙的贴身卫兵刘光明。

唐林打了声呼哨，走了过去。看来这名卫兵来这里藏好东西后并没有走，而是在等他，应该有事。

刘光明忽见了唐林，大喜过望，忙跑上前来，先是敬了个军礼，然后兴奋地道：“唐林，你终于来了，我都等了一天了。”

“睡过头了！呵呵！怎么，有事吗？”唐林说道。

“听说你一个人消灭了一支进山围捕你的日军搜山部队，张团长急着要见你。”刘光明兴奋地说道。

一座小镇上，张子龙的28团团指挥部设在这里。日军攻来之后，28团被迫撤出了定河县城。

唐林一走进来，指挥部里正在忙碌的军官们都停下来，惊喜地望着唐林，并不约而同地郑重地朝他敬了个军礼。唐林见了，心中感觉到奇怪，自己今天为何受到这般隆重的礼遇。

“唐林！”张子龙满面春风地从里面屋子迎了出来，也自敬了个标准的军礼。

唐林惊讶道：“张团长，今天为什么这样客气？”

“唐林，你应该接受我们军人的敬礼。这些日子你不断地狙击日军，令他们遭受到了重大的伤亡。尤其是在两天前，你一个人竟然不可思议地全歼了一支日军的搜山部队。本来我准备派人进山帮助你对付这支日军部队的，可是在得到消息的时候，日本人已经开始组织老百姓从山里往外搬运尸体了。唐林，了不起！你创造了一个抗日战争中的奇迹！你是个真正的民族英雄！”张子龙敬佩地说道。

“唉！没什么，最后两名小鬼子还差点要了我的命呢！”唐林捂了一下手臂上伤口，摇头说道。

“你受伤了！”张子龙一惊。忙命令卫生兵进来给唐林重新处置了一下。

“唐林，知道吗？你的游击狙击的作用已经显现出来了，现在日本人已是闻风丧胆，龟缩在据点里不敢出来了，大大减轻了我军主阵地的压力。从我们获取的各方面的情报显示，你狙击的日军人数已接近200了。这可是全国抗战以来绝无仅有的个人狙击战绩。我已经将你的情况上报给了战区长官公署，要求给你这位来自民间的抗日英雄嘉奖。”张子龙高兴地说道。

唐林感叹道："什么嘉奖的没用，只要我们中国人齐心协力地将这些日本人赶回海里去，令乡亲们过上安心的日子就行了。"

张子龙笑道："放心吧，这种日子快不远了。日本人现在已经到了穷途末路，由于他们战线拉得太长，兵力已明显不足。并且美国人已经对日宣战，全世界反法西斯的最后胜利即将到来。"

"总要将这些日本人杀光才好，绝了他们的种，以后再欺负不了人了。"唐林握着拳头，愤恨地说道。

"就让我们一起来葬送日本军国主义的末日吧！"张子龙拍了拍唐林的肩膀，郑重地说道。

吃午饭的时候，张子龙对唐林说："你单兵作战的狙击作用已令日本人视你为这个战区的头号敌人。据可靠情报，日本人在这个战区的指挥部已给日军部队和那些汉奸特务们发下悬赏令，一万大洋拿你的人头。日后要小心了，安全是第一位的。"

"一万大洋！呵呵！日本人倒是瞧得起我。"唐林冷笑道。

"这说明日本人实在是怕了你了，也说明日本人知道了你的真正身份，他们会对你展开专门的缉捕行动的。所以在任何时候都不要暴露自己的目标和行踪，令他们知道你的存在，但却永远找不到你。有需要我帮忙的地方，你一定不要客气。你的事迹现在已大大鼓舞了我军的士气，下面的弟兄们都想见见你这位神枪手，一会儿跟我去营中走走。"张子龙说道。

旁边作陪的28团副团长李志南说道："团座，弟兄们的心情可以理解。但在目前这种特殊的情况下，安全起见，还是不要让太多的人认识唐林为好，我看一会儿让警卫连的人和唐林见一下面就行了，还有那几个军中的神枪手。"

张子龙听了，点头道："有道理！"

28团警卫连列队相迎。

张子龙朝众人介绍道："这就是神枪唐林，一名不是军人却胜似军人的抗日英雄！"

唐林站在那里多少有些不自然，朝这些敬畏他的官兵们点了一下头。

“唐林，这是我们28团挑选出来的五名神枪手，刘海荣、张力发、李石头、王大力、周良。他们现在已和你一样，开始了阵地狙击，并且取得了不错的战绩，狙击人数最多的是周良，共歼敌12个。你这个真正的神枪手今天要指点他们一下，以令他们能发挥出最大的狙击作用。”张子龙指着五名军人说道。

“唐林是我们军人的榜样，据可靠消息，唐林一个人在两天前一次性狙击了65名日军军人，这不是神话，而是现实，在现实战争中创造的奇迹。希望你们能努力地向唐林学习，最大可能地狙击我们阵地对面的日本人。你们知道吗？唐林现在的狙击战绩已经接近 200 人，大大消耗了日军的兵源，这是我们一次中小型战役中都不可能消灭的日军人数。所以，我们也要和这些小日本鬼子玩一次狙击战，开创抗日战场上的新战术，这是唐林给我的启发。”张子龙对那周良等五个28团的神枪手说道。

周良、刘海荣、张力发、李石头、王大力五个人自见到唐林的那一刻起，便显得非常激动。这个令日本士兵恐怖的传奇猎人，就站在他们的眼前。

随后，在这些士兵们的要求下，唐林接过一支步枪展示他的神枪绝技。唐林没有去看百米外的射击靶，而是抬头望向了空中。时值几只麻雀从空中飞过。唐林见了，抬手就放了一枪。两只麻雀从空中掉了下来。

“好枪法！”

“一枪两鸟！不愧是神枪啊！”官兵们立时欢声雷动。

在张子龙的请求下，唐林对周良等人进行了一番指导。

唐林说道：“步枪对一个射手来说不仅仅是他手中的武器，而是要看作自己身体的一部分。将你的感情和步枪融合，进而成为一体。这就要求射击时全神贯注，将你的意念锁定前方的目标。其实平日里练习你的枪法，不如说是在练习你的意念。你的意念越强烈，越能达到理想的射击效果。”

“当然，每个人可能都有他在射击时的最佳感觉，这种感觉也非常重要，一旦进入状态，便可能枪枪命中，达到平时所不能达到的射击效果。我们不但要熟悉所持步枪的部件组成，清楚地了解每一部件在射击的那一瞬间所起到的作用。要想达到这一点，就要归功于平时对步枪的维护和保养。枪是我们的生命，在用它射杀敌人夺取对方的生命时，也是在保护我们自己的生命。”

“唐林，没想到你对枪的认识能这么深刻，我们仅仅是将它看作一件杀人的武器而已，今天领教了！”周良敬服地说道。

唐林听了，笑了笑，望了一眼摆在上旁桌子上的子弹，又说道：“还有子弹，千万不要忽视。我们在射击前一定要检查好每一颗子弹，防止其中可能出现的哑弹，否则错失良机，丢掉性命的可能就是我们自己了。”

唐林说着，拣起了几颗子弹在手中抚弄了一会儿，又煞有介事地举在鼻端嗅了嗅，还放在耳边听了听。然后放下又查看其他的子弹。最后拣出其中的一颗子弹，说道：“这便是一颗有问题的哑弹。”

众官兵闻之愕然。

刘海荣惊讶道：“不会这么神吧，连臭弹也能辨认出来？”

说着，刘海荣上前接过唐林手中的那颗子弹，填装进了步枪里，然后拉栓上膛，朝着远处的射击靶扣动了扳机。但听“咔嚓”一声机栓的撞击声，那弹头果然没有爆射出来。

“厉害！真是枪神啊！”众官兵发出了惊叹声。

“唐林就是唐林，果然与众不同！请问，你是如何辨识出有问题的哑弹的？”张子龙好奇地问道。

“感觉而已！”唐林笑道。

“好一种神奇的感觉！怪不得这么多日本士兵都倒在了你的步枪之下！你在凭着感觉杀人！”张子龙惊叹道。

唐林告别了张子龙，朝大山的方向走去，他要回山中取到步枪，继续他的猎杀行动。

到了一座集市上，唐林去买了些干粮，顺便坐在了一家茶馆里歇息。在山外面几乎没有什么人认识自己的情况下，他经常现身购置给养。旁边坐了几位饮闲茶的客人，在交头接耳地神秘地谈论着些什么。唐林这边倒也听了个大概，是在谈论自己的。

一个胖子兴奋地说道：“神枪唐林真是名不虚传啊！几里地以外都能一

枪命中小鬼子，跑都没地方躲去，那子弹能追着你去，绕着弯的击中你。听说死在他神枪下的日本人海了去了，上千人都应该有了。前几天听说日本人的大部队进山围捕，结果怎么样，一个没剩！都死在山里头了，那叫个痛快！我有个亲戚就是被日本人逼着进山往外搬运尸体，搬运了好几天呢！手脚都累酸了。听说日本人的尸体堆成了山，用了十几辆汽车才运回他们日本国。这回让那些死了自家男人的日本娘们哭去吧！”

唐林听了老百姓们夸大了的“神话”，暗里一笑。

一名老者说道：“是啊！神枪唐林专门杀小鬼子，不理那些黑狗子（伪军），所以那些黑狗子很老实，不敢随便欺负老百姓了。现在在我们这里，走路也放心多了，轻易地遇不上巡逻的鬼子了，他们吓得都藏在炮楼里不敢出来了。这真是大快人心啊！”

一中年人道：“那唐林以前就常在山里打猎，出山的时候很少，所以没有几个人认识他长得什么样。小鬼子想抓他都没个像呢！听说日本人还下了重赏，一万现大洋要他的人头。这也是枉费心机，谁敢去抓他，谁又能抓住他。那是不要命了！”

先前那胖子说道：“唐林杀日本人杀得痛快！也为我们老百姓解了恨。我估摸着，唐林杀光了来咱中国的这些日本人，还可能反杀到他们日本国去，将那个什么鸟天皇的一枪崩了了事。小日本国能有多少人啊！能经得起唐林这般杀！也是老天爷看不下去了，才降下唐林这个神枪手来，绝小日本的种！”

那老者笑道：“唐林杀得痛快！你倒是说得痛快！”

胖子笑道：“怎么痛快就怎么说！我要有唐林神枪的本事，就到他们日本国去，从那个鸟天皇开始，大小官按照次序来，一枪一个的崩了去。奶奶的！其实日本人就是秦始皇时运去的中国人的种，生活在那个小岛上变了性了，不认祖宗了。唐林现在是执行祖宗家法，铲除这些败类呢！”

老者感叹一声道：“要是我们中国人都有唐林的本事，小日本当年连东三省都休想踏进一步，也不至于将中国祸害到这个样子。南京大屠杀的事听说了吧，几十万中国人的性命啊！这是将人逼急了，才逼出唐林的神枪来。听人说，猎户唐家，祖训不杀人的，没想到在唐林这里开了戒。这个杀戒开得好！中国人早就应该大开杀戒了！”

“大开杀戒！”唐林这边握紧了手中的茶碗。

“操他小日本奶奶的！”那胖子此时一拍桌子，愤恨地说，“小日本杀了我们这么多中国人，难道说是中国人都是狗熊吗？现在站着坐着都得听日本人的，妈的！再受不得这份鸟气了，老子明天参加游击队去。听说北面来了一支游击队，几天前端了日本人据点里的两座炮楼。”

茶馆掌柜的听到这里，觉得不是个事，忙上前劝告道：“各位，莫谈国事！莫谈国事！嘴上一时畅快，可是要惹祸事的，小店的生意还要做下去呢！”

胖子眼睛一瞪道：“怕个屁！祸事已经临头了！再这样下去命都没了！”

那老者一旁无奈地说道：“还是少说几句吧，现在毕竟是日本人在势头上，飞机大炮的，咱中国人还打不过人家。中国虽然地大人多，但是穷啊！日本人的探子很多，不要被他们得了口实去，抓去了不值得，要丢命的。”

那胖子听了，这才一盆凉水浇灭了激情，坐在那里垂头丧气地道：“要是唐林早些出现就好了，现在有些晚了。”

“不晚！”一个冰冷的声音响起。

众茶客们闻声一怔，抬头看时，一个冷酷的年轻人起身离去。

“他……他是神枪唐林！”老者似有所悟。

唐林离了集市，想起茶客们的谈话，他们倒也有激情和幻想，但是不敢甚至于不愿去实施，心中颇多感慨。为什么中国人被逼到眼前了才想起反抗，自己以前为什么和这些茶客们一样麻木，要不是姐姐一家惨遭日本人的杀害，自己是否还游荡在山林中去享受一个人的无忧世界，哪怕山外面天翻地覆。

唐林此时才模糊地意识到，个人的命运和国家命运之间的联系。

日军战区指挥部。

松奇正一垂头丧气地站在伍田大佐的面前，抹了一把头上的冷汗报告道：“那个唐林实在是一个杀不死的魔鬼！就在搜山部队进山围捕唐林之际，我们用重金收买了两名曾经认识唐林的猎人，本来是要利用他们熟悉山中的环境协助皇军共同围剿唐林。后来我临时改变了作战方式，命令他二人从另一个方向进山，想法找到唐林，假意帮助他共同对付搜山部队，在唐林不注意的情况下，再行击杀。可是那两个中国人不知道为什么，迟迟没有到达作战区域。搜山部队失败后，他们才与我们的特工人员联系上。于是命令他们继续执行捕杀唐林的任务，在唐林获胜时，应该能有所松懈，并且在他认识的两个中国人面前，更会放松警惕。可是三天过去了，仍然没有他们的消息，应该是遭到了唐林的击杀，否则会回来向我们报告的。”

“唐林，这个魔鬼！”伍田大佐愤怒地拍了一下办公桌，站起身道，“松奇君，你有一个重大的失误知道吗？就不应该派那两个认识唐林的猎人去山里找他，而是要将这两个人编在你的别动队里。因为见过唐林的人极难找到，就是他混进城里走在大街上也没有人能认出他来。而你却白白地将那两个具有重大价值的人派去山里送命，甚至没有来得及描绘出唐林的画像。事实表明，在大山里，我们丝毫也奈何不了唐林，只有在山的外面，才能想出办法消灭他。因为他对我们所采取的具有威胁的行动，都是在山外面进行的。记住，以后不要再犯这种低级的错误。”

“嗨！属下明白！”松奇正一立正道。

“还有，我们既然抓捕不到唐林，那就想方设法将他引出来。中国人不是有句成语叫作引蛇出洞吗！只要我们确定其所在，就一定能彻底地消灭他。”伍田大佐最后说道。

夜晚对唐林来说是天然的伪装，可以从容地轻身来去。日军据点内的灯光前晃动的人影是最明显的目标。虽然在此时，大多数据点里的日军已经不敢随意地亮灯了。但他们有时候在点燃一根烟的同时，也会莫明其妙地丢失了性命。没有人知道这个无形杀手什么时候来，在哪里出现，好像他无时无刻不在，一直盯着他们的一举一动。

在黑暗中目力极强的唐林，在近距离内可以辩得前方模糊的人影，在无声射击下，悄然地射杀掉目标。令人不易察觉，进而也不会惊动其他的日军展开搜索式的攻击。有时候唐林潜伏在和日军仅仅相距几十米的距离内，能清楚地听到对方说话的声音，虽是听不懂，但可以闻声定位，确认目标所在。在其偶然暴露出身形的时候，一击毙命，而后迅速退去。

无论是白天和黑夜，在日军的据点外面都看不到里面的人影了，显得死气沉沉。在唐林一杆步枪的威慑下，已令日军士兵们如惊弓之鸟，草木皆兵。甚至风动尘起，也怀疑是唐林来了，缩在角落里不敢出来。恐慌与日俱增，已令部分士兵甚至到了绝望的境地。

007　日军别动队

这天，唐林来到了安平集外，这是一座比较偏僻的小型集市，没有日伪军驻防，是唐林为自己购置给养的地方之一。在集外观察了一阵，确定安全之后，唐林将步枪和百缕衣藏在野地里，怀中揣了那支驳壳枪，缓步走来。

到了集市里，唐林先在一家饭馆内吃了些东西，同时等候订的部分面饼。为了安全，唐林每隔十天半个月才露面一次，买些可供自己游击野外用的食物。

就在这时，外面忽然一阵大乱，惊慌失措的行人四下疾走，紧接着街道上出现了大队的日本兵。

临窗的唐林见状一惊，站起身来想撤走，但是已经来不及了，饭馆内闯进来十几名端着明晃晃刺刀的日军。一名便衣特务挥着手中的盒子枪大声喊道："皇军抓捕游击队，谁也不要乱动，等待皇军搜查。"

唐林见情形危急，要是被日军怀疑上自己可就走不脱了，摸了一下怀中的驳壳枪，准备冲出去，眼下也只能这样做了。稍后被搜出身上的藏枪是个死，与日军近身一博也是个死，并且还有冲出去的一点希望，虽然与群敌近战是不利于自己的，但目前情形已别无选择，不能束手待毙的。

"哥，你怎么在这吃饭啊，也不唤我一声。"一名女子的声音响起，唐林的肩头随即被人拍了一下。

唐林一怔，回头看时，讶道："是你……"却是自己昔日从日军手中救下的那个李娟。

穿了一身土花布衣裳持了一个包袱的李娟暗里递给了唐林一个眼色，

意思是不要轻举妄动。此时日军已经开始逐个搜查了，专门搜查那些青壮男子。

唐林摸了一下怀中的驳壳枪，知道此枪在身上可不是个事，此时欲藏在别处已是来不及了。就是拔枪应战也是不能了，枪声一响，必会招来大批的敌人，况且饭馆内还有一些客人，乱枪之下难免伤及无辜。

一旁的李娟似乎看出了唐林的焦虑，持了手中的包袱挡在二人身前，低声说道："东西给我，我是女的，不会引起他们的注意。"

唐林听了，无奈之下，只好暗里掏出驳壳枪递给了李娟。在那只包袱的掩护下，李娟面无声色地接过，于自己的怀中藏了。此时两柄刺刀逼了过来。

"你们是哪的？做什么的？"一个便衣特务问道。

"小李村的，和俺哥走亲戚路过这里。"李娟淡淡应道。

对李娟临危不惧的镇定，多少还是令唐林有些惊讶。也自将自己凌厉的目光暗淡掩去，低头不语。

"小子，抬头让我看看。"那名便衣特务用枪口托起唐林的下颌。

"做什么活的？"特务问道。

"种地的。"唐林应道。

那便衣特务一手用枪逼着唐林，一手在唐林的腰间摸索了一遍。

一无所获后，那便衣特务转问李娟道："他真的是你哥？"

"当然是俺亲哥，那还能有假。"李娟白了一眼那特务道。

"嘿嘿！我看是情哥哥吧！"那便衣特务淫笑道。

李娟脸色一红，"呸"了一声。

这时，日本兵在一名汉子身上搜出了一把短刀，立时将那人按住。那汉子大呼冤枉起来。这边的那名便衣特务见了，再无心理会唐林、李娟二人，过去踢了那汉子一脚，骂道："叫什么叫，带走！"

接着饭馆内的日本兵撤去，搜查下一家去了。

"谢谢你！"唐林低声感激地对李娟道。

李娟嫣然一笑道："和我客气啥，先坐一会儿再走吧，免得被那个狗腿子怀疑上。"

结果唐林、李娟二人刚坐下，先前的那名便衣特务在窗外又向二人这边扫了一眼，犹豫了一下后，这才离去。

对于李娟的机警，唐林感觉很惊讶，眼前的这个如罗妹一般年纪的女子，已不是先前那个被自己救过的胆小的女孩子了。她现在变得沉稳机灵，要不是她适才的掩护，自己一定会暴露了身份。

仅仅坐了两分钟，李娟忽然道："这里不安全。"拉了唐林，起身就走，从饭馆的后门去了。

二人刚离开，先前的那名便衣特务带了五六个便衣又急匆匆地过来了。

"刚才那一男一女呢？"那特务问道。

"走了。"一名伙计过来应道。

"那个男的身上有股子霸气，可不像个种地的。兄弟们给我追。"那特务一挥手，率人追了出去。

唐林、李娟二人出了饭馆的后门，借着房屋的掩护，避过街上的日军，迅速地撤离了安平集。

到了野地里，唐林寻着了自己藏的步枪和百缕衣。这才松了一口气道："适才好险！真是谢谢你了。"

李娟笑道："没想到神枪唐林也有受困的时候。日后可不要只身犯险了。"

"这是个意外！"唐林道："对了，你怎么出现在这里？现在在做什么？"

"和你一样打鬼子！"李娟神秘地笑道。

"你也在打鬼子？"唐林闻之一怔。

"上次虽然被你救了，但是你杀了那两个日本兵后，我也回不得家了。后来见到了姑妈家的表哥，就和他一起开始打鬼子了。"李娟说道。

"你参加了游击队！"唐林恍然大悟道。

"是的，我表哥是队伍上的人，他所在的县大队是中国共产党领导下的抗日武装。"李娟自豪地说道。

"你原来参加了八路军！"唐林惊讶道。唐林曾听人说过，共产党领导的八路军是专门打日本人的。

李娟点了点头，认真地说："是的，现在的全中国正在全民抗战，凡是为了保家卫国，真心打鬼子的，都是我们统一战线的人，譬如你，还有那个抗日军人张子龙。只有全中国人团结在一起，迟早有一天会将日本鬼子赶出中国去的。你的英雄事迹我们也听说了，队伍上的人都很敬佩你，一个人杀了那么多的鬼子。不过要想真正的打败日本人，还要更多的中国人联合起来。”

“这么久不见，你长学问了啊！”唐林惊讶道。

“那是当然，在队伍上，能学到很多的知识和文化。唐大哥，想参加我们游击队不？”李娟得意之余，问道。

唐林摇了摇头道：“你们部队上的规矩太多，不适合我。”昔日张子龙也曾力邀唐林参加他的28团，也被唐林拒绝了。

“不勉强你。我还要去执行一项重要的任务，这就告别吧，日后希望有机会再见到你。”李娟说完，深情地望了唐林一眼，转身去了。

“连她这样的女孩子都在打鬼子了，小日本当真是长久不了了。”唐林望着李娟远去的背影，暗里感慨道。

就在这时，唐林忽然发现，李娟的身后，远远地出现了五六个鬼鬼祟祟的人影。

唐林见状一惊，知道是从安平集里追出来的便衣特务，忙隐蔽一侧，伸出了步枪。对这种投靠日本人的特务汉奸，唐林不屑一杀，本不在他的目标之内，除非他们有对自己攻击的企图。

从现在的情形来看，这几名便衣特务还是对自己和李娟的身份产生了怀疑，他们跟踪上了李娟，是很危险的，必须阻止。

对这些便衣特务们，唐林暂时还未将他们划入“野兽”之例，于是想给对方一个警告，移动枪口，轻轻一扣扳机，一颗弹头无声射出，将前面的那名便衣特务的帽子击落。

那个特务正是搜查唐林的那个人，带了几个人追出安平集，发现了远去的李娟的身影。此人怀疑的本是唐林，此时却见李娟一人，行迹愈加可疑，便想擒住再行审问。正走着，忽觉头上的帽子无风自落，倒也不以为意，回身弯腰拾起，脸色忽地一变。因为他发现帽子上赫然呈现出了两个对穿的弹孔，一时间惊骇呆在了那里。

“老王，怎么不走了？”后面的人未察觉到那便衣特务的神色，问道。

“是……是我判断错了，她们是普通的老百姓而已，回去吧。”那名便衣说着，用手握紧了帽子，未敢再戴，转身先行走去。此人心中已然清楚地知道，弹发无声，必是那神枪唐林所为，一击必杀的唐林，此时却射穿了他的帽子，当是有意放过他的性命，给了他一个警告。

“唐林在附近，饭馆中那……那个男的可是传说中的神枪唐林吗？”这名特务心中惊恐之余，冷汗自下。

远处隐蔽的唐林，见一枪将这几名便衣特务惊退，暗中一笑，又观察了一会儿，这才悄然退去。

这名无意中见到唐林真面目的便衣特务，已是被唐林那一枪震慑住了。拣了一条命后，也是良心触动，回去后也未敢向日军和便衣队长李德报告自己的发现，托病告假，从此退出了便衣队。

唐林这种只猎杀日本人不杀中国人的行为，算是给了那名便衣特务一个改过自新的机会。不过也是冒了一回险，要是那名特务不知轻重地报告给了日军，凭记忆绘画出他的样貌来，唐林日后可就不便抛头露面了，也增加了自身的危险。

与李娟分别之后，唐林又开始了自己的猎杀行动。此时在这个战区，有国民党的军队在与日军对峙，有八路军游击队在不断地袭击惊扰日军的据点，破坏交通，抢夺物资。还有他唐林，在以独特的游击狙击的方式猎杀日军士兵。日军疲于奔命，整个战区呈现出了一种胶滞的局面。而唐林神出鬼没，悄无声息的诡异狙击，犹如一柄尖刀，在不断地划破日军的心理防线。日军战区指挥部不得不对唐林单独做出了防范策略，专门为了对付唐林而特别组建的别动队开始了针对唐林的捕杀行动。

山坡下面是一座村庄，村庄临公路的地方有日军的两座坚固的炮楼。潜伏在草丛中的唐林观察了一会儿，发现这些日本士兵们果然不轻易地出来走动了，只是躲藏在炮楼内暗里观察着外面。一时间还真是找不到射杀的目标。

唐林知道这里的日本兵只是在警惕地戒备而已，并不知道自己已经来到了这里，所以会有暴露身形的时候，现在需要的是耐心地等待。

两个小时过去了，一切显得那么平静，鸟儿飞落，昆虫鸣叫，一切又是那么自然。然而在这其中却隐藏了无限的杀机，似乎炮楼里的日军士兵们也能感觉得到。无人敢站起身来随意地在射击口前走动，只是隐藏在角落里窥视着外面的动静。

这时，唐林莫明其妙地打了个冷战，这是一种危险突然临近的感觉，随即唐林感觉到了周围气氛的异样，这种危险竟然来自他的身后。

后面三十米外传来了一个男人的说话声音，说的竟是听不懂的日语。有日军从他的后方绕了上来。

唐林潜伏在一处草丛中，“百缕衣”遮住了他的全身，上面还撒了些枯草。此时他未敢再动，只是将步枪慢慢地收回到身体下面，右手握紧了驳壳枪，打开了枪机，准备近战。

唐林知道自己伪装得相当隐蔽，日本人不可能发现自己所在的位置，只是不明白为什么会有日军出现在他的后面。

有三个人走到距离唐林隐蔽处十米外站住了，又说了一通听不懂的日语，然后那三个人朝山坡下面走去。

唐林这时才看清了这三个人的装束，一身黑衣，是中国老百姓的打扮，倒是有别于便衣特务。但在每个人的肋下都挎着一支冲锋枪。后面鼓起的腰间还应该有着武器装备。并且从这三个人走路的姿势来看，相当稳健，都是练过功夫的人。尤其这三个人走路时不但拉开了距离，而且三角形的方位时刻处在一种警戒之中，一旦有变，可以相互呼应，这可不是一般的日军便衣，而是训练有素的有别于普通士兵的特工人员。

他们应该是从这山上偶然路过的，但从他们一路的动作来看，时刻在观察着周围的一切。

唐林猛然醒悟，这三个人极有可能是来对付自己的日军特工。唐林此时虽然已处在了他们的身后，但是没有敢贸然地开枪射击。因为即使射杀去了一人，另外两个人会在一瞬间发现并能极快地隐蔽，进而朝自己发动攻击。枪声一响，也会引来两座炮楼里的日军增援，况且这三个人已经是不好对付了。尤其是不知道在这附近还有没有他们的人，自己一旦暴露，有可能会遭受到围攻，可就脱不了身了。

唐林感觉到这三个人中每一个人对自己的威胁都要赛过十几名甚至于是二十几名普通的日军士兵。这是三个极其危险的人物，要不是有罗妹巧手缝制的“百缕衣”伪装了自己，适才早已被他们发现了，也会遭到对方冲锋枪致命的扫射。

对方应该是针对自己来的，但是还未能发现自己的位置，只是搜索而来，所以未能在第一时间感觉到危险的存在。对唐林来说，只要目标发现自己，自己便能感觉到他，甚至能感觉到目标的位置。在对方没有发觉自己之前，自己也不能感觉到对方的存在，除非在近距离内。

望着前方这三个危险的人物，唐林没有打算要放过他们，这是一个狙击对方的大好时机。唐林又朝后方观察了一下，确认没有他们的后继人员，心中这才稍安，将步枪慢慢伸了出来。但是唐林没有开枪，因为对方三人此时所处的位置还不适合射击。即便击杀一人，其他两人会迅速地躲避到旁边的石头和树木后面，再行射击就非常困难了。对方冲锋枪的火力会将自己压制住，到时候可就进退不得了。所以目标虽近在眼前，但在没有安全把握的情况下，唐林是不会射击的。还有就是，要与对方拉开距离，近距离枪战，是唐林尽量避免的，那不是他的优势。远程精确射杀，才可万无一失。

唐林要等到对方走到山坡下的那片没有遮掩物的开阔地时，在短时间内迅速将这三人射杀，在炮楼中的日军没有前来增援之前，全身退去。

那三个人走下了山坡，停了下来，又说了几句话，然后朝炮楼走去，也自进入到了那片开阔地。

唐林见对方果然走进了最佳的射杀点，心中一笑，瞄准了左后边的一人，开了一枪。子弹无声飞出，贯穿了那个人的头部，血花飞溅，身形向前栽去。果然不出唐林所料，在此人中枪的同一时间，另外两人齐身扑倒，且在倒地的同时，身形转向，枪口朝向了山体这边。反应得敏捷迅速，果然不是普通人所为。

那两名日军特工已明白遭到了狙击，但是还未能发现唐林的位置，不过已确定了目标就在他们刚刚下来的山上。刚才竟然未能发现目标的存在，这令他们感到一丝迷惑和恐慌。因为他们此时才发觉所处的位置是避无可避的，虽是趴在了地上，身形也已暴露在了对方居高临下的最有效的射击范围之内，可见这个神秘的猎人早已算计好了。

唐林一击得手，随将枪口指向了另一个目标。看来对方非常有经验，已经了解了唐林的射杀习惯，将头部压得极低。找寻不到射击点，只有那耸起的臀部还比较明显。唐林清楚了对方的身手，知道一枪即使不能令其毙命，也要令其失去攻击力。否则即便将对方的臀部射穿个洞，也无济于事。

唐林于是将枪口抬了抬，瞄准了腰椎部，这里是神经中枢，射中这个部位可令对方瘫痪。枪身随着想法一移动，便自开了一枪。见那日军特工的身体一颤，头部不由自主地向上一抬。早已等待这一刻的唐林枪口微转，同时快速地拉栓上膛，不失时机地又是一枪。这一切都是在一瞬间完成的，实在是人令眼花缭乱。

那名趴在地上的日军特工在极短的时间内，被两弹索命。

另一名日军特工从这名特工中弹的位置迅速地判断出了子弹飞来的方向。惊骇之下，知道趴在这里也无济于事，只能等待死亡打击，在头部未抬起的情况下，朝唐林这边射出了一梭子弹。同时快速地朝一名特工的身边滚去，欲将同伴的尸体当作掩体。

唐林的前方被冲锋枪的子弹激起了一道尘土，但在那名日军滚动射击的同时，唐林也朝他开了一枪，击中了这名日军特工的肋部。在他身形一缓之际，唐林又一枪补中了他的心脏部位。日军一个翻滚便不动了。

这两名日军特工在一击必杀的唐林面前，每个人令他多费了一颗子弹。

冲锋枪的枪声惊动了炮楼群里的日军。五六架重机枪开始在炮楼群里喷射出了密集的子弹，三十多名日军士兵也从炮楼里面涌了出来，接应这三名已经毙命的特工人员。

唐林不再恋战，收了步枪，退后，在山体的掩护下，迅速撤离了这里。

此时的唐林已感觉到一种危险朝他逼进了。日本人已组织了专门的人员来对付他了。今天成功狙击了这三名日军特工，实在算是侥幸。

在日后的狙击中，唐林更加谨慎小心，时刻注意周围有可能出现的危险。在射杀每一个目标之前，他都要先行确认自己是否安全，一击得手之后，又是否能全身而退。唐林清醒地知道，自己在猎杀日本人的同时，日本人也在千方百计地在寻机猎杀自己。

在这种危险增加的同时，唐林也感觉到了一种兴奋和刺激，他甚至渴望那种狙击难度的加大，轻松地射杀掉一个目标，已令他索然无味。他内心深处期待一个真正对手的出现，不要总是那些温顺待宰的羔羊，最好能遇上几头凶猛的老虎。危险与乐趣同在，这是一个真正的猎人所期待的。冒险中所寻求的刺激快感，应该是人类的共性。

愤怒和仇恨令唐林沉醉在这种射杀日本士兵的游猎中，但并不是在疲于奔命。每隔几天，他都要转回到山林中进行身体上的休息和心理上的调整，回归山林的感觉，可令他达到最佳的游猎状态。狂热的猎杀激情中又不能失去冷静，并消除去在这种猎杀人的游戏中有可能出现的一丝厌倦。除了那种重复上的厌倦，毕竟是一个个鲜活的生命倒在了自己的枪口之下，虽然对方是人类中的野兽。每当这种厌倦的感觉出现的时候，唐林都要在脑中回忆起姐姐一家惨死的景象，以激起自己的杀机，时刻告诫自己，不要同情，不要手软，对方是野兽。自己是猎人，要猎杀这群人类中的野兽。一念闪过，唐林握紧了手中的步枪，又恢复了昔日的冷酷。

唐林游猎在敌占区，寻找着猎杀的目标。他诡异般的狙击，精确的射杀，已令这个战区的日军士兵们人心惶惶。专门为了对付他组建的别动队和那些汉奸特务们倒是疲于奔命地寻找唐林的踪迹。但是这个神秘的猎人杀手像风一样，令人无法知其所在。虽然知道真要是想找到这个猎人可以去山林里，但是没有人敢再迈进山林半步。那里已成了日军的禁区。唐林一次性全歼搜山部队，更令日军感到了恐怖和不可思议。这是一个来自山林中的魔鬼，最好不要去他熟悉的山林中招惹他。

一个猎人，一杆步枪震慑住了整个战区的日军，以至于影响了日军在此战区战略上的进展，加上当时日军在正面战场上再无力推进的形式，终于和中国军队僵持在了那里。张子龙不失时机地进行了广泛的宣传，“神枪唐林”狙击日军的事迹出现在了各大广播电台和报纸上，令全国的抗日军民感到了振奋。

唐林又一次应张子龙之约来到了 28 团团部。

张子龙见到了唐林，高兴地笑道："终于将我们的神枪手和抗日英雄等来了！"

一脸疲倦的唐林先是寻了一张椅子坐了，随手端了一杯热茶，仰头一饮而尽，然后说道："张团长这么急着找我有什么事？"

张子龙满脸笑意道："先不要着急！歇一歇，喝碗热茶吃些东西再说不迟。"

有卫兵端上茶水和点心来，唐林胡乱用了些。

张子龙望着眼前这个令日本士兵闻风丧胆的山中猎手，不胜感慨。

"林子，现在射杀多少了？"见唐林放慢了吃东西的动作，张子龙这才问道。

"该有 300 多个了吧！妈的！不过瘾！非要干掉他一千个才行！"唐林饮尽一碗茶水，抹了一下嘴角说道。

"唐林，你的狙击作用足以抵得上一支部队了！不过你日后要加倍小心了，据可靠情报，日本人为了对付你，专门组织了一支装备精良的别动队。"张子龙感慨之余，忧虑地提醒道。

唐林拾了一小块儿点心，扔进嘴里嚼了嚼，不以为意地说道："前些天已经和他们交过手了，干掉了三个，从人员素质和装备上看，应该是那支什么别动队的人了。"

"真的！"张子龙闻言吃了一惊。

28 团团指挥部里的一些军官和卫兵们，见了唐林都兴奋异常，待听说唐林已将日本人的别动队都干掉了三个人，皆自惊喜不已。他们可是了解日军的特工，除了武器装备上的精良，个个都是枪法精绝，身手一流的高手。并且心狠手辣，杀人如麻。

"好唐林！你现在已令日本人草木皆兵！大大减轻了我军的压力。战区长官公署已有嘉奖来了，你虽然不是一名真正的军人，但也应该得到真正军人的勋章，过几天勋章就能到了，上面暂时委托我代为授勋，这可是我们防区的荣耀啊！”张子龙赞叹之余，高兴地道。

“我不要那个什么勋章，你喜欢你拿去好了，我只想多射杀几个日本鬼子！”唐林摇了一下头道。

张子龙笑了笑道：“我知道你不喜欢这些东西，我今天让人找你来的目的，是想送你一件能令你如虎添翼的宝贝！”

唐林道：“除了枪，别的我不喜欢。”说着，拍了拍腰间的那支张子龙送的捷克造二十响的驳壳枪，说道：“张团长上次送我的这支短枪很管用，意外之时的近身防卫真是离不了它呢！”

张子龙笑道：“这支宝贝我保你更加喜欢！”说完，一拍手，便有卫兵捧过来一只长形的盒子。

“自己打开来看看！”张子龙起身笑道。

唐林此时心中一动，似乎感觉到了什么，忙上前将那只长盒的盖子掀开，但觉眼前一亮，一支崭新漆亮的步枪呈现在了眼前。这支步枪不同于中正式步枪和日本人的三八大盖，流线型的枪身给人一种舒畅的感觉，更奇怪的是枪身上多了一组部件。

张子龙一旁介绍道：“这是我请朋友通过特殊渠道专门为你从苏联重金购买回来的莫干纳辛式苏军惯用的真正的狙击步枪。看见没有，这上面配置有六倍的光学瞄准镜，可增加远距离的射击精度。目前在我们战区，只有你配得上使用它了。”

唐林惊喜之余，持了这支莫干纳辛式步枪，指向了窗外。忽然，远处城墙上的一名国军士兵的身形极其清晰地出现在了瞄准镜里，似乎就在眼前。

“好神奇的枪！”唐林第一次对枪发出了惊叹。

唐林对自己持用的每一枪支都会进行精心地保养和维护，首先他要熟悉这支未来陪伴他的伙伴。回到山中的猎屋后，他先是将这支莫辛纳干式步枪拆卸开来，将部件一一摆例，逐一用油布擦拭，然后再进行组装，这期间最重要的是他要感觉枪管、枪机、枪托，瞄准镜、击发机，弹匣等每一部件组合成步枪后将子弹击发出枪膛时那一瞬间的作用。那匀称的膛线和精确的瞄准系统，令唐林感觉到这是自己用过的最好的步枪。

最令唐林感到神奇的是那件安装在步枪上的光学瞄准镜，这个奇妙的东西竟然赛过了自己引以为豪的超强目力，可以在数百米外清楚地看到对方的眉头。步枪，瞄准镜，再加上自己，融以天地万物，真正地做到可击日月的程度了。

对枪的抚摸和感觉，恍惚间可令人和枪达到一种合一的境界，甚至在某种特定的情况下，这种特异的感觉可以精确地射击目标和达到不可思议的射程来。在山林中游猎多年，唐林对所持枪支不仅仅是一种熟悉和眷恋，这并不是一件冰冷的武器，而是自己生命和身体的一部分。精神高度集中时，他可感觉到旋转着的子弹射出后在空气中飞行的轨迹，甚至感觉到不是火药的推动力，而是自己的意念裹着弹头在飞行，击向所看到的和想象的目标。

这天晚上，唐林做了一个奇怪的梦，梦见自己站在一座高山之上，举着心爱的狙击步枪，指向了遥远的东方，并开了一枪。子弹划破长空，击向了那个海中的岛国——日本国。他要一枪将这个侵略中国的岛国击沉在汪洋大海里……

有了这支莫干纳辛狙击步枪，唐林真可谓如虎添翼。他真正可以在非常安全的超远距离上精确地射杀目标了，那就是千米以上的距离。基本上可以避过日军炮火的盲目打击，并且更加令日军士兵们感觉到了诡异和恐怖，对他们来说，任何的距离都已经是不安全的了。

神枪唐林的子弹可以追着日军的头部走，在民间已传成了真实性的神话，便是日军也开始有些信以为真了。因为那颗悄无声息的子弹真的可以从极远处飞来贯穿他们的头颅，就像是长了眼睛一样，不偏不倚，直中脑袋。

他们身边的同伴，不知在什么时候，正说话间，举杯饮酒时，甚至想抬头看一下天上的太阳，就忽然倒在了地上。而在他们的头部上，可以找到一个正在流血的弹孔。

一个人的狙杀

对于唐林来说，那是一种痛快和欢畅的感觉。就好像举着竹竿击落树上的成熟的果实，随意和满足。

这支莫干纳辛狙击步枪成就了唐林的一个壮举，那就是在定河县城。

008　单枪夺县城

定河县城的战略位置并不重要，暂无重兵把守，驻守着不足一个中队的 200 余名日军和近 300 名伪军。指挥官是一名叫宫本三木的日军大尉。

唐林得到这支令他兴奋的苏制莫干纳辛式狙击步枪的第一个念头就是要到定河县城来进行一次绝杀。在之前的猎杀行动中，唐林几乎没有碰定河县城的日军，主要是没有应手的武器，就像小孤山山下的日军军营和那座日军阵地一样，偶尔射杀一两人后，唐林及时地避开了，轻易不去惊动对方。只有驻防人数较少的据点和游离在外的小股巡逻兵才是唐林容易猎取的目标。面对这种驻有大部队的地方，近距离的狙击，很容易遭受到对方炮火的猛烈攻击，一旦暴露，是很难脱身的。

而这支配置有六倍光学瞄准镜的莫干纳辛狙击步枪，可在千米之外进行安全的远程精确狙击，即便有危险出现，也可从容地退去。

在几处日军据点试着狙击了几天之后，这支莫干纳辛式步枪更加得心应手起来，于是，唐林来到了定河县城的东城门外。这里的日军几乎没有受到无形杀手的惊扰，便以为唐林不会来这里，毕竟城内的 500 名军人应该是唐林不敢轻易冒犯的。那种被射杀的恐惧相对减少了些。不过巡逻在城墙上和城门口的哨兵还是感觉到战战兢兢，他们毕竟暴露在了阳光之下。他们的担心很快就变成了现实。

定河县城东门外 1200 米处，潜伏在一座高岗上的唐林，举着手中的望远镜在观察着城门和城楼上的情形。这是他在狙击日军搜山部队时的战利品。

城门口有四名日军士兵和七名伪军在检查进出城门的百姓，城楼上及两侧的城墙上站立着十余名日军和伪军。

一个人的狙杀

唐林先是一枪将城楼上的一名正在观望的日军军官击倒，随即又射杀了两名城门口的日军哨兵。城门上下的日伪军一阵慌乱，他们开始以为是遭到了游击队的袭击，但未闻枪声，便有士兵头部中弹倒下，立时令他们明白了，神枪唐林到了，开始找上门来了。城楼的两架机枪朝前方无目标地胡乱射击起来，这种火力侦察对唐林来说已失去了作用。

唐林一击得手，随即隐蔽地退下，朝县城的南门移动去，他要实施惊扰四门的战术，游动狙击，来回猎杀。

宫本三木得到了报告，东门和南门值守的士兵遭到了神秘的射杀，种种迹象表明，应该是那个中国猎人唐林到了。宫本三木惊讶之余，忙率领卫队到城门上查看，也只是进行隐蔽地观察，他当然也不敢暴露在城墙上。但城外面静悄悄的，并没有发现可疑的目标。

接着有北门和西门传来了报告，又有六名日军士兵遭到了射杀。

“究竟来了几个唐林？”宫本三木惊怒道。并且令他更不安的是，死亡的都是日本士兵，那些伪军们皆安然无恙。

宫本三木意识到了什么，命令伪军结队出城搜索，也自无功而返。

神枪唐林专门射杀日本兵而不杀伪军的传闻在这里得到了证实，伪军们心存侥幸的同时，复杂的心里也自令他们感到了一种羞愧和感激。在日本人的命令下，出城搜索也只是应付了事，并且朝天放了一阵空枪。

唐林在四门惊扰了一圈之后，便无了动静。宫本三木命令四门紧闭，严守不出，在他看来，唐林不过是来这里袭扰一下而已。他一个人也只是凭借精确的枪法射杀几名城墙上的士兵，攻克不了一座县城的。在唐林射杀了四门上十几名日军士兵的情况下，并没有引起他的重视。他只是命令日军注意安全，防止冷枪。

但在几个小时后，四门又出现了状况，又有七名日军士兵遭到了无情射杀。宫本三木惊怒之余，也无计可施。因为他不能确定唐林下一刻能在哪个方向出现，出城搜索的部队根本发现不了他的踪影。他得到的观察报告，倒是偶然间发现了唐林的影子，但唐林是在千米以外进行射击的。一枪之后，迅速消失，便是明确了目标出城追赶也来不及。

“这个中国人到底想做什么？”宫本三木迷惑不解。但他明显地感觉到，唐林来这里是有目的的。

唐林精准的枪法令日伪军们为之胆寒，日军士兵更是恐慌，不敢再有人上城楼上去，只派了伪军值守。这令宫本三木感觉到很没面子，认为在全城的中国老百姓面前有失大日本皇军的尊严，所以必须有日军士兵上到城墙上去。但是宫本三木知道这是令这些士兵们白白地去送命。在一种报复的心理下，宫本三木下令，部分伪军换上日军士兵的军服，上城墙上巡逻。

这些伪军们明白了宫本三木的险恶用心，但是在日军刺刀的逼迫下，换了日军军装的伪军们只好无奈地上了城墙。随即有十二人遭到了射杀。当天晚上，伪军们不想再替日本人当活靶子，自行开了城门，一下子跑了一百多人。少部分不知去向，大部分跑到了张子龙 28 团那里投诚。

宫本三木这才感觉到了事态的严重，不敢再逼伪军们换日军的军装了，否则临阵倒戈暴动起来，他可收拾不了残局。

“神枪唐林来定河县城了，开始收拾这里的日本人了！”城内的百姓奔走相告，他们看到了从城墙上抬下来的一具具日军尸体。在没有中国部队攻城的情况下，在城外能枪枪命中日本士兵头部的，除了那个传说中的神枪唐林还能有谁。

第二天，唐林继续游走四门，千米之外点射城墙上的日本士兵。宫本三木倒也急中生智，令 30 名日军士兵换上伪军的制服出城搜索。虽然未遭到袭击，但也未能发现唐林的踪迹，无果而返。

日军不断地受到攻击，可是他们却发现不了对手的存在，不能展开有效的反击。轰炸城外的炮火也丝毫影响不了这个中国猎人的绝杀行动。结果三天下来，有 52 名日本士兵遭到了射杀，还不包括被唐林“误杀”的那 12 名伪军。宫本三木感觉到目前的局势他已经控制不了了，再这样发展下去，驻防定河县城的原有 200 余名日本士兵用不上十天半月便都会被那个中国猎人一一射杀殆尽的。无奈之下，他向战区指挥官伍田大佐如实汇报了情况，请求支援，或者放弃定河县城。

伍田大佐接到此汇报，极大地震惊，令他没有想到的是，一个猎人竟敢单枪匹马地去攻击一座县城，这实在是超出常人的思维之外。

“坚守定河县城，牵制住唐林，专门对付他的别动队马上赶过去。”伍田大佐在电话里命令道。

而此时的定河县城城墙上已经不敢再站人了，在那 52 名阵亡的日军士兵名单上又增添了 17 人。宫本三木感到了绝望，并且在此时，他又接到了秘密报告，城中的伪军有了全体暴动的迹象。权衡之下，宫本三木不打算再冒险。他宁愿受到抗命的军法处罚，也不愿意再看到剩余的一百多名日本士兵遭受到那个中国猎人的无情射杀，或者与暴动的伪军拼个同归于尽。而且城墙之上已不敢再站人，倘若中国军队来袭，县城也会失守的。这个幽灵般的中国猎人简直比真正的魔鬼还要可怕，他一杆步枪不仅夺去了 69 名日本士兵的生命，更令他们丧失了斗志，同时无形中“策反”了伪军们。

宫本三木毅然下令，放弃定河县城，全体日军迅速撤离，留下即将军变的伪军驻防。这个时候，已准备好起义的伪军们已经不再听宫本三木的命令了。见日本人撤出留下了他们，也便顺水推舟由日军去了。

此时的唐林还不知道定河县城内发生的一切，他也根本没有想到自己手中的一杆步枪会惊退一座县城的守军。他只想在这里尽可能地多射杀一些日本兵，给他们造成一种恐慌。对唐林来说，他来此的目的只是惊扰和猎杀，或是一种绝杀——最大限度地射杀。

这时，一种声响隐隐地传进了唐林的耳中。唐林忙转过身来举起望远镜观察。远处的公路上朝定河县城的方向飞驰而来两辆汽车。

“可是日本人的增援部队？”唐林忙低了身形。

那两汽车在一片树林边停了下来，接着跳下来二十多人，清一色的黑色衣衫，动作敏捷。下车后迅速地散开朝定河县城的城门方向搜索过来。

“日本人的别动队！”唐林倏地一惊。

将日本人的别动队引来也出乎唐林的意料，唐林知道这股强大的危险不是自己一个人能应付了的，在对方没有发现自己之前必须撤离。

唐林回头望了定河县城的城墙一眼，轻微叹息了一声，转身悄然离去。

一个人的狙杀

这个时候，28 团团长张子龙不断地接到令他目瞪口呆的情报。两天前，忽然有八十多名从定河县城跑出来的伪军向 28 团投诚，带来了唐林单枪匹马游走定河县城四门，奋勇射杀日军的消息。同时也带来了留守定河县城的伪军有起义的意向，请求 28 团到时协助。

张子龙大喜过望，他早就有意从日军手里夺回定河县城了，只是未能找有利的时机。得到这份情报后，张子龙开始调兵遣将，做好了与留守定河县城伪军们里应外合的夺城计划。

此时侦察人员回来报告说，驻防定河县城的日军突然撤退了。与此同时，定河县城内也传来了起义伪军的消息，日军弃城了，请求 28 团前来接防。

一切情报表明，唐林的智勇狙击，令驻守定河县城的日军惊慌失措。尤其是他专门射杀日本人，不打中国人的原则，令所有的伪军官兵受到了震撼和感动，直接导致了阵前起义，共同将日军逼退。

"命令部队立即进驻定河县城，团指挥部也随后迁至城内。"张子龙兴奋地命令道。

"好个唐林！你到底能给我带来多少奇迹！"张子龙由衷地感慨道。

"报告团长，在定河县城东门外发现日军的别动队！"一名侦察兵过来报道。

"是去对付唐林的。王营长，马上率部队火速接应唐林，消灭这支对唐林有威胁的日军别动队。"张子龙断然命令道。

日军的别动队在定河县城的周围没有找到唐林的踪迹，在得到驻防县城的日军已撤离的消息后，这支日军别动队又与前来的 28 团一个营火力接触了一下，便迅速退去了。

定河县城又回到了中国军队的手中。

唐林单枪匹马智勇夺回定河县城的消息很快在报纸上宣传开来，也自然地传到了重庆的蒋委员长那里。

这天，28 团的张子龙接到了战区长官公署转过来的一份嘉奖电报，看完后，站在那里左右摇头哭笑不得。

“团座，上边是什么意思？”团部参谋吴飞问道。

“这是蒋委员长对神枪唐林的嘉奖令，不过我们的蒋委员长要调唐林去重庆临时总统府做侍卫长。唐林的枪法太准了，要调他这个民族英雄去委员长身边为国效力呢！”张子龙苦笑道。

“这是什么事啊！团座，唐林可千万不能走啊！他现在一个人搞得几个联队的鬼子心惊胆战，他要是走了，鬼子可就有持无恐了，将对我们防区大大不利的。”吴飞有些埋怨之余，焦急地说道。

张子龙沉思了片刻，笑了一下道：“蒋委员长还以为唐林是我们 28 团的神枪手呢！却不知他是一个独立作战的来自民间自发抗日的猎人，并不属于国军的正规编制，所以我们无权将他调走。况且，他一个人独来独往，我们也找不到他啊！你说是吧，吴参谋！”

“对啊！”吴飞一拍大腿，恍然大悟之余，惊喜地说：“就这样回复上边，唐林可不是我们国军的人。况且唐林只有在这里才能最大程度地发挥他狙击鬼子的威力，就是叫他去做个副总统，也是屈了他呢！”

“他在进行着一个人的战争！”张子龙望着窗外，感慨地说道。

这份情报很快地出现在了日军战区指挥官伍田大佐的手上。将那伍田大佐看得一愣，摇了摇头，随后认真地说道：“要是那个唐林愿意，大日本皇军可以在保证他一切安全的情况下，按中国人的方式敲锣打鼓地用我们的飞机将他送往重庆交给那个蒋委员长，条件只有一个，他永远也不要再回到这里！”

唐林在数天之后才从老百姓的传闻中知道了定河县城光复的消息，但他对传闻中自己单枪匹马智勇夺县城的事不以为然。他不认为自己能起到那么大的作用，竟然惊退了县城的日本守军，以为是张子龙的 28 团将日本人逼退了。

在张子龙派人与他紧急联系上了之后，进了定河县城，到了 28 团的团部，张子龙激动地上前拥抱了唐林。唐林这才知道果然是自己惊退了县城内的日本守军。对这个意外的结果，唐林意外之余，也感到格外兴奋。

一个人的狙杀

“唐林，一杆步枪将一座县城的日军逼得弃城而走，你又创造了一个中日战争史上的奇迹！你单兵独自作战，将阻击战发挥到了极致，不亚于一场战役的！整个国家，整个民族都为你感到骄傲！”张子龙庄重地朝唐林敬了个军礼。28团指挥部屋子内和院子中的官兵们也都站在那里立正敬礼。全体肃然。

这种被军人们尊重的感觉，又一次令唐林感动。他知道，这是唐家祖祖辈辈都没有受到的礼遇，这种礼遇比之前张子龙代替国民政府颁发给他的几份嘉奖令贵重多了。从这次意外的事件中，唐林开始模糊地意识到了自己的责任，一个中国人的责任。尤其是在民间将他描绘得几近神话的传闻中，民族英雄的概念，令唐林的思想得到了一次升华。

天地之间，只有一个猎人在行走。唐林又开始了他的新的猎杀行动，日本侵略者一日不在中国土地上消失，他的猎杀行动就一日不会停止。这个时候的唐林，已不在进行一种复仇式的猎杀，而是在为这个国家这个民族进行着一场特殊的猎杀行动。

面对风一样的影子杀手，令无计可施的日军变得愈加穷凶极恶，展开了另一种疯狂的报复行动，那就是变本加厉地屠杀和掠夺，目标是手无寸铁的中国老百姓。为了对付唐林的无形冷枪，每次行动日军都组成百人以上的扫荡部队，意在这一系列的行动能将唐林从山中或是从暗处逼出来。

每一次的疯狂，日军也都付出了代价。他们虽然人多势众，又有着强大的火力，但每一次行动，都会在村头巷尾，野地田间留下几具或十几具尸体。他们避免不了来自不同方向的千米之外的无声打击，他们将唐林引来了，仍旧找寻不到他的踪迹。就是随日军而来的别动队也遭受到了同样的厄运，他们的机警，可在日军不断地死亡上找到目标，然而扑过去的时候，已失其所在。一颗颗无声的子弹不断将他们中的人员击倒，也令他们染上了同样的恐惧。

日军的这种报复方式，只能更加激起唐林的怒火，也增加了他的狙击频率。凭借手中的莫干纳辛式狙击步枪，远程射杀敌人，且不断地变换地点和方向。好像他可以在任何时间的任何地点出现，尤其是第一个射杀的目标就是带队的日军指挥官。

为了将唐林逼诱出来，日军实施了更加残忍的手段，这一次，竟然对小李村实行了毁灭式的“三光”政策，屠村烧屋。唐林迫不得已，现身欲将日军引走，结果陷入了日军的包围之中。面对大批的日军，唐林想将敌人引到山里，但在唐林出现的时候，日军已封锁了山口，足有一个中队的日军开始了四下合围。

面对唐林的神枪，日军也不敢贸然围进，缓步逼进而已。得此良机，他们倒是想捉一个活的唐林来，或许能对唐林已产生恐惧的日军士兵们有一种神效的说服意义，以及对毙命在唐林枪口下的士兵们有一个交代。所以日军没有实施炮火轰击，四下里缓步进逼，欲待唐林弹尽之下束手就擒。唐林单枪匹马，弹不虚发，竟自将一个中队的日军压得抬不起头来。

看着不断进逼的日军和逐渐减少的子弹，唐林摸了一下腰间的匕首，知道今天是脱不了身了，他于是下定了决心，宁可战死，也绝不能被擒。

唐林抬头望了一眼阴沉的天空，沾满尘土的脸上呈现出了一丝笑意，手中的步枪曾令几百名日军士兵丧命，今日战死，也值了。唐林站了起来，举起莫干纳辛式步枪射出了枪膛里最后一颗子弹，将一名日军军官掀翻了去。而后左手持了步枪，右手拔出了匕首，准备与日军肉搏。已无了子弹的那支苏制莫干纳辛式步枪，唐林在最后时刻，仍舍不得丢弃。唐林抱了必死之心，知道手中那柄锋利的匕首可令日军一时近不得身，能放倒几个就放倒几个，逼敌人开枪，目前来说是自己最好的结局。

“唐林没子弹了！”日军士兵们一阵惊喜。面对这个烟熏火燎暂不能看清其面目的中国猎人，这个魔鬼一般的无影杀手，日军士兵们仍远远地站了，还是不敢逼进。唐林那种视死如归的气概又一次震撼住了这些侵略者们。

唐林嘴角抹起了一丝冷笑，要是在山林里，眼前的这些日军是奈何不了他的，即便不能一一击毙，也足以将他们拖垮累死。不过现在也值了。

唐林晃动了一下手中的匕首，露出了一种轻松的笑意，意思是：来吧！看得几名日军军官直摇头。

就在这时，四下里忽然枪声大作，一支百姓装束的队伍似从天而降，几十个人奋勇地杀了进来，一排手榴弹胡乱扔出，炸得日军血肉横飞，死伤一片。日军的注意力都在唐林身上，突然遭袭，猝不及防，一时惊乱。

此时一匹枣红马飞驰而至，马上一年轻的女子朝唐林伸出手来，“唐林，快上来！”却是那李娟到了。

唐林见状一喜，起身一跳，跃上马背，李娟驱马飞奔，朝山口方向冲去，那里已被游击队打开了一个缺口。

待日军恍过神的时候，那支游击队已经安全退去，来去疾速，打了日军一个措手不及，将唐林救走了。

望着那匹驮着唐林的枣红马冲出山口进了山林中，日军们也自望洋兴叹，无可奈何了。

回到山林中的唐林精神一振，已是无所畏惧，回头见山口处并无日军追击来，哈哈一笑，跳下马来，感激地道：“多谢相救！你们怎么知道我被小鬼子困住了？”

李娟笑道：“日本人这些天来展开的针对你的行动，我们早已知道了，并且借机还配合你打了日军几个埋伏。今天早上情报上说日军要屠洗小李村，刘队长便率队伍来救乡亲们，没想到遇到了你被日军围困。好在你吸引了敌人的注意力，我们才有机可乘，打了小鬼子一个措手不及，否则也救不下你的，算你命大！”

“你们的人打仗真勇敢！代我谢谢他们吧，有机会唐林一定登门拜谢这些英雄的。”唐林佩服道。

“不客气，我们也是头一次见到了神枪唐林的威风，一个人一杆步枪竟将一个中队的鬼子压得抬不起头来，刘队长他们也是惊叹不已呢！”李娟笑道。

“好了，我还有任务，先走了！”李娟说着，打马离去。

“你这个丫头，我救你一次，你却救了我两次！”唐林站在那里感激地说。

一个星期内，在日军死亡了84名士兵和7名少佐及2名中佐的情况下，伍田大佐终于垂头丧气地命令道：“我们错过了一次杀死唐林的机会，再进行下去代价太大了，停止这种无谓的行动吧。”

伍田大佐感到了晦气，为什么在他负责的战区会出现这么一个令他头痛和无计可施的魔鬼杀手。几个联队的大日本皇军连一个中国猎人都对付不了，简直是一件令人无地自容的耻辱。此事早已令同行们对他表示了蔑视，数百名日本士兵的生命竟然丧命于一个中国猎人的手上，实在是件不可思议的事。伍田大佐的怒火开始发向了无所作为的日军别动队，大声斥责队长松奇正一的无能。

日军的别动队并非无所作为，他们以前甚至乔装改扮成中国老百姓冒险进山里搜索唐林，碰巧唐林那几日不在山里，令他们一无所获。也令他们免去了一次死亡打击。

“这个唐林也要吃饭睡觉，除了在大山里，他也会隐藏在中国老百姓当中，在那些老百姓之中找，一定有认识他的人。”伍田大佐提醒松奇正一道。

“大佐阁下，这条渠道我们已经试过了，虽然找到了几个曾经见过唐林的人，并依此描绘出了画像，但在实际查找上仍无进展。因为这个唐林一直是独往独来，几乎不与任何人打交道。所以目前我们拿他毫无办法。”松奇正一无奈地说道。

“不，是人就应该有弱点，一定要找到唐林的弱点，这样才有机会消灭他。”伍田大佐说道。

“据可靠情报，唐林有一个姐姐住在一座镇子上，但是她们一家人都死在了皇军的一次扫荡中。除此之外，唐林再没有别的亲人，所以目前我们对这个中国人无从下手。”松奇正一说道。

“难道说是他姐姐一家的死激怒了他？”伍田大佐意识到了什么。

“若真是这样，我们就应该像对待贵宾一样善待他姐姐一家人，可是已经晚了。”伍田大佐摇了摇头，叹息道。

“这个唐林给我们惹来了太多的麻烦，他带来的负面影响不仅仅在我们这个战区，并且中国派遣军总司令部也下来了责问。这个中国猎人为什么如此嚣张，他的存在有损大日本皇军的威严，命令我们尽快消灭他。从现在开始，别动队更要全面地加强缉捕唐林的行动，悬赏唐林人头的赏金增加到两万现大洋，重赏之下，必有勇夫，让那些贪财的中国人也去对付这个猎人吧。”伍田大佐随后命令道。

28团指挥部。

唐林再一次见到了张子龙。

“唐林，前些日子日军行动异常，据我方获得的情报得知，都是针对你展开的，看来日本人是下了大力气了。听说小李村一战，你未能将日军引向山里，结果被日军包围了。危急时刻，一支游击队救了你。”一见面，张子龙便问道。

“不错，小鬼子逼我现身，险些就被他们得手了，要不是那支从天而降的游击队，我今天可就见不到张团长了，是他们不顾危险冲进来救了我。”唐林说道。

“游击队吗！”张子龙犹豫了一下，说道，“他们作战能力并不是很强的，打一下就走。你认识他们的人吗？”

唐林道：“我有一个朋友就在那支游击队里。他们的战斗力还是很强的，非常勇敢。”

“是吗！”张子龙眉头皱了一下，说道，“这些人你还是少与他们接触得好。”

“为什么？”唐林闻之讶道，“只要是打鬼子的，都是我的朋友。”

“这个吗！很复杂，一时半会儿的也与你讲不清楚，不过目前来说，大家都在抗日，打鬼子，暂时也都算是朋友吧。有些事情你日后会明白的，我只是希望你不要走错了方向。”

唐林道：“赶走日本人是我们中国人现在一致的方向，哪里会走错了的。”

张子龙笑道：“我是说赶走日本人之后，你要走的方向。”

唐林道：“我只有一个方向，那就是大山里。”

张子龙听了，笑了笑，未再言及此事。接着脸色一正道：“唐林，今天找你来是有一件重要的事请你帮忙。”

唐林道：“什么事？”

张子龙道：“据可靠情报，有一名重要的人物近日要路经我们战区。此人叫顾久同，是一名大汉奸，近日要协助日本人建立伪政府。上面的意思，是命令我们在此人经过这里的时候，将他击毙，为国除害。不过日本人在安全方面做得很周密，极难下手。所以我想请你出手一次，在顾久同经过的路途上设伏，将他狙击掉。因为只有你那种远距离精确的射击，才能在保证自己安全的情况下将此人做掉。当然了，你要是觉得有什么困难或是不愿意，也不要勉强，我会另派人手去执行这项任务的，这毕竟是我们军人的职责。”

“杀汉奸！”唐林点了一下头道，“既然是一个大汉奸，是比那日本人还要可恶，就交给我吧。只是不知道他什么时间出现在什么地段上。”

张子龙闻之一喜道：“谢谢你唐林！实话对你说了吧，师部曾命人执行过这项任务，但是均以失败告终。至于时间和地点我们在获取准确的情报后再及时地通知你，需要什么要求我们将全力配合。”

唐林道：“给我一张这个人的照片，和他将要出现的时间地点就行了，剩下的事就不用你们管了，等着消息便是了。”

“好，我这边一有消息就立刻通知你。这些日子你要加强与我们的联络，不要错过了时机。顾久同的照片已经为你准备好了，你将要执行一项真正的狙击任务了。”张子龙高兴地说。

张子龙随后将一张照片递给了唐林，那是一张温和的中年人的脸，只是眼神中呈现出了一种狡诈，大凡天下奸人多有此相吧。

唐林看了一眼，便已记住了此人的相貌，随手将照片于怀中藏了，说道：“只要提前一天将这个人的路经地段和时间通知我就行了。他活不过第二天晚上。”说完，唐林告别去了。

“团座！”团参谋吴飞走过来说道，“杀汉奸顾久同军统和中统都多次在周密的计划下失手，唐林一个人能完成吗？”

“你不要忘了，唐林是一个猎人，他选定的猎物，是逃不掉的。只要我们能获取顾久同出现的准确时间和地点，及时地通知唐林，那么在他的神枪之下，我相信，这个世界上任何人都无法避过他致命的一击。也到了这个顾久同绝命的时候了，偏偏在这个时候回邻县的家乡祭祖，耀武人前之时，便是他的夺命之期！”张子龙肃然道。

009　便衣队

日军战区指挥部的那个增加赏金缉捕唐林的消息果然起了作用，终于打动了一个叫李德的汉奸的心。这个李德手下有一支便衣特务队，是日本人培养的爪牙。平日里靠打听情报获取民间的信息，以及维护地方治安对付小股游击队来取得日本人的赏识。

这天，李德找来了便衣队的副队长王加和，关起门商量事情。

李德先说道："我们兄弟发财的机会到了，日本人缉拿那个唐林的赏金已增加到了两万现大洋，也应该是我们兄弟露次脸的时候了。"

"大哥！"王加林惊讶道，"你真要去对付那个唐林，不要命了！日本人都拿他没办法，我们怎么能对付他的神枪呢？"

"你真以为唐林有那么神啊！不过枪打得准而已，干掉一两个就跑远远的了，所以日本人才拿他没办法。我们只要找到了他的落脚点，乘他不备包围上去，近距离突然袭击，他的步枪也起不了多大的作用。一个猎人而已，哪里会像日本人说得那样厉害。"李德不以为然地说道。

王加林犹豫道："听说这个唐林专门射杀日本人，不打中国人，我们是不是……"

李德冷笑了一声道："你我现在还算是中国人吗？我们现在是鬼，也是狼，那个唐林也是狼，狼咬狼冷不防！这样才容易成功。两万现大洋够我们兄弟快活一辈子的了。日后也要看下局势的变化，日本人不行事了，我们便远走高飞，隐姓埋名，有了这笔钱哪里不是快活。"

王加林听了，也有些心动，说道："可是我们去哪里找唐林呢？日本人为了对付唐林专门组建的别动队都没办法。"

李德笑了一下道："日本人自以为是，他们那一套根本对付不了唐林，也找不到唐林。别动队的那个松奇正一更是个笨蛋，老想着能在野地里与唐林遇上，可听说已被唐林干掉七八个人了。对付唐林这条狡猾的狼应该智取，正面避开他最有威胁力的步枪射击才是。”

王加林恍然大悟道：“这说明大哥已有了智取唐林的妙计了？”

李德低声道：“你以为我们是干什么吃的！不就是专门对付中国人的吗！我偶然听北屯的保长和我说起过一件事，日本人到来之前，他曾无意中看到过有一个背着军用步枪的年轻人去过村里老罗家。这个保长也打听过了，老罗家的姑娘罗妹已经和外庄的人定了亲，但没说清楚是谁家。”

王加林精神一振道：“是唐林！”

李德道：“不错，一定是这个唐林了，这方圆百里之内，能用上军用步枪的老百姓只有猎人唐林了。听说他曾从四顶山土匪的手里救过国军28团团长张子龙的老爹，人家这才赏他的步枪。我也调查过了，这个罗家与唐林已死去的姐夫有点亲戚关系，所以这份情报是非常可靠的。我们只要密切监视那个罗妹，便能得到唐林的行踪，到时候……”

李德冷笑了一声道：“让日本人看看我们的本事，他们做不了的事，我们能做。只要将这两万大洋拿到手，什么中国人还是他妈的日本人，我们做我们自己去，无论到什么时候，情形不妙，立即卷钱走人。这年头，发国难财的有得是！我们也他妈的捞上一笔！”

王加林说道：“日本人别动队那边不是让我们也调查唐林的情报吗？是否也告诉他们一声，行动起来把握大些。”

李德忙摇头道：“到口的肥肉怎么能分给别人一块。别动队要是知道了这件事，还有我们的份儿？我们便衣队自己做，挑选一批可靠的兄弟暗中秘密进行。”

“可是唐林的神枪……”王加林犹豫道。

“放心好了！”李德肯定地道，“我们不会笨到和他正面交火的，只要在暗中监视老罗家，唐林迟早都会去找那个叫罗妹的。命令兄弟们先不要惊动唐林，就是唐林踩着他的脑袋走过去，也不要惊动他。只有在找到唐林的落脚之处，在他睡觉的时候再动手。这是个来自山中的猎人，自会有他的机警，然而百密一疏，我们会找到他的弱点的。实在不行，还有那个罗妹控制在我们手里，量那个唐林也逃不出我们的手心。”李德最后狠狠地说道。

定水河的下游坐落着一座镇子，叫阳和镇，它的地理位置扼守进出两省的交通要道，比定河县城重要得多，是日军重兵驻守的一处战略要点。

唐林潜伏在镇外的一片草丛里已经两个多小时了，他在耐心等待着适合射杀的目标出现。那就是在射杀一个目标后，在不会惊动其他日军的情况下，自己能安全地退去。唐林在接受了狙击汉奸顾久同的任务后，等了几天，也没有张子龙传递来的消息，索性仍旧继续自己的猎杀行动。

唐林先将目标范围锁定在了镇子旁边临近自己这边的一处院落，那里有着几个日军的岗哨和十几间房屋。

一间房屋的窗户推开了，一名穿着和服的日本女人出现在了唐林的视野里，她朝窗外观望了一会儿，然后转过身去收拾着房间。

唐林将这个日本女人在瞄准镜中锁定。

接着，房间中又出现了一个玩着一只皮球的穿着雪白色衬衫并系着领结的日本小男孩。唐林随将步枪锁定住了这个小男孩的头部。

对方是一对母子，都是日本人，应该属于自己的射杀目标。在这间屋子里只有她们母子两人，两个点射就可以结果了她们，而不会惊动其他的日军。但是唐林第一次在欲将射杀的目标面前犯起了犹豫，因为目标是女人和小孩，虽然也是日本人，唐林却无法扣动扳机。

想起姐姐一家的惨死，尤其是姐姐母子的悲惨，唐林痛苦地闭上了眼睛，一咬牙，几乎就要开枪射击了。但是他还是没有将枪膛里的子弹射出去。日本士兵是野兽，可以屠杀中国的妇孺，但是自己不是野兽，不可以随意去射杀他们的女人和孩子。

唐林望着前方的目标，思量片刻，终于忍不住还是扣动了扳机，一颗子弹无声射出——击穿了日本小男孩手中拿着的那只皮球。皮球内的气一泄，球体随即瘪了去。小男孩茫然地站在那里，不知发生了什么事。他此时并不知道，因为他的幼小年龄，避过了一次死亡打击。

“等你长大了再杀你！”唐林嘟囔了一句，收了步枪，退去。

一个人的狙杀

在山林中狩猎的唐林，从来不射杀野兽的幼崽，只有待它们长壮之后，才成为自己真正的猎物。这也是一个真正的猎人应该遵守的山林中的规则。譬如先前枪下放过的那三只老虎母子。

游猎中的唐林，未曾有过空手而归的时候，他放过了这两个不应该射杀的目标，又转移到了阳和镇的另一侧，在射杀掉了一名正在临厕的日军士兵和一名躺在床上休息的日军军官之后，这才悄然退去。他无形而来，无形而去，带给日本士兵的是死亡和恐惧。

天地之间，只有一个猎人在行走。

唐林走向北屯的路上，已有十几天没有见到罗妹了，只有见到罗妹，唐林才能在他冷酷的猎杀中获得一种安慰，可以洗去百里奔袭四下游杀中的疲劳，罗妹是他在这个世界上唯一的亲人了，也是他心中的唯一惦记。只是偶然间李娟的影子会在脑海中闪过。

天空中传来了一阵“嗡嗡”的声音，唐林抬头看时，是一架飞机从头上飞过，唐林认识这种大铁鸟，可以从空中扔下炸弹来轰炸地上的目标，非常厉害。从机身上那块圆红色的膏药标记，唐林知道这是日本人的飞机。

唐林快速地举起步枪便朝那架日军飞机开了一枪，也是第一次射击这种“大铁鸟”。但那架飞机却浑然无觉，继续飞走了。唐林知道自己这一枪射中了，却丝毫奈何不了它，明白这种目标不是步枪所能对付得了的。除非在近距离内，击中它的要害部位，才有可能将它击落。

唐林望着那架朝阳和镇方向飞去的日军飞机，摇了摇头，也自转身去了。

夜色笼罩下的北屯在前方呈现出了它的村庄轮廓，唐林走到了村头并没有马上进村，而是停在了一棵树后，观察周围的动静，时刻的机警令唐林感觉一切是否安全。

突然，他感觉到了村子里呈现出了和往日不一样的异常，因为他的心中升起了一股莫名的寒意，村子里有一种来自针对自己的危险。在山林中磨炼的敏锐的直觉，无时无刻不在对来自周围的危险起着作用。尤其是针对自身的危险，这种感觉就越是强烈。

唐林暗里一惊，看来日本人终于找到了这里，找到了和自己有关系的罗妹一家，已张开了网静待自己来投。

唐林隐蔽了身形迅速退去。在距离北屯一里地之外潜伏了下来，以待天亮之后，狙击从村中出来的日军。

天色亮了，可以见到早起的村民出外劳作，从他们从容的神态中看不出有日本人进驻村中的迹象，这令唐林感到了迷惑。但是他知道，村中肯定暗伏着针对他的危险，甚至在罗妹一家不察觉的情况下，已被人暗中监控了。

村子中开始有人进出，唐林对北屯的人家并不熟悉，除了罗妹一家并不认得其他的人，所以对进出村子的人无法去辨别。不过可以肯定一点，暗伏村中的危险，并不是日本人。

“应该是那些汉奸特务们或者是江湖上的人物注意上我了，乔装来此，埋伏在相通气的人家，应该不会引起其他村民们的注意。好阴险的一招！”唐林想。

唐林知道，这样和对方干耗下去也不行的，罗妹一家会有危险的，必须想办法将这些人引出来，一一射杀掉。

从一晚上村中都不曾有过动静来看，对方是一些有着极大耐性的人，不是容易对付的。自己不能和他们近战，更不能暴露目标。

“应该找人帮忙了！”唐林心中一动，转身悄悄离去。

唐林来到了四顶山，他要找鲁大虎这伙儿土匪帮忙。李娟所在的游击队飘忽不定，难觅踪影，张子龙率领他的28团也正在全力和日军对峙，唐林不想因为自己的事分张子龙的心。况且对付这伙汉奸或江湖上的人物，也要有相应的势力来反制，恶人需有恶人磨，目前自己认识并能找得到的只有四顶山的鲁大虎这伙儿土匪了。

对鲁大虎这伙儿聚啸山林的土匪，唐林本没有什么好感，但也不反感。主要是鲁大虎等人平日里劫商夺户的都是富人，基本上不对一般的老百姓下手。加上自己曾救了他一回，他们应该能帮自己对付敌人的。也是事情迫在眉睫，罗妹一家处在危险之中，唐林无奈之下，只好去找他们了。

一个人的狙杀

四顶山的山门外，唐林一枪将山门上挑着的一面旗子击落，惊得一群土匪如临大敌。

“告诉你们大当家的，就说唐林来访，让他出来见我。”唐林举着步枪大声喊道。

“神枪唐林来了！”看守山门的土匪们一惊，忙转身飞报去了。

“是唐林兄弟，请进寨中说话。”曾被唐林同时救下的那个李飞，惊喜地迎了出来。

“不用了，我只想和鲁大当家的在这里说几句话。”唐林摇头拒绝道。他枪不离手，警戒着周围的一切。

唐林暂时还信不过这伙儿土匪，日本人缉拿他的两万现大洋赏金，可以令任何人动心的。重赏之下有勇夫，更有小人。

李飞见唐林有些信不过他，只好一笑道：“也好，只是大当家的要怪我们对唐林兄弟失了礼数。”

“是唐林兄弟来了！哈哈哈！真是贵客啊！快请快请！李飞，你他妈的是怎么了，唐林兄弟到了，竟也拦在山门之外。还不快去大摆酒宴，为我们的救命恩人接风洗尘。”鲁大虎一阵豪爽大笑迎了出来。

李飞忙凑到鲁大虎耳侧低声细语了几句。鲁大虎脸色变了变，将腰中的两支“盒子炮”拔出来递给李飞，随后说道：“所有人都给我退到寨子里去，我要和唐林兄弟说话。”

“唐林兄弟，我没带枪，放心好了，到了我这里，没人敢动你一根指头。”鲁大虎两手一摊，走上前说道。

唐林见了，知道自己多虑了，歉意地笑了一下道：“请鲁大当家的不要多心，我现在情况特殊，不得不防。”

“我明白！唐林兄弟的身价已增到了两万现大洋，自会有不要命的人打你的主意。不过唐林兄弟是我的救命恩人，我的命是你的，说吧，有什么事需要我帮忙地方，全寨人马听你调遣。”鲁大虎一抱拳，说道。

“是这样，有伙儿来历不明的人想对付我，并且已暗中控制了住在北屯的我的朋友一家，我想请鲁大当家的帮我查清楚这伙儿人的来头，最好能将他们引出来，我再对付他们。事成之后，我会以一批枪支来谢你的。”

唐林说道。唐林四下游杀，也曾顺手捡走了几十条步枪。

“妈的！真是吃了豹子胆了！除了日本人还有人敢打神枪唐林的主意，活腻了！你的事就是我的事，你的敌人就是我的敌人，交给我好了。”鲁大虎一拍胸脯说道。

鲁大虎又认真地说道：“唐林兄弟，你要是看得起我，就叫我一声老鲁，信得过我，就请到山寨一聚，住上几天，你的事我来摆平。”

鲁大虎的豪爽也感染了唐林，唐林点头道：“好！那就到鲁大哥的山寨住一两天，不过那伙儿人只要将他们引出来就行了，我来对付他们。”

鲁大虎闻之喜道：“痛快！那件事到时候再说。唐林兄弟，请！”

所谓四顶山的山寨不过是十几处木制房屋，曾被张子龙的28团清剿过一次。散而复来，倒也有几十号人。

唐林随鲁大虎进了一聚义厅落了座，鲁大虎又介绍了几个山寨中的大小头目。然后敬佩万分地道：“前些日子听闻，唐林兄弟一杆步枪硬是打跑了定河县城的一城日本鬼子，逼得那些伪协军也投了国军，那才叫个痛快！什么是大英雄！这才是真正的大英雄！”

唐林笑道：“此事算是个意外，我也没想到日本人会弃城的。”

李飞一旁道：“那是被唐林兄弟的神枪吓走的，再不走，那些小日本真的都要变成鬼子了！”

众人闻之一笑。

鲁大虎道：“李飞，现在有伙儿人躲藏在北屯，想要利用唐林兄弟住在那里的朋友引他前去下黑手，我猜想不出是哪伙儿人，估计也是我们道上的要财不要命的主儿。这方圆百里的黑白两道上有些能耐的人你差不多都认识，你去北屯侦察一下，不要暴露自家身份。看看是哪些王八羔子，然后再想法子灭了他们。”

李飞听了，站起身道：“既然如此，我现在就去北屯一趟。”说完，朝唐林一拱手，快步走出。

“谢了！”唐林一抱拳道。

“自家兄弟不要客气！”鲁大虎又一挥手说道，“杀猪宰羊！摆酒上肉！”

傍晚的时候，李飞才回来。

鲁大虎忙屏退左右，问道："查清楚是哪伙儿不要命的孙子了？"

李飞抹了一把头上的汗，说道："是李德便衣队的人。"

"原来是这个狗汉奸！我说呢，谁敢有这么大的胆子。"鲁大虎一拍桌子，愤怒地道。

"看来李德想发财想疯了，唐林兄弟专门杀日本人不打中国人，他却想乘唐林兄弟不备捞上一票。这狗娘养的，亏他做得出来。"李飞也气愤地道。

"既然是他们自己找上门来的，就怨不得我了。是他们不想做中国人，自己要变成禽兽的！"唐林坐在那里冷冷地说道。同时想起了还未出现的那个大汉奸顾久同。

鲁大虎说道："这个李德我原来认识的，也曾是道上的人物，贩卖过军火，为此我也曾和他打过交道。日本人来了之后，他便率了一伙儿人投靠日本人当了汉奸。前不久也派人捎过话来，让我率兄弟们去他那里当汉奸，我于是便不理他了。我姓鲁的杀人放火什么事都能做得出来，就是不能当那个被人唾骂的狗汉奸。"

李飞说道："他们隐藏得很隐蔽，在监视着一户人家，应该就是唐林兄弟的那位朋友一家了。要不是我认出了一个扮作货郎的人，也不知道他们竟是李德的便衣队。从迹象来看，村子里应该没有日本人，是李德自己要做这一票了。"

"他们没有和日本人的别动队联手，事情还不算太坏。"唐林说着，走到门外，抬头望了望天，然后转回屋中说道，"鲁大哥，你刚才说过曾和这个李德打过交道，他应该对你有几分信任的。你明天派人告诉他，就说发现了我的落脚之处，北屯东去七里地有一座废弃的烧砖厂，明天晚上我在那里等他。"

"唐林兄弟！"鲁大虎站起来，涨红了脸道，"你这不是逼我当汉奸吗？"

"请鲁大哥听我把话说完。"唐林说道，"我不宜在北屯的村子里动手，免得伤及无辜，并且他们在暗处，发挥不出我步枪的长处来。今天是十四，明天是十五，看天气这两天应该没有雨是大晴天。明天晚上当是一片月亮地。那座烧砖厂四周开阔，几乎没有什么遮掩物，只要他们一进入那片开阔地，我便可以令他们有来无回。”

“好主意！”鲁大虎这才恍然大悟道，“我知道那个地方，只要李德的人一进入到那里，真的是避无可避。唐林兄弟的神枪可以发挥出最大的杀伤力了，就算他们去了二三十人，想跑的机会都没有。到时我会率兄弟们断了他们的后路，来一个留下一个，谁也别想活着离开，一举铲除掉便衣队，也算是我们参加抗日了。”

“不，那边的事交给我一个人好了。还有事情麻烦鲁大哥的，想必北屯还会有便衣队的人继续在那里监视我朋友一家，就请鲁大哥将他们解决了，并且将我朋友一家人安全地带出来。”唐林说道。

“唐林兄弟。”鲁大虎说道，“你交代的这件事情我会做好的，不过明晚在烧砖厂的行动还是让我和兄弟们参加吧，我在外围兜网，免得有腿快的跑掉。“

唐林笑了一下道：“也好，不过鲁大哥要做的一件重要的事就是，你一定要令李德相信你的消息。他能有所行动，我们的计划才能奏效。”

“这一点你放心好了！”鲁大虎笑道，“明天我会亲自去通知李德这个发财的机会，并且也要分一份赏金的。”

唐林点头道：“嗯！只有这样李德才会相信的。”

“传我的话，为了防止消息走漏，这两天山寨上的人一律不准外出，谁要是起了歪点子，老子一枪崩了他狗娘养的！”鲁大虎吩咐道。

唐林告别了鲁大虎离开了四顶山，他要为明晚的猎杀行动做一番准备。

第二天一早，鲁大虎便和李飞二人下了山。他先是令李飞联系上了日军据点中的李德，在一座镇子上的四方酒楼见面，有要事相谈。

接到消息，那李德倒也没有犹豫，带了五个人兴致勃勃地来到了四方酒楼。对于鲁大虎这伙儿四顶山的土匪，他可是一直想拉拢到麾下，但对方一直没有明确的回音。这次主动来找他，应该是谈归顺的事了。

“鲁大当家的，怎么有空下山来了。”一见面，李德一抱拳道。

“这年头，道上不好混，这不，来找李队长商量个令兄弟们发财的事。”

鲁大虎起身相迎道。

“哈哈！鲁大当家的终于想开了，好说！好说！”李德得意地笑道。

双方落了座，李德笑道：“只要鲁大当家的将四顶山的兄弟们带下山来，我李某人可以保举鲁大当家的在日本皇军那里要风得风，要雨得雨，一块儿和我们吃香的喝辣的。这年头，识时务者为俊杰，哪里吃得开就到哪里去。”

“呵呵！李队长误会了，你走你的阳光道，我走我的独木桥。我这次来与李队长会面，是想商量一个发财的事，别的事不谈。”鲁大虎说道。

“怎么？”李德闻之一怔，随后笑道，“原来鲁大当家的还在瞻前顾后，这可就不应该了。不过人各有志，李某也不勉强。鲁大当家的这次下山，不知想发什么财啊？莫不是还想要一批军火，我手头上刚好有十几条步枪，清一色的三八大盖，油布裹着来的，都未开封呢！”

“哦！”鲁大虎眼睛一亮，随即笑道，“这批枪我要了，就当李队长送我的吧。”

“鲁大当家的，你的话我怎么听不明白啊！这东西还有白要的？”李德望着鲁大虎，在捉摸对方的来意。

“哈哈哈！不错，这批枪我不但要李队长心甘情愿地送我，还要再分给我一大笔赏金。”鲁大虎仰头大笑道。

“赏金！”李德心中一动，阴着脸道，“什么意思？请鲁大当家的将话说明白了。”

鲁大虎随即低了声音，故作神秘道：“日本人悬下了两万现大洋的赏金，李队长不会不感兴趣吧。”

“呵呵！”李德冷笑一声道，“你是说皇军下的缉拿神枪唐林的悬赏令。可要知道这可不是谁想做就做得来的，唐林弹无虚发，一击必杀，你有几条命能享受到那笔赏金呢。况且唐林神出鬼没，行踪不定，几乎从不在有人烟的地方落脚，居无定所，想找到他比登天还难。”

“所以说财发有缘人！”鲁大虎摇头一笑道。

“难道说是鲁大当家的发现了唐林的踪迹？”李德精神一振道。他的便衣队暗伏北屯半个多月了，一无所获，已令他心焦起来。

鲁大虎没有说话，只是笑着点了点头。

李德掩去了眼中呈现出的兴奋，摇头笑了一下道：“既然如此，这可是发财的大好机会，虽说是唐林的神枪厉害，富贵险中求嘛！以四顶山的实力，值得一试，鲁大当家的为何不去做了，还找我干吗？”

“李队长抬举我了！”鲁大虎摇了摇头道，“神枪唐林可不是一般的人，听说已有几百名日本人死在了他的神枪之下。一支搜山部队都被他射杀光了，前不久单枪匹马的仅凭一杆步枪惊退了定河县城的一城日本守军，如此人物，我还没有这个能力碰他。”

“但鲁大当家的还是对这个唐林感兴趣！”李德盯着鲁大虎，淡淡地说道。

“当着李队长的真人面我不说假话，我的确是奔着日本人的那笔赏金来的，但还有更重要的一点，这个唐林和我结过梁子，我的兄弟曾被他打伤过，所以我也要为兄弟们朝这个人讨个说法。“鲁大虎狠狠地说道。

“嗯！那件事我听说过，你们要绑架国军28团团长张子龙的父亲，被唐林将你的人击退了。”李德点了一下头道。

“既然如此，那你为何不报告日本人，有日本人出面解决掉唐林可就省事多了。”李德试探地说道。

“那也只是一个消息而已，没有多少赏金拿的，既然遇到了这个千载难逢的发大财的机会，就要捞足他一票才够本。要是将唐林击毙或是活捉了，日本人一高兴，升官发财的机会岂不是一起来了。我自信没有十足的把握，所以想和李队长联手共成此事，不但为我的兄弟们报了仇，还可以财势一起收。”鲁大虎显示出了兴奋。

“唐林藏在什么地方？”李德迫不及待地问道。

“这个吗！”鲁大虎故弄玄虚地道，“在一个任何人也找不到的地方，只有我知道。我们还是先谈好那笔赏金的分配吧，再采取行动不迟。”

“你要多少？”李德眯着眼睛问道。

“二一添作五，还要加上李队长的那批军火。”鲁大虎嘿嘿地一笑。

“鲁大当家的倒是会做买卖，可是如何令我相信你送来的情报准确呢？”李德笑了笑道。

“这一点我可以保证，并且我的人会和你的便衣队一起行动。”鲁大虎说道。

“这可不行，要是叫日本人知道了我的便衣队和你的人一起行动而没有通知他们，不但要将我以通匪罪论处，就算杀了唐林的那份功劳也会没有的。我可不能留给日本人任何找我麻烦的借口。不过你放心，你的那份少不了的。就按你说的办，告诉我，在哪里可以找到唐林？”李德说道。

“好吧，就听李队长的，你我信得过。我的人无意中发现，有一个持了步枪的年轻人这两天躲藏在北屯东去七里地的一座废弃的烧砖厂里。你想想，一个普通的老百姓怎么会持了一支步枪在那里出现呢，除了神枪唐林，还会是谁！”鲁大虎说道。

“他出现在了北屯附近！”李德眼中精光一闪。

“我的人还发现，唐林白天不在那里，只有晚上才回去，你的便衣队要动手，最好在后半夜他睡觉的时候，否则被他发现了，多少人都近不得身的。”鲁大虎说道。

“至于便衣队如何行动，这个你不要管，我会有办法对付唐林的。只是你的情报一定要准确。”李德有些激动地说。

“李队长放心，我这个人你是知道的，没有把握的事我是不会做的。我也要求李队长一点，事成之后，要兑现诺言，我拿我的那份走人。还要请李队长保密，捕杀唐林的事不要让人知道我参与其中了，我毕竟还要在这条道上混的。可比不得李队长有日本人撑腰。”鲁大虎话里透着讽刺说道。

“一言为定！”李德敲了下桌子，笑道。

“那好，我先走了，静候李队长马到成功！”鲁大虎说完，带了李飞离开了四方酒楼。

010　全歼便衣队

李德随即回到了据点里。王加林迎上前问道："大哥，那个鲁大虎找你什么事？该不是来投奔我们的吧。"

李德说道："他的人发现了唐林的行踪。"

"在什么地方？"王加林惊喜道。

"北屯附近那座废弃的烧砖厂。没想到唐林会躲藏在那里。这个人果然厉害，竟然能感觉到村子里有针对他的危险，所以未敢贸然进村，潜伏在烧砖厂里等待时机。他终于还是来了。通知兄弟们今晚行动！"李德此时有些激动地道。

王加林提醒道："大哥，这里面不会有什么问题吧？"

"不会！"李德说道，"鲁大虎在江湖上也算是个人物，和他曾办过几回事，说话还靠得住。他也不敢整我，否则我会铲平他的四顶山。况且他和唐林还有段旧仇，这个我是知道的，他们之间从未有过交往，应该不会联手算计我。也是那笔赏金太诱人了，他想假我便衣队之手，不劳而获地分一杯羹。想得倒美，到时候等他的人来分赏金，乘机灭了他。"李德眼露凶光。

"还有，今晚的行动特殊，千万不要让日本人知道参与进来，否则我们的功劳就全都没了。你和几个兄弟留在据点里应付日本人，就说便衣队发现了小股游击队，去侦缉了。另外，在北屯监视那家人的兄弟也要留下几个，一旦有什么意外，我们也留个后手。剩下的全部随我围杀唐林。只要过了今晚，扰得日本人不得安宁的神枪唐林就会在这个世界上消失了，并且是在我李德的手上消失的。说不定日本天皇还要给我颁发奖章呢！"李德有些得意忘形地道。

一个人的狙杀

夜色中的一切是宁静的，皎洁的月光照耀得大地如同白昼，偶尔传来几声昆虫的鸣叫，也似在催眠沉睡的万物。

唐林没有潜伏在那座废弃的砖厂里，而是隐蔽在了一侧草丛中，这里可以切断来者的归路。除了那支莫干纳辛式狙击步枪，他还从山里带来了两支中正式步枪和五支三八式步枪，都填装好了子弹，以免在射杀时耽搁时间。日本人制造的这种三八式步枪，杀伤力虽小，但是弹头的贯穿力极强，对于专门射击头部的唐林来说，也是一种应手的武器。

前方是几百米的开阔地，是接近那座砖厂的必经之路，唐林就是要让便衣队进入这片开阔地中，实施他的精确打击。

闭目养神的唐林忽然睁开了眼睛，他感觉到目标已经出现了。

李德亲率 23 名便衣队的特务出现在了另一侧。这些特务们都是手持驳壳枪，腰挂五颗手雷，做好了近距离突袭的准备。

望着前方那片开阔地，李德不禁犯起了犹豫。

“妈的！今晚的月亮怎么会这样亮！”李德低声骂了一句。

“唐林这小子果然是个出色的猎人，选的都是特殊的地方落脚。一旦发现有逼近他的目标，在这片开阔地里凭借他手中的步枪完全可以抵挡住一个连的进攻，并且可以从容地撤进后面的大山里，那时任何人都拿他没有办法了。厉害啊！”李德点了点头。

“你们俩先摸过去，靠近砖厂之后，再给我们打个安全的手势。”狡猾的李德命令两个人先行探路，

随后两个人弯着腰跑向了砖厂。在距离砖厂二十米的地方，那两个人趴在了地上，静听了一会儿。见无异常，便朝后面挥了挥手。

“老虎也有打盹的时候！”李德见状一喜，吩咐道，“有他们两个掩护足够了，可将唐林压在砖厂里冒不得头。尽量压低身形摸过去，不要弄出任何声响。到达他们的位置后趴在地上给我爬过去，只要接近砖厂并将它包围住，我们便赢了。即使唐林发现了我们，他的步枪也没多大作用了，到时候将手雷全部给我扔进去炸死他。行动！”李德率先冲去。

二十多个目标清晰地进入了唐林的视野，面对这些已变成野兽并和日

本人同流合污的汉奸们，唐林心中也没有了同情和犹豫，都已列为必杀的目标。

唐林不认识李德，不能第一个将其射杀，只好从后面开始，逐个收拾。一颗无声子弹悄然射出，最后面的那个特务一个跟头扑倒在地。前面的人还以为他被地上的什么东西绊倒了，回头轻声唤道："你他妈的注意点！……"话还未说完，身形也随之跌倒。

便衣队特务们的注意力都在前面，加上都有些紧张，竟然一时间没有发现后面出现了状况。

直到后面第五个便衣特务在头部中弹后，也不知怎么手筋抽动了一下，身形跌倒时手指扣动了扳机开了一枪。

清脆的枪声划破了宁静的夜空，令李德等人吓得同时趴在了地上。

"谁他妈的走火了？"李德气急败坏地怒吼道。

"队长，不对劲！"李德身边的一个特务发现后面出现了异常，忙对李德说道。

待李德回头看时，看到了后面的几个人可都不是卧倒的样子，已变成了仰面朝天或侧横的尸体。与此同时，一名反应迟缓的特务还未来得及趴下，闷哼了一声，似乎被人打了一记重棍，一个翻滚倒在一旁不再动了。

唐林的无声子弹，李德早有所耳闻，此时明白是遭到了唐林的狙击。惊骇之下，趴在地上不敢再动。他还搞不清子弹是从哪个方向飞来的，反正不是从前面的烧砖厂。

日本人所曾面对的恐怖和绝望开始降临到这些便衣特务们身上了。即便是趴在地上，在平坦的开阔地上，一样会遭到精确的射杀。接连有几个人身形微颤之后，便无了生命的迹象，一颗颗悄然击来的子弹令他们停止了思维。短短的几分钟，就有九名特务丧命。他们不知唐林潜伏何处，实施不了反击。更为要命的是，唐林是在远距离射击，他们手中的盒子枪和手雷已失去了作用。并且一个轻微的反击动作足以令他们早一些丧命，谁也不敢动一下，似乎一个唐林便将他们团团包围住了。

李德此时方才感觉到了唐林的可怕，恐惧早已替代了发财的美梦，趴在地上大声喊道："唐林，不要开枪，这是一个误会，我们不是来对付你的，而是来打游击队的。你不是专杀日本人不打中国人的吗？”

“哈哈哈！李大队长，你真是挨打了才招啊！你他妈的还算是中国人吗！唐林兄弟从昨天已经改了规矩，也开始杀你们这些狗汉奸了！”旁边的树林里传出了鲁大虎爽朗的笑声。

“你他妈的……”李德这才明白，是遭到了鲁大虎和唐林的联手算计。

就在李德惊怒之下，不由自主一抬头的瞬间，一颗子弹贯穿了他的头部，一切的愤怒和恐惧在他的脑中淡化了。他甚至还未感觉到疼痛的滋味。

剩余的那些惊恐的特务们，不愿“卧”以待毙，爬起来胡乱地射击并四下逃窜，但都相继摔倒。唐林接连换了五支步枪，这才将前面的目标射杀尽。先前的那两名靠近砖厂的特务早已吓得避进砖厂里去了。

鲁大虎率了部分四顶山的人站在树林中惊讶地望着月光下的这一段精彩绝伦的狙击表演，都目瞪口呆，他们庆幸已和唐林成为了朋友，没有与他为敌，更没有做出对不起国家和民族的事来，否则下场可知。他们本来是到这里欲助唐林一臂之力的，此时却成了观看表演的观众。那些眼前的特务们，无论是走着的、卧着的、奔跑的，都逃脱不了唐林的精确射杀，如一个人持了根棍子，点击站立在地上的木偶，点一个倒一个，毫不费力。而且他们此时此刻都不知道唐林究竟藏身何处，甚至是在哪个方向。神枪唐林，他们算是见识到了一回。

唐林笑呵呵地出现在了他们的面前，朝砖厂的方向示意了一下，说道：“鲁大哥，那边还有两个，留给你了，别白来一趟。”

“啊！好！”鲁大虎这才恍过神来，手持双枪，喊道，“弟兄们，跟我去收拾那两个狗汉奸，做回真正的中国人！”

躲藏在砖厂里的两名特务没敢反抗，朝鲁大虎他们投降，随即传来了处决他们的两声枪响。

鲁大虎的人将便衣队的武器装备都收缴了过来，唐林又将带来的那七支步枪也都送给了鲁大虎。乐得鲁大虎眉开眼笑。

唐林仅凭步枪便将便衣队的二十多个特务一一射杀殆尽，对方却无还手之力，被四顶山的这伙儿土匪们敬若神明。

“鲁大哥，北屯的事怎么样了？”惦记着罗妹一家人的安危，唐林急着问道。

“放心！那几个暗藏着的汉奸已被我们处理掉了，李飞这会儿应该将你朋友一家人接到四顶山了。”鲁大虎说道。

“这就好！”唐林闻之，心中稍安。

四顶山。

“唐林！”一见到唐林，罗妹惊喜地迎了上来。

“我开始还以为是遭到土……是他们将我们劫走的呢，后来听说他们是你的朋友，是你叫他们接我们走的。”罗妹露出了轻松的笑意。

“是投靠日本人的汉奸特务注意上我了，进而查到了你那里，想以此诱捕我，这次多亏鲁大哥他帮了我。”唐林解释道。

随后，唐林又上前安慰了一番受到惊吓的罗妹的父母。

鲁大虎此时已明白了唐林和罗妹一家人的关系，上前说道：“唐林兄弟，你这次全歼了李德的便衣队，日本人会采取行动的。安全起见，罗家妹子全家日后就住在四顶山吧，防止小日本再打她的主意去对付你。放心，以后罗家妹子就是我鲁大虎的亲妹子，有我的命在，就有她的命在。”

“那就谢谢鲁大哥了！”唐林感激地一抱拳道。

“自家兄弟不要再客气了，四顶山的弟兄们能和神枪唐林交上朋友是我们的荣幸！”鲁在虎真诚地说道。

“鲁大哥！”唐林激动地说道，“通过这件事，也令我认识到了，有些时候光凭我一个的力量是不行事的，还要大家伙儿帮助才行。以后我们一起打鬼子除汉奸。”唐林想起了李娟和游击队救下自己的事。

“就这么说定了！跟着神枪唐林杀鬼子，我四顶山算是沾了英雄的光了。从现在开始，四顶山的老行当不做了，一心一意地跟你去打鬼子。”鲁大虎兴奋地说道。

“好！让我们携手作战！”唐林和鲁大虎的手握到了一起。

罗妹站在那里高兴地望着自己心爱的男人，他不但能杀日本人，他的行为竟也能感动一伙儿土匪弃恶从善，行大义之举。这才是她心目中顶天立地的英雄。

李德的便衣队全军覆没，又一次惊动了这个战区的日军。从现场查看到的迹象表明，他们是遭到了唐林的狙击。那个王加林惊慌之余，向日军别动队队长松奇正一坦白了一切。

“八嘎！”松奇正一连续击打了王加林数个耳光，大怒道，“如此重要的情报为什么不事先向皇军报告，若是有皇军协同作战，可以合围成几个包围圈，那个唐林插翅难飞。错失大好战机，日后更会令皇军遭到损失的。一群笨蛋！你以为这个猎人杀手只杀大日本皇军士兵吗？你们这种人他也照杀不误！”

日军的重金悬赏成了空设，从此再没有人敢打这笔赏金的主意了。

经过此次狙击，唐林更是名声大振，不仅仅是日本士兵们心惊胆战，那些汉奸特务们也是寝食难安了。唐林的神枪，无时无刻不在注意着他们的一举一动，随时有可能射来夺取他们性命的子弹，也令特务们助纣为虐的行径收敛了些。

但是唐林这次狙击李德便衣队的行动，也影响了另一件事。那就是大汉奸顾久同本要计划到邻县的祖坟上祭祖，在得知李德的便衣队被唐林全歼之后，吓得龟缩省城不敢来了。不过日本人却由不得他，据说是想利用这次“中日亲善”的行为改变一下形象。更为主要的是，顾久同家乡祭祖之后，才能走马上任，就任日伪政府的要职。所以在十多天之后，顾久同还是在日军重兵保护下返乡祭祖了。

这天傍晚，唐林在一处秘密联络点里拿到了张子龙派人藏在这里的情报：明天上午十时，顾久同会出现在邻县的黑土岭上。那里有一片顾家祖坟，情报上绘制了图形，点明了准确位置。

“黑土岭！”唐林冷笑了一下。以前自己曾去那里狩过猎，比较熟悉地形。

唐林算了一下时间，知道自己现在必须赶过去，找到顾氏坟地，抢在日军警戒那片山林之前，选好狙击位置，潜伏下来。

唐林是半夜里到达的黑土岭，在找到顾家坟地时，远远发现那里已是有人影晃动了。原来有当地的特务武装提前警戒了。

唐林知道，这次行动非常重要，日本人也非常重视，天亮后必会进行一番搜山的。坟地周围几百米内都会布上警戒，近距离潜伏是容易暴露的。唐林于是选择了千米之外的一处高地隐蔽下来。这里与顾家坟地隔着一道山谷，得手后方便退走，并且对方是万难想象出这么远的距离上会有狙击手潜伏的。

“也是奇怪，日本人为什么这么重视一个汉奸返乡上坟？闲得没事干了吗？这个汉奸有那么重要吗？”潜伏中的唐林嘟囔了一句。

定河县城28团团部。

张子龙在焦急地等待着消息。他已从通信兵那里得知，秘密联络点的情报已不见了，说明已被唐林取走了。

张子龙望了一眼窗外，天色已有些见亮了。

“团座，还是休息一下吧，中午才能获知准确的消息。”副团长李志南上前劝道。

“我怎么总是感觉这次行动有不对劲儿的地方。”张子龙眉头皱了一下道。

“团座是对唐林没有信心吗？”李志南问道。

“顾久同只要出现在唐林的枪口前，千米之内必死无疑，这一点我是不曾怀疑过的。”张子龙说道。

“那么团座还担心什么？安全方面更不用担心，唐林是远距离狙击，得手即退，况且唐林都是事先定好进退之策的。师部下达给我们这个暗杀顾久同的命令，也是上面想借助唐林的神枪解决这个大汉奸，说白了，就是点名要唐林执行这个任务的。”李志南说道。

“顾久同的命对日本人来说固然重要，但这么隆重地护送他返乡祭祖，是为了什么？”张子龙说道。

“还不是想表示一下‘中日亲善’的模样给人看，据说这也是顾久同的个人要求，他祭祖之后才能走马上任，做他的伪汉奸去。”李志南说道。

“又不是祭他日本人的祖，日本人何以表现得这么关心？非常时期，本不应该生此无聊之举的。况且这么做日本人应该明白是很危险的，我们这个地区可是有个一击必杀的神枪唐林。”张子龙说道。

“是啊！日本人和顾久同的这次行动果然有些古怪，这种时候有闲心冒着危险来大张旗鼓地祭祖吗？”李志南也表示出了他的疑虑。

“我问你一个问题，对日本人来说，唐林和顾久同相比谁更重要？”张子龙忽然问道。

“当然是唐林了，顾久同这个汉奸哪里能和唐林比。唐林已令这个战区的日军士兵草木皆兵，据点外都不敢设巡逻兵了，就是炮楼上大白天的都不敢站人。唐林目前的影响和威胁作用可是比顾久同大得多，也自令日本人害怕得多。尤其是唐林单枪匹马惊退了定河县城的日军守军，已在日本人心中形成了一个不可消灭的神话。”李志南说道。

“我明白了！”张子龙恍然大悟道，“在唐林单枪夺回定河县城之后，日本人已知道了必须要将唐林消灭，否则这个战区日军士兵的斗志将彻底崩溃和丧失。为了挽回这种不堪的局面，日本人不惜调来我们视作眼中钉的大汉奸顾久同，因为这个重要汉奸的家乡就在我们邻县。我们屡次刺杀他不曾得手，便调来此人打乱我们的判断，意在牺牲此人将唐林引出来。这是日本人为了对付唐林而实施的一个计划，我们竟然上当了，想用唐林出色的狙击来干掉顾久同的同时，也给了日本人一次围杀唐林的大好机会。唐林本是行踪难觅，但有顾久同这个重要的人物自会将他引出来，因为我们会派他去执行这个狙击任务的。”

“天啊！现在唤回唐林已经来不及了。”李志南惊呼了一声道。

“我好糊涂，轻重都分不得！”张子龙懊悔得一拍额头。

这时，团参谋吴飞跑进来报道：“团座，大批日军正在朝黑土岭方向聚集。刚刚接到的情报，日军的别动队昨晚就已经调往黑土岭了，情况异常，不太对头啊！”

“唐林，我害了你！”张子龙痛苦地闭上了眼睛。

此时天色已然大亮。

潜伏在黑土岭的唐林，在夜色的掩护下选择了一处制高点，待他隐蔽好静静地等待之后，猎人天生的直觉也令他感觉到了周围异样的气氛，便是从泥土、草木中也隐隐地嗅出了一种异乎寻求的味道。

唐林眉头皱了一下，他感觉到了一种危险的笼罩。黑土岭本与他熟悉的那片大山相连，但是一条公路隔断开来，令黑土岭的这几座山头显得有些孤立。若在平时，唐林一感觉到环境稍有异常，便会立即放弃狙击迅速退去，此时走还来得及。但是现在不行，他接受了张子龙交给的第一个任务，如果撤走，当是有临阵退缩之嫌。并且暂时还无法确定危险的程度，唐林相信自己的直觉，但此时却怀疑起了自己敏感的程度，每一次狙击，危险总是存在的，这次或许有些难度罢了。

唐林四下观察了一下，决定还是继续留下执行任务，随即做了一个冒险的决定，爬出潜伏点，悄然滑下了前侧的悬崖端。攀崖登壁的本事是早已在大山里练就了的，悬崖峭壁对唐林来说如走平地。下滑了五六米后，唐林择了一块内凹处，那里有一丛枯草，随以百缕衣遮身，隐蔽在了此处。对暗伏的狙击手来说，这种潜伏点应该属于一处绝地，因为是没有退路的。天亮之后，只要一动，整个身形会立即暴露在敌人的火力打击之下。

唐林之所以冒险选择此处，是因为任何人也不会想到他的狙击点会设在悬崖上，凭借手中的无声步枪，在合适条件下击杀目标得手之后，只要寂然不动，不会暴露自己的准确位置。便是站在悬崖上面的人也不会发现这里隐藏了人。也是唐林不打算退去，他心中疑惑，要看看那种隐隐的危险来自何方。如果真是有着极大的危险，他可以放弃目标，潜伏不动上几天，再于夜间安全退去。这是唐林迫不得已之下的第二次冒险，第一次是在小李村，现身将屠村的日军引开，要不是李娟带了游击队来救，他便与日军同归于尽了。

这次冒险是在接受了明确的任务之后。虽感觉到了危险的存在，但是不能退去。也是唐林自己信赖在山林中的感觉，令他无所畏惧，伪装隐蔽的本事，鬼神不觉，这也是唐林明知危险而未及时退去的原因。对一名狙击手来说，特殊情况下，最危险的地方，有时也是最安全的地方。当然，前提是暂不要去击杀目标。

天色见亮的时候，山谷对侧的那片顾家坟地呈现在了眼前。唐林于夜间发现的那些人影此时已经不见了，应该是埋伏在坟地周围了。随后十多个百姓装扮的人上了山来，开始在坟墓前清扫和布置祭品。一切显得倒是很自然。

然而此时的唐林却感觉到了危险的降临，似乎那种无形的危险已将整座黑土岭笼罩。唐林心中一懔，暗里倒吸了一口凉气，他已经感觉到了杀机四伏。好在自己于夜里潜伏到了悬崖壁上，否则在这白天里，潜伏黑土岭任何一处，都是极其危险的。

“那个汉奸和日本人知道我要来吗？为什么这种危险的感觉如此强烈，就好像是针对我的一般？”唐林心中惊讶道。

唐林观察了一遍，此时并未见到日军的影子。但是唐林知道，在这黑土岭的周围，已布满了敌人。

011 被困黑土岭

黑土岭东南方向的一座土坡上，站了一群日军军官，那个日军战区指挥官伍田大佐亲临指挥，大汉奸顾久同站在他的旁边。远处，大批的日伪军正在朝黑土岭周围运动布防。

“大佐阁下，皇军为了顾某人如此兴师动众，实在是令人不安啊！”顾久同满腹狐疑地说道。

那个别动队队长松奇正一一旁听了，冷哼了一声。

“顾先生，你看到了，我们这次重兵聚集黑土岭，其实是在实施一个特殊的军事行动计划。你现在也应该知道真相了，我们这次命令你返乡祭祖，是要用顾先生引出一个人来，也就是说，顾先生是这次皇军特殊行动中的一个诱饵，一会儿你要配合。”伍田大佐淡淡地说道。

“大……大佐阁下，这是怎么回事？要……要用我引出什么人来啊？”顾久同终于证实了心中的疑惑。原来他所投靠的皇军，并不是皇恩浩荡的。

“我们要用顾先生引出的目标是那个中国猎人唐林。此人已经给大日本皇军造成了极大的威胁，不消灭这个人，将会影响帝国在此战区的战略进展。但是此人神出鬼没，极难捕杀，所以我请求总部将你调了过来，因为中国人对顾先生很感兴趣，屡次暗杀未曾得手，于是便给了中国人一个机会，也找到一个皇军捕杀那个唐林的机会。在这里，能对顾先生造成威胁的只有唐林了，中国人一定会派他前来实施暗杀行动的。”伍田大佐说道。

“大……大佐阁下，顾某愿意为皇军效命，可是这个猎人唐林有这么重要吗？非要用顾某将他引出来？”顾久同抹了一把头上的冷汗。

“几百名天皇殿下的英勇士兵都被这个中国猎人枪杀了，并且在此战区造成了极大的恐慌，为此我受到了帝国陆军参谋本部的严厉责问。所以消灭唐林势在必行，否则将会给皇军造成更大的损失。从这个意义上来说，那个猎人唐林比顾先生重要得多。当然了，也请顾先生放心，黑土岭现已在皇军的重重包围之下，马上要开始搜山了，抓到唐林，顾先生也就不必麻烦了。据可靠情报，中国人这次果然命令唐林执行此项暗杀任务，他昨晚就应该到了，此时隐蔽在黑土岭的某一个地点，插翅难飞了！”伍田大佐充满自信地说道。

“这样就好！这样就好！”顾久同擦拭了一下额头上的冷汗，略松了一口气道。

这时，一辆摩托车驰了过来，停下后，一名日军军官敬礼报道：“报告大佐，黑土岭外围已经布置完毕，并且重兵封锁了大山外侧的那条公路。”

“很好！只要唐林不进到大山里，我们就能找到他并消灭他。命令部队开始搜山！重点在那片坟地周围两千米内，不要放过一草一木！”伍田大佐点头道。

“这个唐林善于远距离狙击，但只要他来了，必会潜伏在两千米之内。为了防止他别出奇招，我昨晚已命令别动队的人埋伏在坟墓周围了，只要他来了这里，便是躲进坟墓里，我们也会将他找出来。”松奇正一说道。

“掘地三尺，也要找到他！”伍田大佐眼中闪过了一道凶狠的光芒。

“如此大范围地搜山，难道说是他们知道我已经到了黑土岭？”望着漫山遍野搜山的日军，潜伏在悬崖上的唐林，暗中惊异不已。同时庆幸自己及时地换了潜伏位置，否则一定会被相隔两三步一人的搜山日军部队发现。

此时头上的悬崖顶端滚落下来几块石头，接着传来了一阵“叽里呱啦”的日语声，已有日军搜索了过来。

此时的唐林恍然大悟，那个汉奸顾久同返乡祭祖果然不是那么简单的一件事。从眼前的迹象来看，日本人似乎知道了自己要来杀他，所以布置好了一个大范围的口袋，并且自己已经身陷其中。唐林知道，此时就是那个顾久同站在对面，自己也不能再动这个目标分毫了，因为此时自己已经成了日军要寻找的目标。

“原来日本人借那个汉奸返乡之名，煞费苦心地设了这个局是为了要找到我！”唐林终于回过味来。

“好吧，你们搜吧，搜到我是你们运气好，搜不到我是我命大。”此时身陷重围的唐林，也无可奈何。

唐林将步枪掩在身下，一动不动。他身上的那件百缕衣倒是与这片隐蔽的枯草丛浑然一体，从山谷的对面极难发现那里藏着人，就是从悬崖上也很难看到这里。熟悉山林中一切的唐林，知道可利用特殊的地形来伪装和隐蔽自己。甚至一名日军军官站在山谷对面持了望远镜朝悬崖这边观察了一会儿，也没有发现什么端倪。悬崖壁上的几处枯草丛，没有显示出令人怀疑的地方。况且，世界上任何一个狙击手也不会愚蠢到潜伏在悬崖绝路上作为射击位置。

“报告，搜山部队没有发现任何可疑之处。”一名日军军官向伍田大佐报告。

“什么！没有发现！难道说是那个唐林没有来这里？”伍田大佐顿呈失望之色。

“这个猎人善于伪装，顾先生，看来到你出场的时候了。那个唐林等的是你，你不出现，他也不会出现的。请你务必将他从藏身的地方引出来。”伍田大佐阴着脸，转向了顾久同。

“大……大佐阁下，真的要让顾某出场啊！”顾久同惊慌失措道。

“顾先生，不要忘了，你才是今天和整个行动计划的主角。也是我们过于心急了，先命令部队搜山，如果让你先行出现在坟地里，那个唐林便会暴露位置的。不过现在也不算晚，你去那里将他引出来，也是你对大日本天皇表示忠心的时候。”伍田大佐以不容置疑的口气，冷冷地说道。

在日军的押送下，顾久同极不情愿地率了些随从的特务朝黑土岭走去。

“大佐阁下，部队搜索得很仔细，仍然没有发现唐林，可能他没有来。”

松奇正一说道。

“不!”伍田大佐摇了一下手，说道:“我们制定的这个计划非常周密，并且已经得到可靠的情报证实，那个唐林已经受命行动，他不可能不来。我感觉，他就在黑土岭上，可能是因为他是猎人出身的缘故，伪装得相当隐蔽，所以搜山部队暂时不能发现他的踪迹。”

“那么这个顾久同能将唐林引出来吗？”松奇正一问道。

“唐林是个机警和聪明的猎人，我们如此大规模地搜山，势必已经引起了他对这次暗杀行动的怀疑，所以顾久同此番前去未必能奏效。即使有中国军方的命令在身，看到了顾久同，为了安全，他也未必会开枪暴露自己的目标。”伍田大佐说道。

“如果顾久同未能将唐林引出来自行暴露目标，我就率别动队重新搜山一次，我就不相信找不到他。”松奇正一说道。

“不，如果顾久同前去未能奏效，就将山中的部队撤出，严守外围，暗中监视黑土岭上的一切动静，令唐林误以为我们的行动已经取消，在他动身离开黑土岭时将他击毙。”伍田大佐说道。

“嗨！大佐阁下果然高明！“松奇正一恭敬地应道。

搜山的日伪军大部撤去，顾久同战战兢兢地出现在了坟场上。这个投降日本人的汉奸此时感觉到了一种心寒，在他刚接到日本人令他返乡祭祖的命令时，还庆幸不已，本以为此行可光宗耀祖一回。他只是感到有一点点奇怪，日本人对他顾家的祖先为什么比他自己还感兴趣。现在倒是明白了，是要牺牲他这个汉奸，权做一个诱饵，引出那个令日本人头疼的中国猎人唐林来。

顾久同跪在祖先的坟墓前，倒是有了一丝悔意。他在祈求先人保佑，唐林不要朝他开枪。

潜伏在悬崖上的唐林，清楚地看到了这边的景象，一群便衣特务簇拥下的那个穿白袍的人必是自己此行狙击的目标顾久同了。冷静的唐林随即意识到了这是日本人实施的又一个阴谋，握着莫干纳辛式狙击步枪的手松开了。

“今天是杀不得这个汉奸了，回去和张团长说明一下今天所面临的危险情况，他应该能理解我的。日后再找机会除掉这个大汉奸不迟，让他多活几天吧。”唐林心中道。

那顾久同在日军的逼迫下在坟场滞留了两个多小时，也未见有什么杀手出现和射向他的子弹。被吓得已是汗水湿透衣服的顾久同，也以为那个要他性命的神枪唐林没有来，暗中庆幸不已。

时近傍晚，如临大敌的日伪军和顾久同一干人等才逐渐撤去，一番闹剧暂时收场。

唐林见对方尽行撤去，闭目静感，那种危险的感觉仍旧笼罩在黑土岭上，丝毫未减。唐林心中冷哼了一声，知道是和日本人比试耐力的时候到了。既然身陷重围脱身不得，索性蛰伏不动。由于得到情报时有些晚了，来得匆忙，唐林未能带有水和食物。不过饥渴对于唐林来说，也曾是他生活在山林中经常遇到的事情，算是家常便饭了。这种特殊的情况下，暗伏不动，仍可以忍耐上两三天的饥渴。

伍田大佐的望远镜里呈现出了夜幕下的黑土岭模糊的轮廓，此时他对自己的判断仍未产生怀疑——唐林就隐藏这座山上的某一处。撤离的日军在山上暗中布置了几处观察哨所，随时引导日军对可疑地方发动猛烈地攻击。

“如果过了今晚唐林仍不出现怎么办？”松奇正一一旁说道。

“那就将他困死在山中。他也是个肉体凡身，忍受不住饥饿的。我估计明天这个时候，我们不找他，他也会自己走出来的。”伍田大佐自信地说道。

第二天中午时分，日军在黑土岭上仍旧未能发现任何的可疑之处。松奇正一率了他的别动队又亲自搜索了一遍，也一无所获。谁也不曾想到，他们的目标，正隐藏在那处显眼的，被他们视而不见的悬崖上面。

夜色又一次降临，伍田大佐终于也对自己失去了信心和耐心。

“明天再没有唐林的消息，就放火烧山。我不相信他能土遁而去。”伍田大佐怒吼道。

潜伏了两天两夜的唐林，仍能冷静地感觉到，周围的树林中有着窥视的日军暗哨。他丝毫不敢大意，便是困意袭来，也不敢熟睡去，只是保证清醒的状态下眯一会儿而已。怕在睡梦中不经意的一个动作，会暴露自己潜伏的位置。悬崖半空中将避无可避，只能接受对方的死亡打击。这也是唐林一生中经历的最危险和最难熬的一次潜伏，并且是在放弃目标下的无奈潜伏。

第三天。

“放火烧山！”伍田大佐下达了无奈的命令。

凶猛的火势开始从黑土岭的山脚下向上蔓延，浓烟烈火随即笼罩了黑土岭。

“小鬼子的这招好毒啊！多亏我是躲藏在悬崖上，否则伪装得再隐蔽，也避不过这场大火的。”唐林心有余悸地想。随将脸朝下，紧贴地面，免被浓烟熏呛。

大火烧了一天一夜才逐渐熄灭，黑土岭上的草木全部被烧光，一片焦炭。

“炮火轰炸！唐林就是躲藏在地下也要将他掀出来！然后一寸寸地去搜，一定要找到他的骨头！”伍田大佐又气急败坏地下达命令。

“大佐阁下，使不得啊！山上有我祖先的坟墓啊！”顾久同闻之，大惊之余，上前哀求道。

“大日本皇军对你的先人不感兴趣！”伍田大佐恼怒地将顾久同甩在了一边。

黑土岭上又遭到了日军一阵猛烈炮火的轰炸，那顾家的坟墓也被夷为了平地。

被浓烟呛昏过去的唐林又被一阵爆炸惊醒了过来。好在日军的炮弹多是落在了平缓处，这处悬崖仍旧被日军的炮火忽略了。

一辆摩托车飞驰过来，跳下来一名日军军官。敬礼后报告道：“报告大佐阁下，杨村据点发现唐林踪迹，有两名士兵被其枪杀，头部均中步枪子弹。并且刚刚接到的情报，一名通讯士兵也被神秘枪杀，头部中弹，种种迹象表明，当是唐林所为。”

“什么！唐林出现在杨村据点！”伍田大佐被这份意外的消息惊呆了。

精心策划的围捕唐林的计划，辛苦了三天，唐林竟然没有来。

“唐林真的没有在黑土岭上！”松奇正一惊讶之余，泄气地说道。

“命令部队，全部撤离。”伍田大佐呆怔了片刻，垂头丧气地道。

日伪军尽数撤离了黑土岭。那个顾久同没有随日军离去，暂时滞留，伍田大佐未在理会他，由他去了。

失魂落魄的顾久同在两名随从人员的陪伴下，来到了顾家的那片坟地。一阵炮轰之后，已找寻不到坟墓的影子，偶见有一两块的棺材碎片。望着眼前的狼藉景象，顾久同坐在地上号啕大哭起来，不知是愧疚还是悔恨。

这时，一侧悬崖之上，枯草丛中伸出了一支幽深的枪口。

正在放声悲哭的顾久同，忽然停止了动作和声音，瘫坐地上一动不动了。他的两名随从发现有异，低头看时，一线鲜红的血水从顾久同的太阳穴处流下，一个弹孔赫然呈现。顾久同惊恐的神情还僵滞在脸上。

“有……有鬼啊！”两名随从在未闻到枪声之下，就发现他们的主人已然毙命，可是那个传说中的杀手吗？一时间，那两人魂飞魄散，吓得飞跑去了。

唐林没有想到顾久同还会在日军撤去之后再一次甚至在没有警戒的情况下出现自己的面前。天赐良机，岂能失去，自己此行的猎杀目标不就是这个大汉奸吗！惊喜的唐林，在确认了危险已远离后，自不会放过这个主动送上门来的猎物，一枪令其毙命。

唐林支撑着虚弱的身子站了起来，脸上露出了一种胜利的微笑，他避过了日本人精心设计的陷阱，还在最后时刻终于完成了自己的使命，且全身而退。

唐林活动了一下麻木的手脚，而后吃力地朝崖顶攀登。三天三夜滴水未进，潜伏冰冷的石崖上，体力严重透支了。

一阵昏眩，唐林险些松开了紧抓着岩石的双手，掉落悬崖下。

“唐林，抓住绳子。”崖顶传来了一个熟悉的女子的声音。随即一条绳索垂了下来。

“系在腰上，我们拉你上来。”崖顶上现出了李娟焦急的美貌面孔，还有十多名汉子的身影。

“游击队！”唐林心中感觉到了一种久违了的温暖，忙将绳子系在腰间，上面的人将他拉了上去。疲惫之极的唐林，此时心里一松，昏了过去。

隐约听一个人惊叹道：“好唐林！竟然藏在日本人眼皮子底下三天三夜未被发现！最终还是将那个大汉奸杀了！”

正在赶回指挥部的伍田大佐在半路接到了一个令他震惊得几乎不敢承认的事实，在日军撤离黑土岭仅仅半个小时后，顾久同在其家坟场上被一颗不知从何处飞来的无声子弹击毙。一弹贯穿头部。

“弹发无声，一击必杀！是……是唐林！他……他竟然还在黑土岭上！”松奇正一惊骇道。

“他……他不可能还活着出现在黑土岭上？到底有几个唐林？”伍田大佐惊讶万分。日军针对唐林实施的行动计划又一次失败了，这些侵略者们明白，他们的噩梦还将继续下去。

唐林苏醒过来的时候，是在第二天的中午。此时发现自己躺在一间陌生的房间里，从屋子里简陋的摆设来看，是一户普通的百姓人家。

唐林感觉了一下，知道自己已经基本上恢复了过来，支撑着要坐起来。

“你醒了！”传来一个惊喜的声音。李娟和一名高大健壮的中年汉子走进门来。

“李娟，我这是在哪儿啊？”唐林问道。

“布里庄！你还是躺下先歇着吧。”李娟说着，上前扶着唐林坐下。

“介绍一下，这是我们定河支队的刘勇刘队长。”李娟说道。

“神枪唐林！名不虚传！”刘勇热情地上前握住了唐林的双手。

“谢谢你刘队长，你们游击队两次救了我。”唐林感激地说道。

“不要和我们客气，你这个抗日英雄，可是我们学习的榜样啊！”刘勇笑道。

刘勇随和热情的态度，令唐林颇为感动，这就是传说中的英勇打鬼子的八路军游击队，这些人有一种令人说不出的精神劲。

“刘队长，你们怎么知道我在黑土岭？”唐林疑惑道。

李娟笑道：“我们不但知道你早已去了黑土岭，并且也知道那是日本人对你实施的一个围捕阴谋。”

“你们早就知道了！”唐林闻之讶道。

刘勇笑道：“数天之前我们就得到了大汉奸顾久同要返乡祭祖的消息，但是发现这份情报有些异常，直到你被日军困在黑土岭上的第二天，我们才明白了这是日军的一个阴谋。日本人是要牺牲那个汉奸将你引出来。我们从另外的渠道获得的消息，你的确已经被张子龙派往黑土岭执行狙击汉奸顾久同的任务了。此时黑土岭已被日军重重围困，我们便是和张子龙联手共击，也解不开这个围了。情急之下，只好仿照你的狙击手法对日军进行狙击，希望能以此引开日军的注意力。”

唐林听了，感激地说：“我说怎么日本人忽然撤走了呢，原来他们已认为我不在黑土岭上了。也是好险，日军如果没有及时撤走，最终会对那座他们忽略的悬崖产生怀疑的。一次简单的攻击就会要了我的命的。”

刘勇笑道：“你的神枪狙击，已令日本人寝食难安。我们在开始时也没有想到你一个人能创造出这种效果来，会对日本人产生那么大的震撼作用。使他们不惜一切代价来对付你。直到你在大山中一人全歼了日军的搜山部队，又单枪匹马地游猎定河县城的四门，不可思议地将城里的日军守卫部队惊退，并且导致伪军反水，我们才明白，你的作用不亚于一支强有力的作战部队的，而且有过之而无不及。另外，我们还要谢谢你，你的那次单枪夺取定河县城的行动，救下了我们两名被捕的同志。”

“我救了你们的人？”唐林讶道。

刘勇笑道：“我们有两名同志在一次行动中负伤被捕，被日军关在了定河县城。由于你神枪一出，惊退了日方守军，他们没来得及杀害我们的同志，后来被起义的伪军们放了。所以这份功劳是你的，我们不会忘记的。”

“是这么回事，我还真是没有想到。”唐林也自欣慰地笑了笑。

“只要是抗日打鬼子的，都是我们的朋友和同志，我们大家都应该互相帮助的。只有全中国的抗日力量团结在一起，拧成一股绳，才能最终将日本人赶出中国去。国家危难之际，也需要你这样的英雄来鼓舞人民增强抗战必胜的勇气。”刘勇说道。

“刘队长，其实一开始时我杀鬼子是为了给姐姐一家人报仇。”唐林说道。

“国仇家恨！这不是一个人一个家庭的仇恨，而是整个中华民族的仇恨。只有强大我们的国防，强大我们的国家，那些侵略者们才不敢再侵略我们。我们现在是为整个国家整个民族而战斗，而不是你一个人的战争。”刘勇认真地说道。

“我杀鬼子也是为了国家和民族而战斗？”唐林讶道。

“当然了！”刘勇笑道，“并且你的智勇狙击，不仅令鬼子损失惨重，尤其是令这个战区的鬼子胆战心惊，大大削弱了他们士气。在这一点上你已经获得了人民的敬重。在你身陷黑土岭重围之际，上级指示我们要千方百计地解救你出来。”

“刘队长是说你们的上级也知道我？”唐林惊讶道。

“神枪唐林，弹不虚发，一击必杀，现在你已经狙击掉了几百名鬼子，我们八路军总部的领导早已闻之你的大名了。在我们这个战区，有一个活跃在敌后的神枪手，神出鬼没，搅得小鬼子们日夜不得安宁。”刘勇笑道。

“我还以为只有国军的张团长他们知道我哩！”唐林兴奋地说。

“张子龙是一个真正的抗日军人，他对你的支持不小，也同样获得我们的尊敬。”刘勇说道。

“刘队长，我久居山林中，对外面的事知道得不是很多，你们八路军除了打鬼子，还干什么啊？”唐林问道。

刘勇笑道：“共产党领导的八路军除了打击日本侵略者，还要为了全中国千千万万受苦的老百姓最终获得真正的自由而战斗。唐林，问你一个问题，你虽然是一个生活在山林中的猎人，但也时常地接触山外面的世界吧，即使日本人不侵略我们的国家，你觉得以前那个社会公平吗？”

唐林摇了摇头道：“穷人总是受欺负，正因为我看不惯山外面的事，才不愿走出大山。要不是日本人逼得我出枪，我还是愿意生活在大山里面。”

刘勇感叹了一声道：“山林中是你的世外桃源，可是全中国受欺负的老百姓不能和你一样都躲进山林里吧。中国共产党领导的人民军队就是为了在全中国建立一个新的国家而在战斗。因为他们是穷苦大众所组成的队伍，最终目标是建立一个穷人当家做主的新兴国家，建立一个人们心中向往的那种世外桃源般的社会，那就是共产主义社会！”

唐林挠了挠了头道：“刘队长，你说得太高深了些，不过我听得还是很有道理，真是要有那种什么共产主义社会，穷人不再受期负，不在挨饿受冻，可是太好了，你们这些人是做大事的人啊！可是我还是不明白，那个好世道怎么样才能实现的？”

刘勇笑道：“那需要经过艰苦的战斗！日后你可能会真正明白我今天说的话，不过你能明白你现在猎杀鬼子，也是在战斗，也是在为国家为民族战斗就行了。”

李娟站在一旁笑吟吟地听着。此时发话道：“你这个神枪手只知道杀小鬼子还不行，还要深入地学习，明白打跑小鬼子是要依靠人民的，是要团结更多的力量才行，个人英雄主义不是抗战的主流。”

刘勇笑道：“唐林的本事特殊，特殊情况下的个人英雄主义还是要得的，中华民族也需要你这样的英雄。这两天你先在这里好好地休息吧，身体完全恢复后再走不迟。李娟同志，照顾唐林的任务就交给你了。”

刘勇说完，拍了拍唐林的肩膀，转身去了。

“你们这个刘队长不简单啊！他讲的那些道理真深啊！”唐林望着刘勇离去的背影，感慨道。

李娟笑道：“当然了，刘队长的学问可多了，要不能在家乡拉起这支游击队吗？现在在这个战区，最令鬼子头疼的就是你和我们的八路军游击队了。”

定河县城，28团团部。

团参谋吴飞在汇报：“团座，日军围困黑土岭三天三夜，搜山不成，甚至采取了放火烧山、重炮轰炸的手段，但仍不得唐林踪迹。后迫无奈，昨天撤兵了。”

“你是说唐林没有去黑土岭设伏？他还活着？”张子龙闻之，精神一振。

“唐林应该是去了，但是不知道他是如何避过日军围困的。据刚刚从日本人那里截取的情报得知，大汉奸顾久同没有及时与日军撤走，滞留黑土岭仅仅半个小时，就被唐林一枪毙命。唐林还是完成了这个狙击任务。”吴飞满脸崇敬地说道。

“你说什么？唐林不仅去了黑土岭设伏，还避过了日军的搜捕，并且在最后时刻还击杀了汉奸顾久同？这怎么可能呢？”张子龙惊讶道。

“情报表明，唐林的确潜伏在了黑土岭上，顾久同一枪毙命，也的确是唐林所为。他为了完成这个任务，简单是不要命了，竟然避过了日军的严格搜山和火烧炮轰。这实在是太不可思议了！”吴飞摇头说道。

“好唐林！竟如此出奇制胜！他未出事实在是太好了！否则我们便是将他送往日本人枪口上的罪人。他人现在在哪里？”张子龙兴奋道。

吴飞摇头道：“唐林击杀了顾久同之后，随即失踪，下落不明。”

“难道说是落在日本人手里了？”张子龙闻之一惊。

吴飞道：“我们还没有这方面的情报。不过种种迹象表明，唐林现在应该无事。也许是被围困了三天三夜，身体不适，暂时避到什么地方调养去了，近日会有他的消息。”

“立刻派人去找，只有见到唐林，我们才能确定他没事。”张子龙吩咐道。

中了日军诱杀唐林的计谋，张子龙在明白真相后是愧疚不安。今日意外得知了这个结果，尤感欣慰。更是惊奇唐林险境中的逃生本事。

布里庄，游击队驻地。

刘勇这两天为唐林讲了很多抗日救国的道理，也令唐林明白了自己狙击日军的意义所在，那是在为国家和民族而战斗。同时思想意识里发生了很多的变化。在张子龙那里，唐林得到的是武器装备上的帮助，在刘勇这里，他则明白了一些道理。虽然了解得不是那么深刻，但在唐林的心中，他感觉到刘勇教给他的是一种令人兴奋的东西。有些模糊，却又新奇，似乎心底的一种愿望被召唤了出来。

唐林对李娟的看法也发生了彻底的改变，一名女子和男人一样，义无反顾地加入了打日本人的队伍中，这需要的是一种勇气。看来将一个民族逼到了绝地，女人孩子也可以成为战士，拿起枪来去战斗。

唐林看到这几十个人的游击队武器装备很差，便告诉了刘勇，自己在山里的某个隐蔽地点藏有一批枪支弹药，可令人去取，权作为自己送给游击队的礼物。刘勇高兴地接受了。唐林目睹过游击队员们的勇敢，对这些老百姓组成的武装，心中犹自充满了敬意。对两次救自己于危难中的游击队，更是充满了感激。

闲时，唐林又指导游击队员们射击。神枪唐林对游击队员们来说是如雷贯耳，今天幸运地得到他本人的亲自指点，都高兴地认真学习了。

这天，刘勇和李娟来到了唐林的房间内，刘勇问道："怎么样，唐林，恢复得差不多了吧？"

唐林应道："谢谢刘队长，现在没什么大碍了。"

"这样就好。"刘勇欣慰地点了一下头，然后说道，"你要是觉得身体可以的话，我们有一个行动需要你的配合。"

唐林听了，精神一振道："是要去打鬼子吗！这几天歇得我已是手痒痒了。"

刘勇听了，笑道："你倒是杀鬼子杀出瘾来了！"随即脸色一肃道："是这样的唐林，我们的这次行动非常需要你的神枪配合，那就是拔掉杨庄日军的据点。这个据点对我们一条秘密的交通运输线造成了极大的威胁。上级命令我们务必在今天午夜前拔掉这颗钉子，在日军的援军到来之前，以掩护一批重要的抗日物资经过那条秘密运输线。据我们的侦察得知，杨庄据点防守严密，强攻硬打是不行的。所以我们需要你的神枪在悄无声息地狙击掉哨兵后，控制住炮楼里的火力，然后由我们的人攻击进去。时间紧迫，所以请你帮忙了。"

唐林笑道："只要是打鬼子，说不上帮忙。放心吧，我能掩护你们安全地走进据点里。杨庄据点以前我也曾去过那里猎杀鬼子，地形还算熟悉。"

李娟笑道："这点我们相信，否则也不会找你这个神枪手帮忙了。只要你一出现，就能将鬼子全部控制在炮楼里，甚至不敢朝外面看上一眼，我们要的就是这种鬼子被你震慑住的神奇效果，利于我们的攻击行动。”

刘勇笑道：“不错，只要据点里的日军意识到你到了，就会惧怕你的神枪，在不敢露面的情况下固守炮楼之内。如此一来我们便可以乘机攻进去，因为日本人想象不到会有一支部队在你的配合下来攻占这处据点的。这叫出其不意。重要的是避免我们有过多的伤亡。就算攻击不进去，你的神枪也可以压制住据点里日军的火力，掩护我们的运输队过去。你先休息一下，天黑行动的时候我们再来叫你。”

012 危险的军犬

夜色笼罩下的杨庄据点，静悄悄的，只有两盏明亮的探照灯在不断地划过，扫视着周围的一切。杨庄据点扼守此公路的要冲，有两座相隔三十余米的炮楼，控制着整段的路面。

此时一支神秘的队伍出现在了公路的对面，唐林和刘勇率领的游击队到了。

“唐林，你应该好长时间没来这里狙击鬼子了吧，炮楼里竟然还敢亮着灯呢！”李娟望了望一座亮着灯光的炮楼，轻声对一旁的唐林说道。

“是有个八月没来了，令他们的胆子也大了，打开探照灯也就罢了，大晚上的炮楼里真是亮着灯呢！”唐林笑了一下道。

“那你就告诉他们吧，晚上千万不要亮灯的，光明不是属于他们的。”李娟说完，随刘勇等人朝据点摸去。

“知道了！”唐林应了一声，持了莫干纳辛式狙击步枪来到了一座土包上。这里正面对着那两座炮楼，有七八十米的距离，可以隐闻偶从炮楼里传出的话语声。

唐林先是一枪将一座炮楼顶端的探照灯击灭，弹发无声，据点内的日军还以为是探照灯出了故障，虽是引起了警觉，但也未出现大的动作。有人影出现在炮楼顶上，当是检查故障的人员。唐林未理会他，转枪又将另一盏探照灯击灭。

乘这黑暗的空隙，刘勇率游击队迅速地越过了公路，在据点防护壕沟外面潜伏了下来。

两盏探照灯相继停灭，令炮楼里的日军感到了气氛的异常，几架重机枪开始了喷射，进行火力侦察。

一个人的狙杀

此时的唐林已将检查故障的一名日军击倒，随后枪口低移，将一颗子弹送进了一处射击口内，机枪立时哑了一架。日军机枪喷射的光亮，是最好的直击目标。

在唐林连续射哑了三处火力点后，两座炮楼的日军忽然意识到了什么，随即停止了射击，炮楼内的灯光也熄灭了。

就在日军停止了射击，熄灭灯光的同时，一处观察口处出现了一个人影，那是一名日军观察兵。就在发现这个人影的一瞬间，一颗子弹击中了他的前额。随着灯光的熄灭，这名日军士兵也在黑暗中倒了下去。

“唐林到了！”日军们终于证实了自己的判断，炮楼内一片惊慌，但随即又安静下来。因为日军们知道，这个可怕的无形杀手只是在据点外面进行射杀，不可能攻进来的。整个据点内一时间呈现出了沉寂。日军们在等待外面那个恐怖的魔鬼杀手在找不到可射杀的目标之后自行离去，这是他们在付出几百具尸体后得到的战地经验。

唐林见自己的威慑效果达到了，暗里一笑，严密地监视着两座炮楼内的各个射击口。不时地又射进一枪，子弹击中了里面的物件或是墙壁，溅出的火花和发出的声响令日军们更是惊慌失措，龟缩不动，以避免外面飞来的死亡打击。

就在这时，刘勇和他的游击队员们不失时机地用铁钳掐断了铁丝网，越过了防护壕沟，逼进据点。

突然一声巨响，一名已越过防护壕沟的游击队员不慎触到了地雷，被炸身亡。原来狡猾的日军竟然在防护壕沟的内侧布满了地雷。有此片雷区阻挡，游击队已是再难进一步。

地雷的爆炸声令日军意识到了据点遭到了近距离的进攻。一架机枪又开始了朝这个方向喷射。自然又被唐林一枪射哑。

“好唐林！没有你，今天的损失可就大了！”刘勇惊叹之余，见强攻不进，断然下令撤退。

刘勇随后来到唐林的狙击点，焦急地说道：“唐林，据点里布满了地雷，我们攻不进去了。目前唯一的希望就是你能将日军的火力压制在那里，对公路构成不了威胁。时间紧迫，必须让运输队通过了，否则增援的日军一到，和据点里的日军形成夹攻之势，我们可就危险了。怎么样，没问题吧？”

“我尽量控制住吧。刘队长，给我调几条步枪来。”唐林盯着前面的炮楼说道。

刘勇以为唐林是来不及给自己的步枪里填装子弹，于是一挥手，过来了七八名手持步枪的游击队员。唐林接过一支枪，朝炮楼上的一处射击口内便放了一枪。应该是射在了一架重机枪的枪身上，迸溅出了几点火星。接着唐林又朝另外几个射击口都射去了子弹。零星的枪声响起，是在告诉躲藏在炮楼里的日军，他是在用普通的子弹射击炮楼。并且两座炮楼上每一处射击口和观察口，唐林都不定时地送去一颗具有威慑力的子弹。炮楼内的日军，莫说射击，连观察都不敢了，只是避在里面等待这个可怕的杀手兴尽离去。

刘勇未解其意，然而见唐林用步枪果然是压制住了炮楼内日军的火力，便命人发出了让运输队通过的安全信号。

不一会，十几辆马车满载了货物过来。刘勇一挥手，命令车队迅速通过。

此时的刘勇、李娟和游击队员们对唐林精确的射击竟然全方位神奇地压制住了炮楼内日军的火力，敬佩之余，对唐林换用了普通的子弹，也才恍然大悟。一枪接一枪射击的唐林，是在用清脆的枪声掩盖着车队经过时发出的声响，进而扰乱炮楼内的日军有可能感觉到的异常。如果被日军发现了有车队经过，必会用强大的火力将公路封锁。即便有唐林的神枪在侧，日军也会不顾一切地拼死阻拦的，以给增援的部队争取时间。聪明的唐林是在以枪声扰乱日军的听觉，加上对自己的恐惧，令日军错误地认为外面只有他一个人而已，犯不上为了一个人而大动干戈，因为这是一个特殊的对手。躲避这个中国人的死亡攻击，已在这个战区的日军士兵心目中形成了一种共识。

唐林的方法是极其奏效的。这个神出鬼没的狙击手早已令日军胆战心惊，但是只要躲藏在坚固的炮楼里，任何人也无法逼近四下里布满了地雷的这处据点。况且对这个中国猎人的任何还击都是失效的，也无法见到他的踪影。这个中国人改换了有声的子弹，是在故意暴露自己的目标，以引动炮楼中的士兵出击，而后必会遭到对方精确的射杀。只有傻瓜才会上这个中国人的当。不过令日军士兵们感到奇怪的是，这个中国猎人今天对杨庄据点的袭扰有些异常。打了几十枪仍未退去，不知道这里有什么令他感兴趣的东西。

等到车队已经安全顺利地通过了杨庄据点，刘勇这才高兴地一拍还在射击中的唐林，笑道："任务完成了，我们也应该走了。还是不要耽误人家睡觉吧，大老远地来到咱中国也不容易，有机会再让他们长睡吧。"

唐林听了，"扑哧"一乐，这才收了步枪，随游击队悄然退去。

刘勇率游击队掩护在车队的后面，等车队到达安全地段后，才撤回布里庄。此时天色已见亮了。

唐林施以精确的枪法进行了一次神奇的狙击，竟掩护了一个车队在日军的鼻子底下神鬼不觉地安全通过了杨庄据点，大出游击队员的意外，更是对唐林敬若神明。

李娟此时显得异常兴奋，一脸地崇敬道："唐林，你说小鬼子怎么那么怕你，你一开枪就知道是你到了，于是全躲起来了。外面过了那么多辆马车都不知道。并且你枪枪都射进了炮楼里，应该将小鬼子们都吓趴下了，我这是第一次执行任务时没有见到敌人的影子，而且大获成功！你可真是神了！"

唐林笑道："日本人拿我没办法，所以也就索性不理我了。不过此法只能用一次，要是被日本人知道了我在配合部队行动，掩护车队过境，即便有伤亡，也必会进行全面阻击的。"

刘勇点头道："不错，此次行动成功，是唐林准确地摸清了日军对他恐惧的心理和无可奈何，加上唐林步枪上的威慑力，才令日军暂时放弃了对唐林所采取的一切行动。惹不起还躲不起吗！所以我们才有机可乘。说句实话，遇到雷区知道攻击不进据点时候，我以为这次行动要失败了。没想到唐林的神枪竟能生出这般神奇的效果来，不可思议！唐林，我代表全体游击队员向你致敬！"

刘勇说着，朝唐林庄重地敬礼，李娟和游击队员们也立正敬礼。

"刘队长，你们还是不要和我这样客气好。"唐林忙说道。

“这不是客气，你应该得到我们的敬礼。”刘勇说道。

“刘队长，日后需要我唐林的地方，可到四顶山找我。别的本事我没有，杀几个鬼子还是可以的。”唐林说道。

刘勇感慨道：“在抗日战场上，我们需要你这样不但能力狙杀也能智取的智勇双全的英雄！”

完全康复的唐林，这天持了莫干纳辛式狙击步枪和百缕衣向刘勇等人告别离去。刘勇和李娟将唐林送出了布里庄村外，双方挥手别去。

望着唐林远去的背影，李娟暗里感叹了一声，说道：“刘队长，为什么不将唐林留下来，那样对我们这支队伍帮助很大的？”

刘勇道：“唐林现在起着特殊的作用，就让他继续发挥这种作用吧。况且张子龙那边对唐林的帮助很大，有利于他进一步对日军的狙击。我若是留下他来，张子龙会产生想法的，不利于现在的抗日统一战线的局面。还有一点，唐林已经和四顶山的那伙儿土匪联系在了一起，有唐林在，这支武装就不会被日本人拉拢和利用，甚至还会成为一支重要的抗日力量。目前形势复杂，我们要照顾大局的。有他加入游击队，固然好，但是也要认清他现在所起的独特作用。”

李娟道：“我担心唐林日后所要走的道路，提前将他争取过来为好。”

刘勇道：“通过这几天的谈话，唐林应该认识自己日后所要走的方向。抗战胜利后，局势可能会变得更加复杂，何去何从，唐林自己应该会有一个明确的选择的。我相信，他的神枪，不会打向我们。”

唐林离天布里庄，没有去找张子龙直接复命，而是在一处秘密联络点里做了一下标记，表明自己已完成任务安全地回来了。唐林知道张子龙是中了日本人的诱杀之计，将自己陷入了险境之中，好在意外地完成了任务后又全身而退，心中也没有怪他。此时的唐林知道，自己已经成为了日本人重要的猎杀目标，此次行动失败，日后不知还会施出什么阴谋诡计来。

经过几次和刘勇的谈话，令唐林明白了团队作战的效果，回到四顶山之后，也开始与鲁大虎展开了一系列的合作，施行了一种游击战加狙击战的作战模式。由鲁大虎率人惊扰日军的据点，将日军引出来，潜伏在暗处的唐林便开始了精确的射杀，同时掩护鲁大虎的人安全撤退。从此这个战区又出现了一支新的抗日武装，他们行动迅速，神出鬼没，打据点，烧粮库，炸油车，搅得日军疲于奔命。小股的日军已不敢再对这支抗日武装进行远距离追击，因为令他们最为恐慌的那个魔鬼杀手在某个地点等着他们，只能有去无回。唐林他们用这种作战方式给了日军极大震慑。

为了对付唐林的无形狙击，在利用顾久同这个诱饵失败后，日军又绞尽脑汁，想出了各种对付唐林的办法。

这天，唐林、鲁大虎率人来到了陈家洼日军据点，根据李飞侦察到的情报，这处陈家洼据点有一座日军重要的军火库，并且前几天刚刚运来一批武器弹药。鲁大虎的人还没有强攻的能力，来这里也只是想引出部分日军，让唐林狙击。或是试探性地攻击一下，顺手抢些弹药去。

唐林在望远镜里观察了一会儿，发现据点里静悄悄的，只有几名日军的哨兵在走动。以前唐林自己也曾到这里狙击过两次，几枪得手之后也就退去了。

“按老法子，叫兄弟们去扔几颗手榴弹，炸他一家伙，能出来几个是几个。现在小鬼子也他妈的学精了，轻易地不追出来了。”鲁大虎在一旁说道。

唐林却感觉，陈家洼据点今天的气氛有些异样。他隐隐地感觉到据点内有种他熟悉的东西，应该是一种动物，唐林对动物的敏感是超乎寻常的，因为它也感觉到了唐林等人的存在，这是一种危险的信息。

“鲁大哥，情形有些不对，你带人马上撤退，我在后面掩护。”唐林断然命令道。

鲁大虎闻之一怔，他多少了解一些唐林身上那种似乎与生俱来的百验不爽的神奇的敏锐直觉。见唐林如此一说，也意识到了危险，一招手，率了十几个人迅速退去。

过了一会儿，唐林发现竟然有两条狼从据点里冲了出来，朝他这里快速地逼近。这其实是日军调来的两条训练有素的军犬，有名的日本狼青。

在据点里的一处遮着树枝的空地上，隐蔽地排列着几排六〇式迫击炮，十几门 99 式 81mm 曲射步兵炮，在另一侧还架好了十四门大正 11 年式 37mm 平射步兵狙击炮。一队日军士兵蹲在那里蓄势待发，他们要借助军犬敏锐的嗅觉发现目标的存在，并在接近目标甚至嘶咬住目标的同时，不惜军犬与目标同归于尽，以各式炮火在目标所处的百米之内进行猛烈的定向轰击。这是日军以牺牲军犬为代价的找出唐林潜伏之处的作战方式，日军的观察哨密切地注视着军犬冲去的方向，已是知道了军犬发现了目标，随即指令炮兵做好了攻击的方位。炮兵们开始了调整发炮的角度。

他们虽然不知道前方的目标是否就是唐林，但一定是企图接近据点的敌人。并且日军也放了一次烟幕弹，大张旗鼓地运来一批军火，目的就是引诱唐林所率的抗日武装前来。

唐林认出了那两条狼一般的军犬，意识到了危险的降临。这两条军犬如狼一样狡猾和敏锐，在据点里就已经发现了他的存在甚至是具体的潜伏方位。唐林清楚地知道，随之而来的将是一阵猛烈的炮火。

这两条军犬迅速而隐蔽地朝他冲来，这种快速游动且身形低矮的不易定位的射击目标，在短时间内甚至不能在百米外阻止它。瞬间便会暴露自己潜伏的具体位置，遭受到对方炮火的死亡打击，避无可避。

现在，那两条军犬距离自己这里只有 200 米了。并且它们的行动非常隐蔽，在草丛中直冲，在平地上匍匐，在尽可能地躲避狙击它的子弹——目标正前方。

唐林从没有见识过这么厉害的狗，他此时倒不是在畏惧这两条军犬，以前在山林中，他也曾遭到过群狼的近距离袭击——不过在他迅速地攀上一棵树之后，用步枪全解决掉了。这两条军犬便是冲到了身前，唐林腰间的那支美制驳壳枪也足以应付了。但是现在不行，自己所在的位置一旦暴露，据点中的炮火自会倾泻而来，令人尸骨无存。令他忧虑的是日军的炮火，很明显，这两条突然出现的军犬，应该是针对自己来的。一条训练有素的军犬，可以察觉到几百米之外的潜藏目标。

一条飞速奔来的军犬在唐林手中莫干纳辛式步枪的瞄准镜中呈现出了半个身子，就在这零点几秒的极短时间里，唐林不失时机地射出了一颗子弹。那条军犬一声哀叫，几个翻滚倒在了一边。对这种快速下的游动目标，唐林也如射击天上的飞鸟一样精确。危险笼罩之下，他仍旧不失冷静。

那条军犬的突然丧命，令据点里的那名日军观察兵惊讶之余，随之是一声惊喜的呼叫：“是唐林！”他知道，他们等待已久的真正要打击的目标——唐林，已经到了这里，否则这个战区还没有人能一枪令一条训练有素的军犬在隐蔽式的快速奔跑中丧命。

这名日军观察兵的发现令据点中所有暗伏的日军感受到了前所未有的兴奋激动和紧张，这个风一般的无形杀手就要遭到他们猛烈而又精确的炮火轰击了，困扰着这个战区的日本士兵们的噩梦就要结束了。这些炮兵是日军特地从各联队挑选出来的，发出的一颗炮弹可以准确地炸断几百米外的一棵树。

一名日军少佐拔出了指挥刀，激动地举了起来：“准备开炮！”那些伪装的树枝撤掉，前方的一切呈现在了这些炮兵们的视野里。

130 米，那条军犬仍在飞速地逼近。它也感觉到了前方潜伏着的危险，动作更加隐蔽和敏捷。唐林在头脑中快速地判断了一下，然后枪口微低，锁定住百米之外一块只有几平方米的平地上，这是那条军犬冲到这里必须要经过的路径。唐林只能在那里将它射杀掉，自己可能还会有时间和机会脱身，否则那条日军军犬瞬间便可以冲至自己前方几十米的地方，再行射杀，就没有任何意义了。据点里的日军炮火早已锁定了那条军犬前方百米的范围，基本上也就确定了自己的具体位置了。

时间似乎慢了下来，前方那点忽隐忽现的模糊的军犬影子逐渐在逼近。随着目标的接近，这条军犬的速度突然快了起来，在经过那块几平方米的平地时，竟然纵身一跃，欲跳将过去。隐蔽此时对它来说似乎已经没有什么必要了，它的任务就是要确定目标在它前方几十米内的范围即可，几秒钟后它就可以做到了，此时甚至想冲过去咬住目标。这条军犬感到了兴奋，不再有所顾忌。

就在那条军犬凌空一跳的瞬间，唐林射出了一颗子弹，不偏不倚地击中了它的前额，冲击力将军犬身形掀翻，四足未落地，便已毙命。动物毕竟是动物，再训练有素，也无法了解未知对手的厉害。更为主要的是，它的目标是来自山林中的猎人。

一个人的狙杀

日军的那名观察兵也是相当有经验的，他忽见军犬的动作加快，便知道已经接近目标了。就在那条军犬被唐林凌空射杀的同时，这名观察兵手势一挥，下达了开炮的指令。

空气中的气流微微地颤动，怪异的声响相杂而至，在那条军犬丧命之处为起始，无数的炮弹倾泻而下并爆炸开来，朝前方推进。

唐林在一击得手之后，前面爆炸之际，借激起的尘土硝烟掩护，弃了“百缕衣”，持了步枪使出全身的力气快速地横向奔跑了出去。按以往的经验，唐林知道，日军的炮火会朝他刚才所在方向延伸轰炸的，所以必须朝另一个方向也就是横向跑去，才有机会逃走。即便这样，无数的炮弹仍旧在唐林身后不断地跟炸而来。

已经撤离到安全地带的鲁大虎等人并没有看到唐林射杀日军军犬的精彩场面。忽然听到后方炮火连天，回身看时，刚才潜伏的地方已经是火海一片，无数的炸弹在不断地掀翻着那里的石土。并且同时看到，四下蔓延的炮火似乎在追逐着唐林，他在不断爆炸的火光中奔跑……

“唐林怎么会知道小鬼子要放炮？而让我们提前撤退！太神了！”鲁大虎惊讶地道。

所有人为无意中避过了一劫，后怕不已。

“唐林的！死定了！哈哈哈……”据点里的那名日军少佐，望着前方连续闪炸的炮火，得意忘形地狞笑道。

机智的唐林避过了日军精心设计的暗伏的炮火狙击，身上有几处弹片擦伤，但无大碍，只是可惜了那件“百缕衣”。待会了鲁大虎等人，忙撤回了四顶山。

“小鬼子的炮弹长眼睛了，怎么会全都打在了那里？要不是我们撤得及时，唐林兄弟跑得快，今天全部会报销的。也多亏唐林兄弟朝一旁跑，要是向后跑，也走不脱的。”惊魂未定的鲁大虎一坐下，便摇头说道。

“那是日本人的军犬发现了我的位置，指引日军炮火轰炸的。要不是我在百米外及时地射杀了它们，日本人的炮弹没有马上炸过来，今天我是回不来的。”唐林心有余悸地说。

“日本狗！妈的，小鬼子连狗都请出来了，这种畜生厉害，大老远的就能知道有人。”鲁大虎说道。

“这应该是日本人为了专门对付唐林兄弟调来的军犬，我们日后的行动要多加小心了。”李飞说道。

“小鬼子的鬼点子真多！开始玩狗了。我们以后怎么办？有这种畜生在，我们的行动就不方便了。”鲁大虎忧虑道。

“这种特殊的军犬日本人应该不会调来很多，并且日本人会以为我在这次轰炸中死掉了。我们不妨等上几天，待日本人放松了警惕，我们再行出击，打他个出其不意。”唐林说道。

“对了，鲁大哥，这几天你叫山寨中的弟兄们进山里转转，看看能否掏几窝狼崽子，不要太大的，免得放在地上自己跑了，要那种稍微能走动会叫的就可以了，不行到山外村里找几只小狗也行。”唐林接着说。

鲁大虎眼睛一亮，惊喜道：“好主意！让这些狼崽子为诱饵，将小鬼子的狼狗引出来，唐林兄弟的神枪在远处也好干掉它。小鬼子便是再有埋伏的炮火，也威胁不到你了。”

唐林说道：“不错，对付野兽，就要用对付野兽的办法。这种法子诱引山中的豺狼虎豹可谓百无一失，对付几条狼狗，应该也会奏效的。狼狗对于这种同类的目标，会比对人感兴趣的。”

“呵呵！来而不往非礼也！也叫小鬼子和他们的狗尝尝我们的厉害！掏狼窝子那是兄弟们的拿手好戏，没问题，就等着吧！”鲁大虎兴奋地道。

“唐林，你没事吧？”罗妹从门外惊慌失措地跑了进来，她刚听到唐林遭到日军炮火伏击的事。

“你受伤了！”见到唐林身上的几处血迹，罗妹惊慌道。

“没事，只是擦破了点儿皮。”唐林笑着安慰道。

鲁大虎笑道：“唐林兄弟的速度比小鬼子的炮弹还快，只是可惜了那件伪装的破袍子。罗家妹子，你再给唐林兄弟缝制一件吧，那东西还真实用，除了日本狗，谁也发现不了的。”

“行啊！”罗妹见唐林无大碍，高兴地说道。

“弟兄们，摆酒上肉，给唐林兄弟压惊！”鲁大虎吩咐道。

一个人的狙杀

日军战区指挥部。

伍田大佐望着手中刚刚接到的一份报告，欣喜若狂。别动队队长松奇正一激动的脸上倒是流露出了少许的失望。

“松奇君！”兴奋之后的伍田大佐，敲了敲桌子上的那份陈家洼据点上报来的击杀唐林的报告，有所忧虑道：“没有见到唐林的尸体，我还是有些不放心，这个狡猾的中国人未必死在炮火轰炸之中。或许军犬发现的目标是别的企图接近陈家洼据点的抗日分子。”

“请大佐阁下放心！”松奇正一立正说道，“据观察哨的判断，那两条军犬发现的目标就是唐林，因为它们遭到了异常准确的射杀，并且没有听到枪声。这些迹象表明，只能是唐林到了陈家洼。尤其是最后一条军犬在被射杀的同时有了攻击的动作，说明目标就在前方十几米处。至于没有见到唐林的尸体，是因为在如此密集的炮火轰炸中，他早已粉身碎骨，化为灰尽了。暗伏炮队发射的炮弹，除了杀伤榴弹外，还有燃烧弹，钢铁之躯，也会融化的。并且在最后一条被射杀的军犬所处位置开始，炮火轰击的范围短时间内向前延伸了 150 米，便是唐林会飞，在那些皇军优秀的炮兵面前，他也飞不起来的。唐林再聪明，他也不会想到，两条军犬的背后，会埋伏着大日本皇军的精锐炮兵，一切，都是为了迎接他精心安排的。”

“你说的有道理，但是现在还不能下结论，我们还要再等三天，三天之后，唐林还没有出来活动，说明他真的是死在了这次炮火打击中了。那时候，我会为在此行动中牺牲的这两条优秀的军犬向大本营申请授予它们特殊勋章的，以表扬它们为大日本皇军立下的特殊战功。它们比优秀的军人还要优秀！”伍田大佐说道。

两天后，11 只灰褐色的小狼崽出现在了唐林的面前，都是刚出生一个月左右的，刚能在地上走动。这是鲁大虎的手下在山里掏了两处狼窝捉到的。

“应该用不了这么多！一次行动我们用一只就够了。”唐林笑道。

“剩余的我留在山寨里养着，待抓个小鬼子来，割了他的肉喂狼。妈的！要论起狠劲，我是小日本的祖宗！”鲁大虎说道。

“不错！”唐林神色一肃道，“日本人狠，我们要比他们更狠，才能将这群野兽震住，永远也不敢再侵略我们的国家。”

鲁大虎点头道：“对！这次就用我们中国的狼去对付日本的狗。他们要是变成了狼，我们就变成老虎，要有一口将小日本吞了的气势，不打疼他，永远不知道老子的厉害！”

唐林展开了针对日军军犬的狙击行动，必须将这种危险铲除掉，否则就不能顺利地对日本士兵进行隐蔽地猎杀了。唐林选择了几座重要的日军据点作为诱引对方军犬的对象，因为只有在重要的据点里日军才有可能布置军犬，暗伏炮火。

夏明集据点是唐林选择的第一个目标，这里驻防着一百多名日军和二百多名伪军。唐林在观察了一番地形地势之后，潜伏在了距离夏阳集据点五百米外的一座土坡上，这里居高临下，是最好的狙击位置。

三百米外，另一方向，李飞怀里抱着一只小狼崽弯着腰接近了据点，放下狼崽后，快速撤离。

据点内的一座炮楼里，一条静卧的日军军犬忽然竖起了耳朵，接着呈现出躁动和兴奋来。因为在它的脖子上拴着一根链子，它只能在原地不停地打转。

看守军犬的一名日军见状，忙报告了一名日军少佐，随即，据点内的日军进入了警戒状态。那条军犬被放了出来。

军犬出了据点，却停了下来，它感觉到至少两处异常的目标。犹豫了一下，还是朝正前方跑去，那里有它感兴趣的东西。

藏身在掩体内的日军观察哨感到奇怪，他看到那条军犬竟然是摇晃着尾巴跑去的，显然发现的不是危险的目标。他们这座夏阳集据点虽然得到消息，唐林已在陈家洼被炸死，但为了防止万一，暗伏几处重要据点的军犬和增设的炮兵没有撤离。

就在这名日军观察哨兵略松了一口气的时候，在望远镜里看到了令他惊讶的一幕，那条军犬突然一个跟头跌倒，翻滚了几下，便没了动静，显然是遭到了那种令他们早已感到恐怖的无声射杀。

“是唐林!”这名日军观察哨兵用日语大声惊讶地喊道。

接着是一阵猛烈的炮火轰炸。

隐蔽在另一个方向的唐林,微微一笑,收了步枪,转身退去。

在另一座日军据点。观察哨兵在望远镜里观察着因有所警觉而被放出去的那条军犬,此时竟然在围着一只不知从哪里钻出来的“小狗”打转,开始时的一种敌意现在已变成了亲昵。

“哪里来的小狗?”这名日军观察哨兵放下望远镜,摇了摇头。

当他举起望远镜再次观察的时候,他惊讶地发现,那条军犬不知为什么躺在了地上,而那只“小狗”在拱着它的身体,有那种在寻奶吃的意思。

“约哂!”这名日军观察哨兵苦笑了一下。随即,他感觉了不对劲,他发现躺在地上的那条军犬在几分钟的时间里竟然未能动弹一下,好像睡着了一般。这可不是一条训练有素的军犬所能表现出来的状态。他马上将这个异常的特殊情况报告给了军犬的主人,一名日军上尉。

那名日军上尉将手指伸进嘴里打了声呼哨,欲将军犬召唤回来。可是连呼唤了几次,那条军犬都没有丝毫的反应。他的脸色一变,明白这条军犬已经遭到射杀死亡了。

013　突袭招待处

日军战区指挥部。

“大佐阁下！”松奇正一站在那里冷汗直流，报告道，“唐林又出现了！并且用几只小狗也可能是狼的幼崽将据点内的军犬引出，在不明方向将其射杀。调来的七条军犬现已全部阵亡。在陈家洼的那次行动失败了，没有将他炸死，反而令他想出了对付军犬的办法。他太聪明了，也实在是太可怕了！”

“这……这是一个杀不死的魔鬼！”伍田大佐又一次颓然地坐在了那里。

“还是由我们的别动队来对付他吧！”松奇正一握紧了他的拳头。

成功地消除了日军军犬的威胁，唐林稍微松了一口气。但是他知道，日军不会罢手的，因为他也不会停止，战斗还将继续下去。

唐林仍然是独来独往，便是和鲁大虎协同作战时，鲁大虎的人也不知道唐林潜伏的具体位置，只知道有一支神枪在暗中掩护他们。为了自身的安全，唐林变得更加谨慎。这倒不是信不过鲁大虎他们，而是一种猎人的本能，一种在特殊情况下的自我防范意识。安全永远都是第一位的。

唐林又一次见到了日军的飞机，那是站在远处望到的十几架日军轰炸机对国军 28 团防御阵地的轮番轰炸。阵地上火光冲天，成了一片火海。

唐林倒是很想帮张子龙一把，可是他又无能为力，他手中的步枪对付不了空中的飞机。

日军的轰炸机进行了一番轰炸之后，便飞走了。唐林望着日军飞机远去，站在那里似有所思。

一个人的狙杀

四顶山。

“鲁大哥，我们得想点办法帮助28团，他们的防御阵地接连遭到日军飞机的轰炸，伤亡惨重。”唐林说道。

“怎么帮啊！国军的防空炮都不济事，我们又能有什么办法。张子龙这回也尝到小鬼子的厉害了，以为像是围剿我们那么简单呢！”鲁大虎多少有些幸灾乐祸地说道。

“飞机我们是打不了。”唐林说道，“但我们要想个办法让它飞不起来。”

鲁大虎说道：“这个大铁家伙在天上厉害，可要是停在地上就没什么怕的了，一颗手榴弹就能解决掉一架飞机。怎么，唐林兄弟，你想偷袭小鬼子的机场啊？”

“有这个意思！”唐林点了一下头。

“那上哪儿找小鬼子的飞机场？在天上飞来飞去的，谁知道它是从哪飞来的。”鲁大虎摇头道。

唐林道：“我观察了几天，发现日本人的飞机来去都是经阳和镇的方向，我想，那附近一定会有日本人的机场。”

鲁大虎道：“有个方向找还差不多，这事让李飞去办。可是就算是找到小鬼子的飞机场，我们这些人也进不去啊，那里一定会有重兵把守的。”

唐林道：“先找到飞机场再说。这些天鲁大哥和山寨的弟兄们就暂时停止行动吧，养精蓄锐，等找到了日本人的飞机场，想法子干它一下子。不管怎么样，不能再让它飞起来了。”

鲁大虎苦笑了一下道：“你既然打算干我们就跟着你干，不行我和弟兄们就在身上绑了炸弹硬往里冲，怎么也能搞坏它几架。唉！张子龙这小子，没想到我还会帮他呢！”

唐林道：“打日本人谈不上谁帮谁，这几天我准备去见一下张子龙，让他给我们提供一部分武器。张团长要是知道鲁大哥也在抗日，你们之间的那些旧怨也就了了。”

鲁大虎笑道：“不会了的，打完日本人，我还会做我的本行，张子龙还会去做他的官。”

唐林摇头道：“鲁大哥的这种营生还是不再做得好，等打跑了日本人，你不愿意参加国军，我们还是住在山里，打猎也一样能活下去。”

“行！我这辈子就算跟定你了！”鲁大虎笑道。

这天下午，唐林来到了定河县城内28团下设的一个接待处。这是新增的唐林不定期来取子弹和补给以及和张子龙联络的地点之一，也是唐林到定河县城的住处。

唐林到了28团的接待处，休息了一会儿，得到消息的张子龙派来的一个接他的卫兵刘光明也到了，便接了唐林从后门出去直奔28团团部去了。

就在这天傍晚，松奇正一率了七个穿着中国老百姓衣服的别动队队员出现在了28团接待处的门前。为了对付唐林，松奇正一和他的专门对付唐林而组建的别动队可谓煞费苦心，唐林行踪飘忽不定，实在令他们头疼。从情报上得知唐林和28团的张子龙有密切联系后，日军特高课千方百计地在28团内部培养了一个姓赵的干事作为内线，以此专门来搜集有关唐林的情报。

在那个赵干事无意中得知了唐林到了28团的接待处后，忙出城去联系日军别动队。就在这个内线联系别动队的时候，却不知唐林已去了28团的团部了。

松奇正一得到这份重要的情报，大喜过望，忙率了七名精干队员，身藏冲锋枪，腰缠手雷化装成中国百姓的样子在那个赵干事带领下轻易地混进了城里。

到了28团接待处的门前时，天色已黑，接待处已亮了灯。谨慎的松奇正一没有贸然采取行动，而是命令那个赵干事道：“你的，去里面看看我们的客人，是否还在你说的304房间。”

那个赵干事本想着送完情报拿到赏金避开完事，没想到松奇正一会逼着他一起行动。此时虽不愿意去，但看到松奇正一凶狠的目光，只好硬着头皮走进了接待处。

接待处的一个工作人员见赵干事进来，忙迎上前道：“赵干事，有何公干啊？”

“哦！过两天省里下来人会有个接待活动，我先过来看看。对了，上面吩咐三楼的房间最好都空出来，不要住人了。”赵干事应道。

那工作人员道：“不会耽误事儿的，团部安排个客人就住一晚，明天就走了。”

赵干事显得漫不经心地问了一句道：“那个客人还在吗？告诉他战争时期晚上八点后城里要宵禁的，不要乱走。”

工作人员说道：“八成是在睡觉吧。”原是张子龙给这个接待处的人员特别交代过，不要向任何人暴露唐林的行踪，所以这个工作人员随口敷衍了一句。

“哦！”赵干事应了一声，也是他心中有鬼，没有敢明显地去唐林的房间内查看，免得被人怀疑，随后便退了出来，给街道对面的松奇正一打了个确定的暗号后，匆忙走掉了。

“胆小鬼！”松奇正一嘟囔了一句，随即精神一振道，“为了大日本皇军士兵的生命不再遭受这个中国人的冷枪射杀，忠于天皇殿下的勇士们，进去消灭这个中国人的机会到了，即使与他同归于尽，我们也在所不惜！”敢情为了击杀唐林，松奇正一率来了一支有来无回的敢死队。

松奇正一和他的七名别动队队员，此时都敞开了衣服，露出了里面藏着的冲锋枪，各自号叫一声，向接待处冲去，并不理会街上惊慌奔走的人群。

接待处门口的哨兵见情形有些不对，惊愕之下，未及举枪，便被松奇正一的冲锋枪一梭子射倒在地。接着接待处里枪声大作，两名别动队队员射杀其他工作人员，松奇正一则率了另外五个人不顾一切地直奔304房间。

这天接待处刚好住进了几名28团的军官，听见外面枪声一起，不知发生了什么变故，各自持枪冲出房间查看，与冲上楼来的松奇正一等人相遇。

“是日本鬼子？！”

从日军别动队员的叽里呱啦的叫喊声中，那几名军官知道是日本人的便衣进城了。虽不知他们为什么要袭击这个28团的接待处，但是敌人在前，个个眼红，皆自举枪奋勇射击。

由于这几名28团的军官持的都是随身的短枪，自是抵挡不住松奇正一这些别动队手中的美制冲锋枪，在射杀了一名别动队员后，那几名军官都壮烈牺牲。

在二楼遭到了抵抗，松奇正一更加确信唐林就在楼上的304房间里，这些人应该是28团派来护卫他的人。他的眼中呈现出了一种狂喜之色，因为他的任务就要完成了。为了对付唐林而组建的这支日军特别行动队，在成立之初，就被唐林意外地射杀了三个人，给别动队以重创。并且在数月时间里，又接连损失了五六个人，而他们连唐林的影子都未能见到，被气急败坏的伍田大佐不知怒骂了多少次了。今天即使在中国军队的防区里，他们也要突袭成功，即便同归于尽。

28团团部。

见到唐林，张子龙高兴万分。

黑土岭事件后还是第一次见到唐林，张子龙倒是直接表达了自己疏忽的歉意，被唐林一笑抹过。

待听说了鲁大虎正在跟随唐林打鬼子，张子龙意外之余，兴奋地道："行啊唐林！我听说你拉起了一支队伍，正纳闷呢，原来是这么一伙儿顽固不化的土匪被你引导走上了抗日的道路，他们没有投降日本人，说明还有中国人的良心。告诉那个鲁大虎，抗日有功，既往不咎。"

唐林道："只是我们装备不足，希望张团长能给予支持，主要是弹药方面，能来些炸药最好。"唐林没有告诉张子龙他计划偷袭日军机场的事，只想成功之后再说。

"没问题，我们这次可以先约定个时间地点，到时候你派人接收就是了。"张子龙痛快地答应道。

就在唐林和张子龙用晚饭的时候，忽听远处枪声大作，张子龙一惊而起道："发生了什么事？"

"报告团座，枪声是从团接待处传来的！"一名卫兵禀报道。

"什么！团接待处？"张子龙闻言吃了一惊，望了一眼旁边坐着的眉头紧皱的唐林，继而恍然大悟道，"一定是日本人的别动队进城了！唐林，是你将他们引来的！真是不惜代价啊！几次失手，仍不死心。传我命令，警卫连火速增援团接待处，四城封锁，不要跑了一个小鬼子！”

松奇正一一脚踹开了那间 304 的房门，和几名别动队员端着冲锋枪冲进去一阵乱扫。在子弹打烂了衣柜和床铺之后，他们才发现房间内空无一人。

松奇正一端着的冲锋枪垂了下来，呆呆地站在了那里。他已知道这次突袭计划失败了，冷汗从他的脸颊流淌了下来。

“报告，所有房间都搜过了，并没有发现那个中国人。”一名别动队员进来立正，报告道。

“队长，我们被中国军队包围了！”另一名别动队员望了一眼窗外，有些慌乱道。

“情报有误！那个赵的良心大大地坏了！”松奇正一气极败坏地怒吼道。

28 团警卫连包围了团接待处，并发起了攻击。

“唐林可能去了 28 团的指挥部了，早知道我们直接突袭那里就是了。”松奇正一懊悔之余，随后率别动队顽抗。

在阵亡了五名士兵的情况下，警卫连才将日军别动队全部歼灭。松奇正一绝望之下，饮弹身亡。

望着被日军别动队杀害的接待处的人员和阵亡的官兵，张子龙悲痛之余，对一旁愤怒的唐林说道：“日本人为了对付你已经到了疯狂的地步，简直是不惜一切代价。这说明你已狠狠地打疼了他们，令他们感觉到了恐惧，你的存在是他们最大的威胁。”

“他们是因为我而死的，我会为这些兄弟们报仇的！”唐林握紧了拳头。

“唐林，越在这种时候越需要冷静，你已经激怒了日本人，但不要让日本人激怒你，否则你会处于危险之中的。”张子龙提醒道。

“我知道怎么做，我要令日本人付出更大的代价。”唐林咬了咬牙，沉声道。

“报告团长，有人曾看见团里的赵干事在事发前和这些日本人的便衣走在一起，我们已经将赵干事控制住了，请团长裁决。”一名卫兵进来报告。

“没有家贼引不来外鬼！我说日本人的便衣别动队怎么能这么准确地找到这里呢！原来我们内部出了奸细，先抓起来，审问后明日处决。”张子龙愤恨道。

“对不起唐林，这是我的疏忽。”张子龙对唐林歉意地说道。

“没关系，这种汉奸我已经处理掉一些了。”唐林笑了笑道。

“听说了！”张子龙赞叹道，“你一次性狙击全歼了汉奸特务李德的便衣队，早已在老百姓中传开了。在这种特殊的环境中，我们不仅要面对凶恶的日本人，还要防范汉奸特务们。情报处告诉我，前些日子日本人为了专门对付你还特地调来了军犬，以定位你潜伏的具体位置，进而以暗伏的炮火轰炸，这招着实狠毒。不过听说你竟然用狼崽将日军的军犬引出来再行射杀，粉碎了日军的又一次针对你实施的阴谋。聪明啊唐林！在这场复杂残酷的战争中，我们就要和日本人斗智斗勇，直至将他们赶出中国去。”

“这件事张团长也知道了，没什么，对付日本人，我用山林中对付野兽的法子足够了。”唐林笑道。

“日本人注定要成为你的猎物！你的出现，是敌我双方都感到意外的。现在不仅是我一直在关注着你，还有很多人也在关注着你。你的狙击战已令这个战区的日军疲惫不堪，更为主要的是，你影响了日军的斗志，就从这一点上，你的作用足以抵得上一个集团军了。”张子龙感慨道。

“对了唐林，为了安全起见，你以后再来县城，就直接住到我的团指挥部吧。你要是在我这里出了什么意外，我可是对不起这里的老百姓，更没法子向全中国人交代。你狙击日军的事迹，美联社都报道了，说你是东方最为神奇的狙击手！不但独自猎杀了一支 65 人的日军搜山部队，还单枪匹马地惊退了一座县城的日方守军，这是在此次世界大战中绝无仅有的狙击战例。这种情况没有出现在欧洲战场上，而是出现在了亚洲中国的战场上，这已令那些苏军和德军中引以为豪的职业狙击手们汗颜了。不过那些外国记者们对你狙击日军的具体人数还表示怀疑，没有军方的观察记录，他们是不太相信你现在几百次的成功狙击战绩的。这并不重要，我们相信就行了，我这里已陆续接到了十几份战区长官公署和重庆方面对你颁发的嘉奖令了。”张子龙又说道。

“说起来这也是日本人逼出来的！其实也没什么，那些外国人听个稀罕罢了。”面对这些荣耀，唐林不以为然。

张子龙感叹道：“你还没有真正认识到自己的作用啊！这样也好，奇迹总是在淡泊中诞生的。有意为之，无意而成。只有继续战斗，你这个日本人的克星，才能继续你的奇迹。”

在卫兵的护卫下，唐林和张子龙一路说着话，回到了28团指挥部。

日军战区指挥部。

伍田大佐呆怔地看着手中的一份情报，松奇正一率七名别动队的敢死队员突袭定河县城28团招待处不成，全部战死。

情报从伍田大佐的手中滑落地上，他再一次瘫坐在椅子上。他终于感觉到了一种绝望。

在伍田大佐沉默了足足一个小时之后，他忽然抬起头来，眼中精光一闪，想起了一个人。伍田大佐随即拾起了桌子上的电话，说道：“给我接关东军大本营！”

东北，日本关东军特殊兵种某处秘密训练基地。

一道厚重的铁门被打开了，这里通向此秘密训练基地内部的一个地下监禁室，关押的是这处秘密基地里违反军法受到处罚的日军军人。刚刚从日本关东军司令部过来的日军少佐小林一明望了一眼幽深的入口，犹豫了一下，还是走了进去。

在一间铁门石壁的监禁室前，小林一明停了下来，通过铁门上的一处狭窄的观察口，看到里面一个强壮的身影正面壁而坐。虽囚禁在这地下深处的戒备森严的监禁室里，此人仍被锁上了沉重的镣铐。

听到铁门外传来的脚步声，那张长满横肉的脸上，露出了一丝狞笑，一双三角眼中迸射出了一种凶狠的光芒，令人不寒而栗。

“把铁门打开！”小林一明命令道。

同来的一名日军军官犹豫了一下，上前将铁门开启后，迅速退后。显得十分惧怕里面的那个人。

小林一明下意识地按住了腰间的枪柄，迟疑了一下，还是走了进去。

“你就是渡边君！”小林一明说道，并与那人保持了一定的距离。

那人的肩头轻微地动了一下，随即传来一个冰冷的声音：“好久没有人这么亲热地称呼我了。

“我是来自关东军司令部的小林一明少佐，奏命提你出去，为大日本帝国执行一项特殊的使命，也是给你一个戴罪立功继续为天皇殿下效力的机会。“小林一明说道。

“可是又去杀一个你们杀不得的人吗？”渡边扬起头来，露出了一种狡黠的微笑。

“不错，是让你去杀一个特殊的人物，因为你的本事就是杀人，杀那种别人杀不了的人。这是关东军司令部为你专门开出的特赦令，只要完成此项任务，既往不咎。”小林一明说着，从身上掏出了一份文件来。

“大本营直接下令，杀什么人？可是美国总统吗？”渡边冷哼了一声。

“你的这次目标是一个中国人。”小林一明说道。

“你说什么？是一个中国人！”渡边凶狠地望向了小林一明，随即“咯咯”一阵冷笑道：“你们这群废物，竟连一个中国人都杀不了，还有何脸面自称是天皇殿下的武士。”

“这是一个特殊的中国猎人，更是一个魔鬼般的杀手。渡边君自以为是第一杀人王吗，可是与这个中国人比起来，当是要逊色一些了，因为在他的步枪之下，目前已经杀害了至少 300 名以上的忠于天皇殿下的大日本帝国的英勇士兵。甚至于在山林里一次性地解决了 65 人的皇军搜山部队，这个中国猎人神出鬼没，无所不在，还在继续狙击着天皇殿下的士兵。”小林一明说道。

“你在说什么？”渡边忽然站立了起来，抖得身上的镣铐“哗啦”作响，情绪激动地道，“一个中国人能杀死那么多的皇军士兵吗？你们这群废物，竟然现在还让他活着。”

“渡边君！”小林一明朝渡边恭身敬了一礼，以一种悲壮的语气说道，“这个中国人给皇军带来的损失和影响太大了，他已经阻碍了一个战区大东亚圣战的进展，更为重要的是，他的行为深深影响了皇军士兵们的斗志。

皇军之所以消灭不了他，是因为找不到他。这个狡猾的中国猎人，四处游走不定，难觅其踪影。却冷枪四出，防不胜防。皇军针对他所采取的任何行动均以失败而告终。渡边君是大日本军队中的第一勇士，更是一名山地丛林作战专家，是皇军特种部队中的精英，所以只有你出手，才能找到并消灭那个叫唐林的中国猎人。”

“行了，不要再说废话了。将这个唐林的资料给我，他既然是来自山林中的猎人，也自然会再回到山林中，我会去那里找到他的。给我准备好一切以往行动时需要的装备，将我空降到那个山区就行了。要活的还是要死的？”渡边冷冷地说道。

“死活勿论！只要消灭他，就是渡边君为大东亚圣战立下的最卓越的战功！”小林一明按捺住心中的兴奋道。似乎这个渡边一出马，没有杀不了的人。

要说起这个渡边，乃是一个极为特殊的危险人物。此人不仅是一名空手道高手，更是一名熟悉各种战术的专家，是日军特殊兵种中的佼佼者。不过却以凶狠残暴著称，杀人如麻，并且多次重手伤及队友，令人畏惧，视为疯魔。在一次执行特殊的任务中，虽然他完成了任务，却因不听从上司的命令起了争执，一怒之下将上司打成重伤，而被关了禁闭。此事曾震动日本军界。伍田大佐久闻其名和能力，绝望之中忽然想到了这个渡边，于是伍田大佐找到了他的一名学生，正在关东军司令部任职的小林一明。请他看在师生的情谊上想办法将渡边从禁闭中开释出来，助他捕杀唐林。

014　绝命连环套

两天后的一个黄昏，一架日军飞机悄然飞至大山的上空，随即飘落下一个降落伞。

正在山林中游猎的老猎人杨立山无意中一抬头，发现了远处的一座山头上的天空中飘落下一个奇怪的东西，似乎一个人影在牵着一张白色的成伞状的东西降落。

杨立山惊讶之余，举起了手中的步枪将那个人影锁定。但是他犹豫了一下，没有开枪，因为他还不知道那具体的是个什么东西。本来能被他及时消除的危险竟然意外地错过了。

“什么鬼东西？”杨立山疑惑之余，望着那降落伞飘落在山顶上的一片树林里。在好奇心的驱使下，杨立山朝那个方向搜寻了过去，他要找到那个“天外来客”。

“天上怎么会掉下来一个人呢？”杨立山一边走着一边想着。

“不对啊!”警觉的杨立山这时停下了脚步，他忽然想起在发现天上飘着的那个东西之前，似乎曾听到过一种“隆隆”的声音从天上经过，接着便发现了这个系着一个人的呈伞状的东西落了下来。

“是东洋鬼子的飞机!”杨立山猛然间恍然大悟。以前曾见过那种能在天上飞的大铁鸟和听到过那种怪异的声响，听人说那是日本人的飞机，能装人飞，也能往下面扔炸弹。

“是一个小鬼子进了山里!”猎人的直觉令杨立山意识到了什么。

“这个小鬼子一个人来做什么？一定来做坏事的。难道说是来找唐林的？可是就这么一个小鬼子能起什么作用？”杨立山心中惊讶道。

“不管怎么样，你既然来了，就让我这个老头子来收拾你吧，到现在还未杀过小鬼子呢！”杨立山感觉到了一种兴奋。他此时错误地认为，那可能是日本人偷着派来的一个间谍特务，而不知道是一名极其凶残暴戾的危险人物到了。

杨立山来到了渡边空降的那座山顶上。警惕的杨立山没有贸然进去搜索，因为他知道，这个从飞机上降落下来的日本特务是配有武器装备的。他想看看这个日本间谍到底想做什么。

在一侧潜伏了一个小时后，杨立山这才朝林中搜索，他知道这个时候那个日本间谍应该离开这里了。不过稍后自己能追踪到他，这本是一名出色的猎人必须具备的本事。在这大山里，只有发现了猎物的目标，任何野兽都不能摆脱一名出色猎人的追踪。尤其是对杨立山来说，他比任何人都自信。

进了树林中，杨立山看到前方的一棵大树上面挂了一张白色的大布，下面乱绳系着的那个人已不见了踪影。

“这个小鬼子的胆量真大，竟敢用一块大布兜着风从飞得那么高的飞机上跳下来！”从未见过飞行跳伞的杨立山，倒也看明白了一点高空跳伞的原理。

“取下来做个帐篷足够用了！”杨立山满意地想道。

“不过先找到这个小鬼子再说。”杨立山持了步枪开始搜索。在一侧发现了有人离去的迹象。

追踪了十里地的光景，杨立山的心中感到了一丝惊讶。“这个小鬼子的行踪好隐蔽！将我一辈子的功力全部逼出来才勉强跟得上你，不过你毕竟是一个人，而不是一只松鼠，否则真是跟丢了呢！要知道杨家的跟踪术可是在这大山里排头号的，连唐林跟踪猎物的本事都是我教的呢！还能跑了你这个小鬼子。”杨立山随后又自豪地想到。

杨立山蹲下身去仔细观察着一处微斜的草丛，常人自然看不出什么异样来。不过在杨立山的眼中，却有着重大的发现。

“刚刚走过人去，这个小鬼子就在附近。”杨立山兴奋之余，随即心中一凛，感觉到了一丝袭骨的寒意。

“老头，你很厉害！竟能跟了我这么远！当今天下，能跟踪上我的人没有几个，你算是一个。把枪放下，转过身来。”一个冰冷的声音在背后响起。

“我还是没有唐林的敏锐，唉！真是老了！”杨立山暗里叹息了一声，只好放下了步枪，站起来转过了身，不由一怔。

对面站着一个高大强壮的身穿彩色军装的人，一脸的横肉，凶狠的目光，令人一看就知是一个性狠心毒的家伙。他背上背了一个大包裹，不知道里面装了什么东西。右肩上挎了一支冲锋枪，左肩膀处横挂了两颗手雷。腰间配有两支手枪外，还别了三柄形状怪异的刀具。就是脚上的靴子里，也隐现一把匕首的手柄。这是一个武装到牙齿的危险人物。不过此时的手中却是空无一物，略微外展着，站在那里如凶神恶煞一般——正是那个全副武装的渡边。

杨立山感觉到眼前的这个日本间谍可不是一般的人，溢满了全身的杀气，实在是令人不寒而栗，空降到这大山里来当是另有目的。杨立山用眼角瞟了一眼地上的步枪。

“不要生出任何反抗之举，否则你会后悔的。”渡边看出了杨立山的意思，警告道。并动了动空着的双手，未握拳头，十指骨节却也隐隐发出了“咔嚓”的声响。

“这是一个高手！本来从跟踪上就能看出来了！却被我在显耀自己本事的情况下忽略了，否则应该避开这个危险人物。”杨立山心中懊悔道，知道在这个危险人物的面前，做任何反抗都是无谓的。

“老头，你的跟踪术很厉害！可以与我们日本柳生家的追踪术相媲美了。不过柳生家的人也只能跟上我七里地，七里之外他们便不能再觅我踪迹了。而你却一路跟下来十里。令人佩服！”渡边的眼中露出了一种惊异之色道。

“我用的是追踪禽兽的法子，不足为奇。”杨立山说道。对方果然承认是日本人了。

“看来你是一名出色的猎人了！告诉我，你认识唐林吗？”渡边问道。

杨立山闻之一惊，这才恍然大悟，这个日本间谍原来是派来杀唐林的杀手。

“认识！”杨立山按捺住心中的惊骇，平静地应道。知道一种极大的危险在朝唐林逼进了。日本人竟然只派了这一个人来，说明这是一个很难对付的高手。

“你很诚实，这很好！”渡边点了一下头。

“你是专门来杀唐林的？”杨立山问道。

“这是我接受的绝杀密令，要杀尽这个山区所有对皇军士兵的生命造成威胁的猎人，包括那个唐林。”渡边冷冷地说道。

“你或许能杀光这山里所有的猎人，但是你杀不了唐林。”杨立山说道。

“你对那个唐林很自信！”渡边冷哼了一声道，“我看过他的资料，他只不过是一个躲藏在远处暗地里打冷枪的家伙，枪法准确些罢了，神枪之能对我无用。老头，能带我找到他吗？或许我能饶你一命，因为我对你的跟踪术很感兴趣。”

“一名出色的猎人，除了枪法，还应该具有其他的本事，尤其是在这大山里，你奈何不了唐林，我劝你还是回去得好，否则会枉送了自家性命。”杨立山说道。

“老头，不要废话，要不是我对你的跟踪术感兴趣，你现在已经死了。没有你，我一样能找到唐林并杀死他，因为他是一名猎人，总要回到山林里来的，我会在这里等他，以逸待劳是对付他最有效的方法。你要是想活命，就先带我找到唐林回到山中的住所，以免去我寻找的麻烦。”渡边说道。

面对着凶悍冷傲的渡边，杨立山知道，这是一名危险的杀手，他一个人的能力当是要赛过那支围剿唐林的搜山部队，否则日本人不会派他一个人来的，这对唐林具有极大的威胁。唐林不定期地会回到这山林中，若是与其遇上，胜负实难预料。尤其是这个日本人会采取近身突袭的方式，唐林是会吃大亏的。既然被自己意外地遇上了，就应该想法子将这个危险的人物除掉，免去对唐林的威胁。

想到这里，杨立山平静地说道：“好吧，我带你去。”

渡边听了，脸上露出了一种得意地笑意，点了一下头道：“很好！老头，你很聪明！知道会保护自己的性命。你若是能将那种神奇的跟踪术传授给我，我便知道如何能进行更高明的反追踪。这样，我们便有了师生的关系，我不但不会杀你，还会另有酬谢的。日后我对付起柳生家的追踪术来，就更容易了，要叫那些骄傲的家伙们知道，天下间没有人能追踪上我的。”

杨立山摇头道：“这是一种只能意会而不可言传的东西，你学不来的。”同时心中一松，寻思道：“这个小鬼子既然对我的跟踪术感兴趣，一时半会的就不能杀我，那么我就有机会除掉你，为唐林解决这个危险。他在山外打鬼子，我就应该替他清理去山林中的威胁，以让他每次都能安全放心地回到这山林中休息。唐林，我能为你做的也只能是这些了，虽然不知道能否除掉这个小鬼子。不过他既然冒失地落到了这大山里，就不能由他说了算，否则我们也就不能称得上猎人了。对付这种凶恶的野兽，我们也自有对付它的办法。”

“老头，稍后我会想办法让你教我的。现在我们走吧。”渡边朝杨立山挥了一下手。

“你这个小鬼子倒是痴心妄想！我杨三爷的本事，不想告诉你，就是掏空了我的脑子也休想得到一丝半点去。”杨立山心中不屑地道。然后转身朝前面走去。

“在这大山里，由不得你的，转也能将你转迷糊了，没人带路，你进得来，却未必能走得出去。”杨立山暗中冷笑道。

那渡边似乎猜测出了杨立山的想法，在后面冷冷地说道：“老头，你最好不要耍什么花招，我的方向感是最强的，莫说在这片山林里，就是在比这地方大上几倍的东北的原始森林里，我一个人照样能走出去。就是你们当地的猎人会迷路，我也不会的，否则就不会空降到这大山里面。你要是带我绕圈子，我会即刻杀了你，我讨厌被别人糊弄。”

杨立山听了，心中一凛：“好厉害的小鬼子！真不易对付呢！”没有应声，继续朝前方走去。

“老头，你很镇定！这点很好！我喜欢！我讨厌胆小鬼！虽然你现在心中想法子要杀我。”渡边在后面点头说道。

“这个小鬼子到底是什么来历？真他妈的不简单，竟能猜测出我的想法来！”杨立山心中惊讶道，“唐林，这个时候你千万不要回到山里来！”

一个人的狙杀

此时在定河县城避过了日军别动队袭击的唐林回到了四顶山。外出打探日军机场位置的李飞还没有回来，唐林便告诉了鲁大虎明天在某个时间地点去接收张子龙的28团提供给他们的弹药，叫他带人前去接收。

唐林站在四顶山上望着大山的方向，天地交合之处，群鸟乱飞，互映夕阳之下，别生景象。傍晚中苍茫的群山给了他一种安静沉稳的感觉，也自给了他一种无穷的力量，战斗不息。

“唐林！”罗妹走了过来，说道，“又想回你的大山里了。”

“唉！”唐林轻微叹息了一声，摇头道：“这山外面永远比不得山里的宁静和舒适，无忧无虑真好啊！可惜现在不能过那种逍遥自在的日子了。”

“等打跑了日本人，我就和你回大山里去，守着你的猎屋过日子。你去狩猎，我在家里可以开垦出一片地来种点粮食和蔬菜，另外还要养一些小鸡小鸭。”罗妹深情地说道。

“会的，到时候谁也不能再来打扰我们了！”唐林感慨地说。

一对恋人相拥在了一起，望着远方的大山，憧憬着美好的未来。

唐林并不知道，此时的大山里正在进行着一场危险的博弈。

黄昏的时候，杨立山将渡边带到了一条溪水旁。这里有一间小木屋，是猎人们曾经歇脚的地方。

“这就是那个唐林在山中的居所？”渡边见了，右手端起了冲锋枪。随即又放了下来，摇头道：“里面没人，他还没有回来。”

木屋中倒是有几件简单的炊具和一张木床。渡边先行走了进来，巡视了一遍，然后将身上的行装放在一边，坐在木床上，说道：“老头，你去取点水来煮开了，我们今天要在这里过夜。这个地方应该只是唐林的一个落脚点，明天继续寻找其他的地方。记住，不要想着逃走，即便不在我的视野里，你也逃不掉的。给你两分钟的时间取水。”

杨立山没有应声，寻了一个盆，转身出门到溪水里盛水。此时的杨立山并不想脱身逃去，他在想法子除掉这个可怕的对手。

这时，杨立山发现溪水边的草丛里生长着几团野蘑菇。不由令他心中一动，这是一种有着剧毒的野蘑菇，人食了会导致四肢短时间内麻痹和昏迷。杨立山顺手尽数采了来，然后端着水回到了木屋中。

“煮点蘑菇汤吧。”杨立山不动声色地说道。

渡边望了一眼杨立山采集来的野蘑菇，眼角的肌肉颤动了一下，冷冷地说道：“将它们扔掉，这是一种有毒的蘑菇。老头，你可以有杀掉我的想法，这很正常，因为我们是敌人，但是我不会给你任何机会的。记住，野外生存的本领我比你强上十倍，请不要再犯这种低级的错误。”

杨立山听了，未应声，顺手将采来的那些蘑菇扔到了门外。

“先食用我带来的食物，然后这山里会为我们提供一切的。”渡边说着，打开了他的行装，拿出了几样日本罐头和压缩饼干。

杨立山坐在那里默默地吃着东西，在想着对付渡边的方法。

“老头，请教一下，在沙土地上可以根据脚印进行跟踪，但是在山里面，我尽可能地踩着草丛走，应该没有留下任何的脚印，倒伏的草丛也会在短时间内重新立起来的。并且在我经过之处，也在避免折碰树林中的枝叶，可以说是没有留下任何痕迹，你又是怎么追踪到我的？”渡边吃着食物，问道。

“狼有狼迹，蛇有蛇踪，任何畜生经过的地方，大自然都会留有他们的痕迹。”杨立山淡淡地应道。

“能说得具体一点吗？你是凭借气味判断的吗？你的嗅觉很灵敏吗？”渡边立时来了兴趣。

“方法多了去了，自以为是的畜生永远也摆脱不了猎人的跟踪。”杨立山说道。

“老头，你在骂我吗？这很不好！”渡边的眉头皱了一下，冷冷地说，“我杀过很多人，都是一些重要的人。只要确定了目标，这个世界上没有人能避得过我的追杀。”

“唐林杀的小鬼子比你多，并且在他的步枪下没有生还的可能。”杨立山道。

“这个胆小鬼凭借的是武器在远距离上的狙击而已，我却能一次徒手杀掉十七个人。”渡边有些得意地说道。

“在山林中只要能猎到猎物就是一名好猎手，不管是用什么方式。”杨立山说道。同时眼中一亮，似乎找到了对付渡边的办法。

“老头，你很固执！这不好。告诉你，那个唐林这次死定了，我会让他永远地消失的。我秘密地空降到了这里，是为了避免情报外泄，令你们中国人有所准备。大本营那些笨蛋也是多虑了，一个中国人本不值得他们这么重视的，竟派了我来。但是为了自由，我才答应了这项任务。用你们中国人的话讲，这叫杀鸡用牛刀。不过意外地遇到了你这位追踪的高手，我也不算是白来一趟了。在我的眼中，你比那个唐林重要多了。你也是第一个令我看得起的中国人。老头，没有你的帮助我也能顺利地杀掉那个唐林，并且我会令他很难看地死在你的面前。”渡边望着杨立山，眼露凶光道。

“过于自信的野兽总是比那些机警的兔子们死得早，因为它们永远是猎人的猎物。”杨立山说道。

“这次我是猎人，唐林是猎物。”渡边说道。

“在猎人面前，禽兽永远是猎物。”杨立山应道。

“老头，我会让你看到谁是猎人的，又是怎么撕碎他的猎物的！”渡边狠狠地说道，“现在睡觉，明天等那个唐林回来，一个月内，他应该会回山里一次的。”

渡边躺在木床上，逐渐睡去，两手却始终按在枪柄上，时刻处在一种高度的戒备之中。但有异常，他会立时警醒。

卧在地上杂草中的杨立山知道，这个日本人已经完全地将自己控制住了。并且从对方警戒的姿势上看，虽与他近在咫尺，但从任何角度的突然袭击，他都能在第一时间内做出反应。可能未及近身，便将自己放倒了，而且自己手中没有一样有力度攻击武器。

夜深了，山风中传来一阵阵野狼的号叫。杨立山的眼睛在黑暗中闪烁了一下。

杨立山睁开双眼的时候，天色已经大亮了。发现渡边正坐在木床上冷冷地望着自己。

“老头，你醒了。昨天晚上你很老实，这很好，否则我会毫不犹豫地杀死你的。”渡边脸上稍有缓和之色道。

杨立山未应声。

“我们现在出发，去寻找唐林回到山里时可能落脚的地方，我要熟悉和控制住每一处这样的地方。”渡边说着，站了起来。

杨立山起身抖了抖沾在衣服上的杂草，默不做声先行走去。出了木屋，杨立山望了望前方的那座老爷岭，带路走去，渡边在后面跟了。

前方出现了一片树林，杨立山扫了一眼地上的草丛，从容不迫地走了进去。

“老头，等一下。”后面的渡边，喊住了杨立山。本是抬起欲落下的右脚又收了回来。他发现了草丛中有些异样。

渡边在旁边的树上折断了一根粗大的树枝，朝前面扔过去，“咔嚓”一声脆响，草丛中忽然弹起一张铸有两排锋利巨齿的铁夹子，将那根树枝硬生生夹断，力道迅猛异常。这本是猎户们在山中布下的用于猎取野兽的机关陷阱。

“老头，你很狡猾！不过我要告诉你的是，对付这种小把戏是我的专业。布置和辨别机关陷阱，我可是这方面的行家！”渡边呈现出怒意道。持了冲锋枪对准了杨立山的胸口。

“我只是想试试你的能力，看看是否与唐林成对手，这种简单的机关都应付不了，也自会死在唐林的手里。”杨立山平静地说道。

“是吗！老头，你开始有些危险了。记住，仅此一次，再有这样的事情发生，我会杀了你的。继续走！”渡边冷哼了一声。

“看来那个唐林消灭了一支皇军的搜山部队，就是借用了你们猎人设下的这些圈套吧。”渡边又说道。

“唐林不屑用这些小玩意来对付你们，他有步枪在手，就足够了。”杨立山说道。

“他的步枪对我没用，因为我不会给他远距离朝我开枪的机会的。并且在这山林中，他也没有那样的机会。对我来说，丛林中的战斗，基本用不上武器。”渡边冷冷地说。

杨立山听了，脸上呈现出了忧虑，这个日本人说的是对的，他避开了唐林步枪上的优势，就会给唐林致命的打击。这个日本人是颗威力极大的炸弹，随时都有可能在唐林的身边爆炸，防不胜防。必须阻止他在山林中对唐林的伏击。

老爷岭上，杨立山停下了脚步，并且轻咳了几声，转过身来面对着渡边。

“老头，怎么不走了？”渡边警惕地端起了冲锋枪。

“年纪大了，走累了，要歇下脚。”杨立山平静地道。

这时，渡边感觉到这里的气氛有些超乎寻常，空气中似乎有种特殊的危险气息。渡边意识到了什么，左手持了冲锋枪，右手从腰间拔出了一柄长达尺余的锋利的尖刀。全神戒备起来。

“呜……”旁边的树林中传出了一种猛兽的低吼。

随即，树林中窜出了一只吊睛白额猛虎，侧向朝四下张望的渡边扑了过去。

“老虎!”渡边惊呼了一声。这个训练有素的日本特种兵，倒也临危不惧，在冲锋枪不及转向射击的情况下，身形蹲下急避，右手的尖刀却朝虎腹下刺去，刀身没柄。

虎势扑空，又遭尖刀重创，落地后哀叫不起。接着又被号叫着的渡边一梭子子弹射去，血花飞溅，立时丧命。

一旁的杨立山看得呆了，这个日本人的凶狠强悍实在是出乎他的意料之外，竟然能在一只猛虎的突袭下一招取胜。便是有十个唐林与其近身搏杀，也不是他的对手。这是一个可怕的敌人，更是一个残暴的杀手。

本是杨立山又在老爷岭上发现了那只老虎的踪迹，知道唐林未曾将其猎杀，故而将渡边引来想用老虎对付他，不曾想竟被他反手一刀毙了虎命。

虎口脱险的渡边凶狠地望着杨立山，怒吼道：“老头，你的什么意思？良心大大坏了的!”接着狂笑道：“你又是在试验我的能力吗！哈哈……老东西，你太低估我了！天皇殿下的武士是战无不胜的!”

杨立山倒吸了一口凉气，叹息了一声道：“非我害你，是意外遇上了老虎。”

“是你故意引我来这里的！”渡边怒吼道。

“信不信由你，这般猛兽又不是我家养的，怎么能说叫它出来就出来。既然如此，我们离开这里就是了。”杨立山说道。

意外得手的渡边也是心有余悸，狠狠地说道：“老头，你的狡猾大大的！记住，再有什么意外发生，一定先杀了你。你的跟踪术的不学，性命的要紧！”

“这次算你命大！”杨立山摇头暗里叹息了一声，转身朝老爷岭山后的那片老林子走去。这个日本人的恐怖实力是难以用其他方法对付的，看来只有施出最后的杀着了。必须在唐林回到山里之前将这个日本人除掉，否则后果不堪设想。

“现在去什么地方？”渡边已起了警觉。

“那片树林中有唐林经常居住的一个猎屋，那是他回山里必须去的地方。不翻过这座有虎出没的山，是要绕一个大圈子的。”杨立山说道。

“这么说刚才是个意外了！很好！前面的带路。若是说谎，我立刻处决你。”渡边说道。

杨立山整了整衣襟，坦然地朝山下走去。

“不除掉这个小鬼子，实在是对唐林最大的威胁。今天豁出我这条老命，也要将你这个小鬼子葬送在这大山里，要让你知道，谁才是这座大山里的主人！”杨立山心中决然道。

一片幽深的树林呈现在眼前，枝茂叶密，杂草丛生。

“站住！”渡边喝住了杨立山，满面狐疑地道，“这里面的，又有什么陷阱？”

“唐林可能就在里面，你要是害怕，就不要进去了。”杨立山激他道。

“老头，你的骗我，死了死的！带路！”渡边持了冲锋枪，逼着杨立山进了树林。

走了一段，林中的树木稀疏起来，场地逐渐变得开阔，杨立山此时也开始呈现出了一种紧张之色，不过并未令渡边察觉到。

“老头，唐林的猎屋在哪里？”后面的渡边问道。

“不远了，快到了。”杨立山说道。

“你的，可发现有人走动过的痕迹？”渡边问道。

“我说有或是没有，你能相信吗？”杨立山反问了一句。

渡边这时停下了脚步，冷冷地说道：“告诉我，有，还是没有。”他已经感觉出这片林子中所呈现出的异样，主要的是杨立山的回答，令他觉得不太对劲了。手中的冲锋枪对准了杨立山。

“没有，不过你现在的处境可是比唐林在这里还危险。”杨立山此时终于一脸轻松地回答道，转过身子面对着渡边的枪口。

渡边闻之一怔，眼光四下搜索了一遍，倒是没有发觉有什么埋伏。

“老头，你的，什么意思？”渡边惊讶道。

“你已经成为了我的猎物。你现在陷入了我精心布置下的天罗地网连环套中，这本是用来对付狼群的，没想到也能用在你这个凶恶的猛兽身上。这套连环阵费尽我一个月的时间来布置，倒是派上了一个特殊的用场，用来猎取你这个特殊的猎物。”杨立山一脸快意地答道。

渡边听了，四下又仔细地望了望，摇头道：“你的，在骗我，这里虽然设了几处小陷阱，但是对我没用。并且也根本套不住狼。”

杨立山听了，笑了一下道：“我煞费苦心地就是为了将你引到这里，引到这种百无一失的连环套中。你既然号称机关设计和辨别方面的专家，就请你认真地、好好地看一下，你今天能否出得去。”

渡边看到杨立山从容不迫的神色，知道事情严重了。朝脚下望了一眼。双脚此时踩在地上的一些枯枝上面，这时他才惊讶地发现，那些树枝并非自然枯落的，而是摆放有形，彼此压在一起，动一支而牵全部。并且周围几十米内果然是有人为动过的迹象，只是不知道这些机关是如何布置的，有何种威力。

“雕虫小技，奈何不了我！”渡边掩饰心中的慌乱，故作镇定地说道。

“狼比人机警，所以我布置得很隐蔽，也自瞒过了你。你现在看不出什么，但是你只要一动，连环套便自启动，三十米之内，天上地下，令你插翅难飞，不信你就试着动一下。这种天罗地网连环套，是我们山中的猎人，十几代人苦心研制出来的，是专门用来对付恶狼的。告诉你一件事，十五年前，我们曾布置过一次这种连环套，套住了二十三只恶狼，令那群狼无一落网。”杨立山站在那里，颇为自负地说道。

冷汗从渡边的额头上流了下来，他虽然怀疑杨立山所说这种连环套的威力，但是知道自己的确已经陷入对方精心布置的圈套中了。他举起了手中的冲锋枪，冷哼了一声道：“老头，即便如你所说，你认为能逃避过我的子弹吗？”

“不能！”杨立山笑了一下道，“要想令连环套成功地捕捉住猎物，一定要舍得下诱饵，我就是那个诱饵。你现在可以开枪打死我，随后你也会被套牢在这里。你可以一直不动，站着被困死，也可以试着冲出去，而被启动的机关杀死。就算你能在丢胳膊缺腿的情况下逃离，我都改了姓。”

“老头，你狡猾的大大的，不应该和你这个危险的人走在一起的。”渡边懊悔道。

“后悔也晚了！行了，别废话了，要么开枪打死我，要么让我看到你是怎么死在这连环套里的。”杨立山笑了笑道。

“老头，你的在骗我，这其实是捕捉兔子的陷阱，你吓唬我而已，让我饶你性命，寻机会逃走……”渡边的脸色随即变了变。他刚才试着动了一下右脚，结果感觉到整个地面上似乎有种紧绷的弹簧在动，忙自用脚紧紧地踩住。

“老头，我不杀你，但是只要放了我，我会报答你的，否则我们会同归于尽。”渡边抑制住心中的恐慌道。

“一个猎人不会放走已经捕获到的恶狼。”杨立山说道，“况且你还是一个日本来的刺客杀手。你这个人很厉害，唐林未必能挡得住你的近距离攻击，所以我必须铲除你。让他能更安全地射杀小鬼子。”

“你真的不怕死吗？再不放我走，我立刻会开枪的。”渡边威胁道。

“我倒是不想死，但是在你这种人面前是不能怕死的，况且你的死先是掌握在了我的手里。告诉你，今天你是走不得了，杀不杀我也随你的便。”杨立山说道。

“你这个可恶的中国人！”愤怒的渡边还是不敢开枪射击杨立山。他已感觉到了这种连环套的威力和可怕，好似自己一动，几十米内将是天翻地覆。目前在这个危险和恐怖的地方，只有这个中国人能将自己救出。

“好吧，我们可以好好地商量一下，你放了我，我不但不会杀你，也不会再去找那个唐林的麻烦了。我主动退出这场游戏，彼此不再相犯，怎么样？”渡边软了口气道。他心中却是恼怒万分，自己这么一个精明的人怎么就被一个中国的老头给算计了，恨不得立时杀了杨立山以泄其愤。

杨立山见这个凶悍的日本人原来也是个怕死的人，不由畅意地一笑：“你是个精明的杀人高手，应该知道我若是放了你，而我的后果将是怎样。你开枪吧，若是不开枪就是给我一个活着离开的机会。另外，你开枪的同时，射击出去的子弹也会启动连环套的。”说完，杨立山转身朝外面走去。生死此时对他来说已经是无所畏惧了，因为他已成功地将这个空降来的凶恶的日本杀手困在了这里。

“停下来，给我解除去这里的机关布置。否则我打死你。”渡边怒吼着，却不敢开枪，怕射出去的子弹真的触动了连环套的机关设置。此时的渡边犹如一头恶虎被困笼中。

杨立山没有理会身后渡边的吼叫，也不在乎他是否朝自己开枪射击了。他从容不迫地坦然而去。直至走出了这片树林，杨立山这才摸了摸身上，意识到自己已经安全地撤了出来。那个日本人竟然没有开枪阻止自己离去，说明这个怕死的日本人还在怀着自己回去解救他的一丝希望。

杨立山长吁了一口气，被这个日本人挟持了一天一夜后，终于自由了。

此时身后的树林中传来了渡边的一声怪吼，接着是冲锋枪的扫射声，随即杂声乱起，“突突……嗖嗖……啪啪……”的声响不断。当是那渡边终于忍不住欲要冲出去时，启动了连环套……

“唐林，我为你除去了一个大麻烦。”杨立山欣慰地想道。

杨立山这时想起离此地不远的地方，有唐林告诉自己的一处秘密藏枪的地点。

“对，取了枪再来看看那个小鬼子的死活，不行还得给他补上一枪。”面对凶狠的渡边，虽有万无一失的连环套，杨立山还是感觉到有些不放心。

于是杨立山来到了一处隐蔽的山洞里，找到了一支唐林藏在这里的步枪。除去外面包裹着的防潮的油布，一支崭新的日制三八式步枪呈现出来，还有几十颗子弹。这是唐林猎杀日军的战利品。

“你这个小鬼子，此时在连环套里就是不死，也得脱层皮了，待我去看看你吧，不行再给你补上一枪，彻底结果了你我才放心。”杨立山持了步枪，兴冲冲地又朝那片树林赶来。

此时的树林中已是一片狼藉，弹起的铁丝，断开的绳索，发射过的弓弩，地上的陷阱，树上的飞梭，赫然在目。渡边被一条绳索套住了右脚高高地吊在了一棵树上，身上中了七八支尖锐的木签，鲜血还在流淌。尤其是他的左脚已不见了，是被那种铁夹子夹断了。他身形飘荡，不死也昏了。这种威力巨大的连环套是在地上和树上立体布置的能连环启动的各式机关，天罗地网一般，范围能扩大到三四十米甚至更远，杀伤力极大。一陷其中，触动之下，便会遭受到四面八方立体式的攻击，万难逃走。不仅是对付狼群，也是对付虎豹般猛兽的利器。

“小鬼子，我这连环套还未启动一半就将你套住了！”杨立山持了步枪，走了过来，望着吊在半空中的渡边，摇了摇头道。

杨立山用枪口对准了渡边的身形，见他血糊漉一般，不成个模样，八成已经死了。

“你这个自负的杀手，没想到自己会死得这般难看吧。还想杀唐林，做梦去吧！我这个糟老头子就能将你收拾了。在这大山里，说得算的只有我们猎人，没有野兽能做主的。”杨立山说着，收了步枪，认为渡边已经死去了。

然而就在这时，吊在半空中的渡边忽然睁开了被血迹遮住的双眼，凶光暴露，右手迅速地从腰间拔出一支手枪朝杨立山连开了两枪。罪恶的子弹射中了杨立山的胸部。

望着这个垂死挣扎的日本人，杨立山在中弹之时，还是端起手中的步枪朝渡边的身上补上了一枪。

“老头，你真的是很危险……”使尽了最后一丝力气的渡边，手势一垂，终于死在了绳索上，两眼圆睁，似乎有万般的不甘心。

可怜的死不瞑目的渡边，就这样死在了一名老猎人的手里，仅仅是他空降到这里还不到两天的时间。并且在他临死的时候，甚至连他这次执行秘杀任务的目标——唐林的一个面都没有看到，就稀里糊涂地死在了这座大山里。

“唐林，我也杀了一名小鬼子，并且还是一名很厉害的小鬼子……”杨立山慢慢地倒在了地上，捂着流血的胸口，欣慰地想着。随后闭上了双眼，脸上挂着一丝胜利者的微笑。

对山林中发生的这一切，唐林全然不知，也自无外人知晓。以至于在抗战胜利后，唐林再也未能找到杨立山。他以为杨立山病逝在山林中的某一个地方了，常引以为憾。山林本是一名猎人最好的归宿。

015　飞弹毙敌酋

唐林在回到四顶山后的第二天一大早，便又持了那支莫干纳辛式步枪，带上罗妹新缝制的一件“百缕衣”出发了。对于此时的唐林来说，一两天不射杀掉几名日军，他便感到浑身不自在。难受不说，甚至坐立不安，似乎有了一种“上瘾”的意思。

鲁大虎说唐林杀人杀上瘾了，就好像吸食鸦片烟一样，令人无法自拔，做了土匪多年，他倒是还没见过一个人杀人杀得一两天不见血就手痒。

其实唐林还未达到这种地步，而是今天有种奇怪的感觉，令他必须要出去一趟，似乎有一个大的目标在等待着他。

唐林在一座日军据点射杀了一名日军士兵后，觉得没意思，便来到了那座小孤山下的日军军营，潜伏在小孤山山顶上观察军营的动静。

唐林发现，今天这座日军军营的气氛有些异常，营地内外不但加强了警戒，还多了十几辆装甲车和汽车。在望远镜中，唐林又惊讶地发现，军营中一大堆日军军官簇拥着一名身材矮小的军官在巡视，看来军营中来了重要的人物。

唐林猜测得不错，这座日军军营果然到了一位重要的人物。此人叫崎川，是一位将军级人物，来自日本陆军省参谋本部，几乎参与了日军侵华战争所有的重大决策，便是岗村宁次和山本五十六对这位崎川中将都敬重三分。

唐林感到了一种兴奋，终于抓到一条大鱼了。

唐林估算了一下，从自己现在所处的山顶到日本兵营里那个日本军官站的位置当有 2000 米的距离。正常情况下，手中的这支莫干纳辛式狙击步枪配上自己改制过的子弹，射程虽能延长，但精确射程也只能达到 1500 米左右，自己早已试射过多少次了。然而唐林知道这个日本官的身份不低，可能是自己遇到的最大的一个猎物，机会实在难得，再想寻他怕是不易了，他要试一次。

一般步枪的射程虽也能达到三四千米，但是子弹在飞出2000米外，随着冲击力的减弱，基本上已失去了杀伤力。并且随子弹在空气中飞行的那几秒的时间里，还会发生一些不可预料的事情。

唐林暗自计算了一下，自己居高临下，又处在上风头，击出的子弹当会有一种顺势，加以改制过的特殊的子弹，应该有可能达到这个精确射程。不过子弹即使射到了那里，也到了强弩之末，子弹或许未能飞到这个日本人的身前，便会如石子一般掉在某个日本兵的脑袋上。即便飞到了那个日本人的身上，失去了冲击力的子弹也伤害不了对方了，会弹落地上的，甚至那个日本人一抬手还能将已达末势的子弹抓在手里呢。

不过……唐林将十字准星瞄在了崎川中将的头部。2000米的距离，在唐林超强眼力和瞄准镜的配合下，也只能看到崎川头部的轮廓，他现在凭借的是一种感觉。

“如果从柔软的眼部射进脑子里去，或许……”

唐林心中一阵兴奋，他现在已将这种猎杀当成了一种游戏，越是不可能的事情，越能引起他的兴趣，哪怕只有一点点的可行性。

唐林挑选了一颗感觉最好的专门用于射杀远方目标的改制过的无声子弹，推上了膛，三点一线，瞄准了崎川中将的头部，以待正在说话的崎川正面对着自己。全神贯注的唐林已将全部的心神都集中在枪膛里的那颗子弹上了。

唐林将已对准崎川头部的枪口略微上抬了一下，如此远的射程，子弹的冲击力竭时，会有一个下垂的弧度的。

“就算一枪打不死你，也要弹你一个脑崩！”唐林心中冷笑了一声。

也该那崎川命绝，在十几名日本军官的陪伴下，正在说话的崎川此时无意地抬头望了一下远处的山顶，目光转向了唐林所在方向……

就在这一瞬间，唐林扣着扳机的右手食指轻轻一动，如轻抚了一下钢琴上的琴弦。枪身微震，意念裹着弹头旋转着破空而去……

一个人的狙杀

崎川发现对面的那座山顶上有什么东西闪了一下（那是唐林所持的莫干纳辛式狙击步枪上的瞄准镜反光所致），紧接着感觉到有一只小虫子迎面飞来……

唐林一枪击出，感觉子弹接触到目标后泛起了一层柔软，并无力地钻了进去。

“中了!”唐林微微一笑，因为他在瞄准镜里看到崎川抬手去捂他的眼睛，并蹲下了腰去。

子弹准确地击中了崎川中将的左眼，已无了冲击力的弹头凭借着仅剩的一点飞行的惯性还是撞破了柔软而又脆弱的眼球挤进了颅内。可怜的崎川此时就是戴一副眼镜，那镜片也能将子弹拦阻住，甚至都不会破碎。可惜这位崎川中将除了看书和阅览作战地图时有戴眼镜的习惯外，平常都不戴的。崎川此时全身的致命之处也只有眼睛了，因为那颗子弹无论击到何处，充其量也仅仅会伤到皮毛而已。

“将军阁下……”那些日本军官们忽见崎川弯下了腰去，用手捂住了眼睛，洁白的手套上渗透出了鲜红的血迹，不由得一片惊呼。

一旁的伍田大佐则惊呆在了那里，他明白发生了什么。只是不明白为什么会发生，这里可是军营啊！千米之外都布上了警戒的。难道说是那个魔鬼般的中国猎人混进了军营中？才实施的这般精确的射杀？

伍田大佐一念至此，竟然下意识地弯腰躲避有可能再行射来的子弹，令一旁那些本是惊慌失措的日军军官们莫明其妙之余，随之恍然大悟，竟自行卧倒了一地。

崎川中将身边有个卫队长叫井上的，是个机警强悍而又不失冷静的人。事发突然之际，随即明白了崎川是遭到了枪手的袭击，在马上确定了崎川中枪的方向之后，立即率卫队朝兵营外冲去。

但是在兵营外面井上没有发现任何异常，因为即使在兵营之外井上都布置了警戒，没有人能靠近这里。井上疑惑之余，不由得抬头望了望远处的那座山顶。

山顶上一块石头旁边，井上发现了一只 7.62×54 毫米的步枪弹壳，他上前拾起来在鼻端嗅了嗅，尚有火药的余味，显是刚刚击发过的。井上脸上充满了惊愕，因为他在这里目测崎川中枪的距离至少在2000米以上，目前世界上任何步枪的精确射程都达不到这种效果。

“难道是那个中国人？”随同井上同来的一名叫宫本次朗的日军少佐，大吃了一惊道。

“哪个中国人？”井上一怔道。

“神枪唐林！这是一个神射手，已经射杀了皇军300名以上的士兵。”宫本次朗愧然地低下了头说道。

“八嘎！这个地区既然存在如此危险的人物，为什么不事先报告！”井上暴怒道。

“不可能在这山顶上射击的！即使使用世界上最先进的步枪，也不可能在2000米外精确击中目标！”井上虽是惊讶万分，但还是摇头说道。最后井上采用仪器测得的空弹壳和崎川中枪的位置准确距离为2254米。

一小时后，崎川中将不治身亡。本来崎川在视察过此战区之后，会有一个师团的装甲部队增援这里，继续向中国腹地推进，做最后的疯狂。没想到一颗“天外飞弹”意外地要了他的命，这个计划也就不了了之了。从某种意义上说，唐林的这一枪，竟然影响了这个战区的战局变化，这可是唐林未能想象得到的。

崎川中将意外阵亡，被日本媒介描述为崎川视察前线阵地，不慎为流弹所中殉国，并没有说出崎川是被一名中国猎人所杀。对这名来自中国民间的猎人而非真正军人身份的射手，崎川中将的死似乎是对整个日本军队的侮辱。他可以死，但要死在一名真正军人的手里才合乎逻辑。

崎川之死令日本举国震惊，其影响程度大大超过了当年被我八路军在太行山上用炮弹炸死的那个“名将之花”阿布规秀。据说这位崎川中将两个月后便会晋升为陆军大将，也许，他不应该以一个侵略者的身份来到中国的土地上。

崎川的意外身亡，令伍田大佐遭到了日本陆军省参谋本部的严厉训斥，限期命他找到那个中国狙击手。然而此时令伍田大佐万般不解的是，他的学生小林一明已通知他，那个杀人魔王渡边数天前已秘密地空降到了这个战区的大山里，执行捕杀唐林的任务。而唐林却在这个时候射杀了崎川中将，渡边几乎起不到一丝的阻止作用。就在此时，小林一明又告诉了伍田大佐一个异常的情况，他那边已经失去了与渡边规定的24小时一次的电台联系，说明渡边那边出事了。

“本以为这两个魔鬼会有得一搏，看来那个渡边出了意外。”伍田大佐叹息了一声，也无可奈何。

就在崎川遇袭身亡的十天之后，这份情报才传到28团的团部。张子龙闻讯惊喜道：“好唐林！不但射杀了一群狼！还射杀了一头老虎！”

“中国派遣军”总司令官岗村宁次的办公桌上放着一份崎川中将的卫队长井上的调查报告。里面详述了令人不可置信的崎川中将被狙击的距离是2254米，并且现场发现的那只步枪空弹壳是和崎川所中的那枚弹头经技术鉴定是相吻合的。并且在另一份报告里，岗村宁次再一次看到了那个中国猎人狙杀日本士兵的数字已超过 300 名以上了，尤其是引起了那个战区几乎所有日本士兵的恐慌。

唐林没有想到，自己的名字早已出现在了日本最高统帅部的机密文件里。唐林单兵作战极具影响力的狙击作用，多少给岗村宁次敲了一下警钟。最为主要的是，一个来自中国民间的默默无名的狙击手，竟然狙杀了日军的一位赫赫有名的崎川中将，以及 300 名以上的士兵。被游击战搅得焦头烂额的岗村宁次，又遇到了一个新的战术模式——单兵游猎式的狙击战。

“狙击手？！”岗村宁次的眉头皱了一下。

在当时的日本军队中，还没有真正的狙击手。虽然也配制了少量的狙击步枪，多是给特高课的特务们用来执行特殊情况下的暗杀任务用的，或是军官们闲时狩猎才能想得到。连拼刺刀都将子弹退膛的日本士兵，看不起那种躲在暗地里放冷枪的射手。由于对狙击手的无视，在日军作战的前线，根本没有狙击手活动的影子。

“叫亀岛少佐来见我！”岗村宁次此时才想起了一个人来。

这个亀岛少佐生长于日本北海道一个猎人家庭，与唐林一样，少年时就已经是当地闻名的神枪手了。两年前被军方选派前往德国进行军事学习，但是猎人出身的有着精明头脑和先进的军事思想的龟岛却自行选择了德军最主要的狙击手训练基地——图普塞塔乐艾普狙击学校进行了两年的艰苦学习和训练。并且和当时德军中几位著名的王牌狙击手进行了全面的交流，这个有着坚韧意志的日本人得到了这几位德军王牌狙击手的认同和赞赏。德军最著名的王牌狙击手，狙击记录射杀 345 人的来自于山地部队的马蒂亚斯·海岑诺尔曾拍着龟岛的肩膀说："日后亚洲的日本军队中就要诞生一名'狙击之星'了！可能比我们还要厉害呢！""二战"时期，只有苏军和德军等几个国家的军队中有真正意义上的狙击手。

学成归来的龟岛雄心勃勃地准备在亚洲战场建立他的卓越功勋，真正开始他的狙击生涯。但是令龟岛没有想到的是，他的组建特色狙击部队的建议在军部受到了阻碍甚至是嘲笑。因为崇尚那种"武士道"精神的日本军队里是瞧不起躲在暗处打冷枪放黑枪的杀手的，根本无人注意狙击手的作用和了解其威力。真正的军人是在冲锋陷阵中浴血奋战，只有这样建立起来的功勋才是真正军人的作为，更是能获得名副其实的荣誉。

龟岛的建议连连受挫，甚至他通过特殊关系通过重重门槛递交到岗村宁次办公室和关东军总部的在日军部队中设立狙击手的建议书，也被人置若罔闻。这个学成归来的狙击高手竟然未得到日本军方的任何重视，甚至于都没有给他一个上战场去展示的机会。但是有着坚韧耐心的龟岛认为，随着战争的进展，他会有机会的，虽然归来的这半年时间里他无所作为，只是不曾间断了狙击训练。

在龟岛得知崎川中将被中国的一个神枪手在不可思议的距离上射杀之后，他感觉到，自己的机会来了。因为他也打听到了，那个神秘的中国狙击手已经射杀 300 名以上的日本士兵了，这令龟岛感到震惊。这个中国猎人的战绩竟然和德军那几个王牌狙击手相媲美了，并且有过之而无不及。在当今世界各战场上，只有这个中国狙击手射杀了级别最高的一位将军级的人物——崎川中将。

龟岛此时萌生出了一种莫名的兴奋，这个意外的特殊事件足以令军部重视他了，因为对付对方狙击手的最有效的方法就是用自己的狙击手去对付，狙击手最大的敌人就是对方的狙击手。目前在日本军队中，只有他龟岛才称得上真正意义上的狙击手，他可是从德国专门的狙击学校受过专门的训练的，并且成绩优秀。

龟岛感谢这个叫唐林的中国人，是他的出现给自己带来了机会，他的心中甚至感谢那个死于非命的崎川中将。这个来自日本北海道的猎人已经敏锐地嗅出了机会降临的味道，和他将要猎杀猎物的味道，这是一种令人兴奋的感觉。

这个时候，岗村宁次要亲自召见他的命令到了。

龟岛给岗村宁次带去的不仅仅是他在德国学到的狙击理论，更着重介绍了德军狙击手在狙击战中取得的令人叹为观止的骄人战绩，还有一部德军拍摄的在德军中广泛播映的关于狙击战的军教片——《隐形武器》。

在岗村宁次聆听了龟岛讲述的一番关于狙击战的理论和观看了那部德军的军教片《隐形武器》之后，沉思了片刻，然后郑重地说了一句："龟岛君，现在请你去消灭那个叫唐林的中国人，然后由你全力组建大日本皇军自己的狙击部队！"

岗村宁次已经认识到并且领教到了狙击战的作用和威力，一名狙击手单兵作战的效果，真的是可以抵得上他的一个精锐的联队。一次中小型战役消灭敌方的人数，可以由几名经验丰富的狙击手很容易就做到了。

作为一名中国派遣军总司令官，习惯于指挥大兵团作战的岗村宁次，本对这种单兵游猎式的狙击战不感兴趣。但是这个叫唐林的中国猎人所创造的出色战绩及对日军的沉重打击，已经影响了一个战区的日军士气，尤其是射杀了己方一名赫赫有名的中将，这不能不引起他的关注了。

龟岛从岗村宁次那里讨到了这份他梦寐以求的手令，然后带上他的副手中村见到了伍田大佐。当伍田大佐从龟岛的档案上知道了眼前的这个人是从德国专门的狙击学校毕业的优秀狙击手时，大喜过望。

"只要能消灭这个魔鬼般的中国人，龟岛君有任何请求，我们都会大力支持的。"伍田大佐终于轻轻地松了一口气说道。

然后，伍田大佐给了龟岛一份暂时还没有上报的可怕数字。那个中国猎人唐林射杀日本士兵的人数已增加到了 568 人，并且这还是一份保守的数字。在唐林活动区域的周边，有部分被不知从哪里射来的“流弹”击穿头部而意外阵亡的士兵还没有统计在这里，并且还没有算进被唐林射杀的伪军和汉奸特务。

“568 人？！”龟岛再一次感到了震撼。这比他了解到的狙击人数世界排名第一的那个芬兰人 Simo Hayha 射杀的 505 人还要多。那是 1939 年苏军进攻芬兰时，造就的这个世界第一的狙击手，可以说是狙击手中的一个神话。

背景资料：当时被认为军事实力跟德国不相上下的社会主义苏联，趁 1939 年 9 月波兰败亡之机，为了自身安全要求芬兰割让领地。芬兰政府没有接受苏联的无理要求。结果苏联单方面撕毁 1932 年缔结的《苏芬互不侵犯条约》，于 1939 年 11 月 30 日发动了侵略芬兰的战争。正是 1917 年俄国十月革命的胜利，使芬兰脱离沙皇俄国的占领获得独立；然而 22 年后，却也是十月革命建立起的苏联发动了侵略芬兰的战争。

在这场以弱抗强的战争中，芬兰狙击手有非常卓著的战果。百发百中是狙击手们追求的境界。据统计，“二战”时平均每杀死一名士兵需要 2.5 万发子弹。越战时平均每杀死一名士兵需 20 万发子弹，然而同时期的一名狙击手却平均只需 1.3 发。这是一个多么悬殊的数字对比！

芬兰狙击手中最厉害的当数 SimoHayha（西蒙 · 海耶）。SimoHayha 是芬兰也是世界最高猎杀记录 505 次的保持者。以 SimoHayha 为首的芬兰狙击手组成了滑雪部队，他们大多是专业猎人，对于山林的地理环境非常熟悉，身穿跟雪一样白的白色伪装服，滑着雪橇在大雪封路的荒郊野外来去自如。在一片雪白的环境下，穿着笨笨的棕褐色制服、在雪地中辛苦跋涉的苏联红军士兵则是最明显不过的目标了。

以 SimoHayha 为首的滑雪部队使用的虽然是从帝俄时期沿用下来的 Mosin-Nagant 莫辛 · 纳甘步枪，却能在 700 米外狙杀苏军，在苏军士兵中造成极大的恐惧，称他们为“白色死神”。

即使趴在雪地上，苏军也逃不过狙击手迅速而准确的射击。只要脑袋一探出地面，用不了 30 秒，就可能永远离开那战火纷飞的战场。有的胆小鬼士兵不敢抬头，趴在地面上，只顾低着头扫射，结果屁股上就被打出个对穿的窟窿。由于 SimoHayha 在苏芬战争中的突出贡献，他被芬兰人民尊敬地称为“民族英雄”。

也许是由于对“白色死神”的恐惧过于强烈，芬兰狙击手在雪夜中射击篝火旁饥饿疲惫的苏军士兵时，他们由于极度绝望，竟然对身边猝然毙命的战友视若无睹，静候着属于自己的那一颗子弹。（注：SimoHayha 的狙击人数有 505 和 542 两组统计数字）

“这个中国人令皇军损失惨重，更为主要的是他造成了整个战区士兵们的恐慌，这是我们大日本帝国进行的大东亚圣战中碰到的最硬和最恐怖的一根钉子。前不久这个中国人仅凭借一杆步枪竟然不可思议地惊退了一座县城的守军，这个唐林是士兵们的噩梦。”伍田大佐无奈地摇头说道。

“只要龟岛君能消灭这个中国人，进行大东亚圣战的全体士兵会集体请求天皇殿下亲自为你授勋！”伍田大佐最后恳切地说道。

“这是一个天生的狙击手！就由我来对付他吧。我现在想要得到这个叫唐林的中国人的全部详尽的资料，包括他曾经居住过的房屋的后面有几棵树木，甚至于是树木的名称！”龟岛淡淡地说道。

016 狙杀飞行员

就在这个时候，对日军的调遣布置还不知情的唐林已和鲁大虎等人出现在了阳和镇八里外的阳和机场附近一处高地上。

李飞和一个人在查明了日军机场的位置后，在返回四顶山的途中不幸和一队日军遭遇。双方交火之后，李飞的同伴战死，李飞也受了伤，死命逃脱后，跑到了一个亲戚那里，养了十多天伤后，才能走动。但他咬着牙支撑着回到了四顶山，报告了侦察到的情况。唐林等人这才开始了对阳和机场的行动。

机场的跑道上停放着十二架日军轰炸机，周围防范甚严，布置了两道防线，没有人能够靠近。并且驻防着的大队日军始终处于一种戒备状态，要想仅仅凭鲁大虎带来的二十多人强攻是不可能的。唐林感到一丝失望。此时才想起找到刘勇的游击队配合就好了，只是现在已经到了阳和机场来不及去通知对方了。

“防备太严了！白天不好动手，待天黑了再想办法攻进去吧。”鲁大虎摇了摇头无奈地说。

“白天晚上都一样，凭我们现在的力量是近不得前的。”唐林说道。

“管他呢！不行老子和兄弟们就在身上缠了炸药硬冲强攻，只要能撕开一个口子，至少也能炸毁它几架，也不算白来了。”鲁大虎说道。

“不行，这样是白白送死，未等冲到近前就会被日本人的炮火拦住了。就算冲了进去，也剩不了几个人了，炸毁几架飞机也无济于事，我们另想办法吧，不但毁了飞机，我们也要安全撤退。”唐林说道。

“眼前这情形能有什么好办法，死就死了，只要能毁去一架飞机也值。”鲁大虎坚持道。

“只有我们活着，才能有机会打更多的日本人，况且我们来这里的目的是炸毁敌人飞机的，不是来白白送死。侦察机场的时候就已经死了一个兄弟了，我不能再让大家遭受损失了。强攻是不行了，即使飞机毁不掉，看看有什么法子能令飞机飞不起来也好。”唐林说道。

鲁大虎说道：“那就把开飞机的干掉，没有人会开，飞机也就变成废铁一堆了。不过要杀死这些开飞机的，也要进到机场里面才行。”

“飞行员！”唐林立时惊喜道：“对！干掉日军的飞行员，飞机照样飞不起来。只要将这些飞行员引出来，千米之外，我一样可以收拾他们。况且我们这里距机场只有六百米，可以精确地射击机场上出现的任何目标。”

鲁大虎笑道：“是啊！我怎么忘了你的神枪呢！机场我们攻不进去，可在外面射杀小鬼子的飞行员啊！好主意！”

唐林兴奋道：“鲁大哥，我们这么办，你带人从另一个方向朝机场佯攻，火力要猛烈一些，日本人见到机场受到攻击，未明情况之前，为了避免飞机受到损坏，有可能起飞躲避和对来袭的目标进行空中攻击。那样飞行员就都出来了，我尽可能在他们未上飞机之前一一射杀掉。这里才十二架飞机，估计飞行员也不会有很多，短时间内干掉十几个人还是可以的。你们那边在开始攻击后，十分钟左右即刻撤离，免得遭到日军大规模的反击。我这边有五六分钟的时间对付这些飞行员足够了！记住，十分钟后，不管发生什么情况，我这边是否狙击飞行员得手，我们都必须撤离，在机场内的日军未反应过来之前撤走是最安全的。也可以避免从阳和镇增援来的日军对我们实施反包围。”

“唐林兄弟，你可以做将军了！行！就按你说的办！”鲁大虎佩服道。然后一挥手，率二十多个人绕向了机场的另一侧。

为了节省填装子弹的时间，唐林这边除了莫干纳辛式步枪外，又留下了三支步枪。在这种晴好的天气里，即使没有瞄准镜的步枪，在唐林的手里，一样可以精确地射杀五六百米以外的目标。步枪打不了飞机，但可以远距离狙击日军飞行员，这是唐林在狙击日军行动中的又一创举。

一阵枪声和爆炸声在机场的另一侧响起，鲁大虎率人开始佯攻了。立时，机场内警报声大作。紧接着从一排房屋中涌出了一群身穿怪异服装的人跑向了停在机场跑道上的飞机，这些正是穿着飞行服的日军飞行员。

唐林见状，心中一阵兴奋，这些明显有别于普通士兵的日军飞行员们，简直就是摆在眼前的活靶子。

唐林立刻举枪一个点射，一名日军飞行员在奔跑中跌倒。枪口微移，又是一个点射，一名将要接近一架轰炸机的日军飞行员也扑倒在地。由于此时机场中的守备日军已被鲁大虎的进攻吸引，根本没有料到另一个方向会有狙击飞行员的冷枪。

这种情形也给了机场日军指挥官一个错误的判断，他认为机场是遭到了强有力的攻击，飞行员是被对方进攻中密集的流弹所中。指挥官立即下令全体飞行员全力抢上飞机，将所有的飞机强行起飞。因为对方的目标一定是停在机场跑道上的轰炸机。同时向阳和镇驻守的日军紧急求援。

唐林先行射杀接近飞机的日军飞行员，一枪一个，真的是痛快淋漓。他此时也分不清哪个是飞行员，哪个是机场的地勤人员，只要想靠近飞机的，便先行解决。

机场的场地上已躺下了十名日军飞行员的尸体，本已忙乱的机场更加混乱。就在唐林更换步枪的时候，一名日军飞行员抢上了一架飞机，未及开启机舱罩，就被唐林一枪击倒在机身上。而此时，另一名日军飞行员已经坐进了机舱里，将飞机启动了。

唐林见状，举起手中的三八式步枪，瞄准机罩内的飞行员就是一枪，也不管能否穿得透。

三八式步枪的穿透力倒是极强，子弹击穿了机舱罩，并贯穿了飞行员的面门。身形歪去，失去了控制的飞机竟转了方向，撞在了另一架飞机的机身上。“轰”的一声火光爆起，并引爆了两架轰炸机内的炸弹，又引起了一连串的爆炸。整个机场立时火光冲天。

唐林没有想到，意外的一枪不但射杀了一名日军飞行员，还同时毁去了两架飞机，兴奋得一声欢呼，索性站了起来，举着步枪尽情射杀。机场内慌乱的日军，在爆炸中更是惊慌失措，没有注意到，在另一个方向，才是他们的致命所在。

机场的日军指挥官万万没有想到，攻击机场的中国人，他们的目标并不是飞机，而是飞行员。见飞行员不断地在跑道上被射倒，这令那名日军指挥官感到了事态的严重，但又无可奈何，只能眼睁睁地看着飞行员们一个个倒下。最令他纳闷的是，对方的子弹似乎长了眼睛，专门挑选飞行员射杀。

唐林身侧四支步枪内的 20 发子弹射尽。机场跑道上也倒下了 20 名日军飞行员的尸体，也包括几名地勤人员。

唐林发现已经没有人再接近飞机了，那些有能力启动飞机的日军飞行员们应该都倒在了他的枪口之下。他知道来此的目的已经达到，没有再往步枪里填装子弹，持了那支莫干纳辛式步枪，望了一眼火光冲天的机场，带着一丝满意的微笑转身离去。

在机场另一侧掩护唐林狙击的鲁大虎等人，却是损失惨重，他们虽是在佯攻，但是在暴露位置的情况下，遭到了日军炮火的猛烈轰击。虽然按唐林的吩咐只坚持了十余分钟，然而二十多个人，鲁大虎只带出了七个，并且他也受了重伤。

唐林为了防止机场内的日军进行报复式追击，他在鲁大虎等人撤退的路上潜伏下来，以狙击来追击的日军。

可能是机场内的日军被这种突然袭击打懵了，没有马上组织有效的追击。唐林候了一会，见无动静，这才追鲁大虎等人而去。

日军阳和机场的损失惨重，毁了两架轰炸机，阵亡了 16 名飞行员和四名地勤人员。奇怪的是机场周围的防御部队在反击中竟无一人伤亡，而在机场跑道上的飞行员却全部遭到了精确的射杀，无一幸免。

在阳和镇大队增援的日军到来之前，机场的日军指挥官剖腹自杀。战争发展到这个时候，飞行员已经成了日军中的宝贝，宁可损失一架飞机，而不愿损失一名飞行员。而今 16 名出色的飞行员全部阵亡，令这名机场的日军指挥官感到了绝望。

在日军检查完了阵亡的 20 名飞行员和地勤人员之后，从他们仅仅是头部一枪中弹而毙命的情形分析，令日军得到了一个震惊的事实，这 20 名死亡的日本精英们，均是遭到了那个魔鬼般的杀手唐林所射杀。这名游猎的杀手，在和一支抗日武装合作之后，更具有了恐怖惊人的杀伤力。犹如一柄无形的利剑，无坚不摧。

唐林追上了鲁大虎等人，见他们仅剩了八个人，惊讶不已，机场日军的防御火力太强大了，一次佯攻下来，几乎全军覆没。

“唐林，你杀了几个小鬼子飞行员？我这边可是失去了十四名好兄弟啊！”鲁大虎忍着悲痛说道。

“正好二十个！还毁去了两架飞机！”唐林低下了头说道。己方的这种结果，可不是他愿意看到的，他一直以来都是以最小的甚至是零的代价令敌人遭受最大的损失。

“值了！一命抵一命还剩余，小鬼子还搭上了两架飞机呢！兄弟们，你们在天之灵可以安息了！”鲁大虎仰天大喊道。

“大当家的，小鬼子围上来了！”这时，一个人手指了一个方向，惊慌失措地喊道。

唐林和鲁大虎抬头看时，俱是一惊，不远处，一片明晃晃的钢盔在移动，大批的日军已呈扇形包围了上来。唐林等人不幸和一支增援阳和机场的日军部队遭遇上了。这是从临近一个据点前来增援的日军，而非阳和镇的增援部队。

“唐林兄弟，你快走，我率兄弟们掩护。你的命比我们重要。”鲁大虎手持双枪说道。

“要走一起走！”说话间，唐林一枪将一名日军军官射倒。

“和小鬼子拼了！”鲁大虎双枪齐发。手下的那七个人也知道所面临的危险处境，个个抱了死战的决心，呼喊一声，开始朝日军射击。

“鲁大哥，不能硬拼，先撤到那片树林里再说。”唐林阻止了鲁大虎等人和日军拼命的态势，引着他们朝一片树林的方向，且战且退。此时一个人不幸中弹倒下。

“妈妈的！老子和你们这些日本杂种拼了！”鲁大虎杀红了眼，欲要向前冲去。

“将他拉走！”唐林则命令两个人将鲁大虎强行架着撤退。又一名四顶山的人中弹倒下。

危急时刻，唐林看到那几个人的身上还负有部分炸药，灵机一动，忙对一人说道："把你的炸药朝鬼子扔过去，你们几个的放在地上，快撤。"

一个人将手中的炸药包朝日军奋力抛出。在未落地之际，唐林举枪一枪击中。

"轰"的一声巨响，炸药爆炸开来，将冲在前面的几名日军士兵的身形炸飞了去，日军的进逼之势一顿。四散的冲击力也将唐林他们掀翻。

"快走！"唐林站起来，借硝烟的掩护，乘机和鲁大虎等人撤进了那片树林里。

接着唐林又转过身来，举枪击中了地上的另一包炸药。连带着另几包炸药，一起爆炸开来，几声巨响，沙石漫天，阻挡了进逼的日军。而后唐林和鲁大虎等人迅速朝树林里面撤去。

指挥日军这支部队的日军指挥官已知道了眼前的这伙儿人就是袭击阳和机场的中国人，所以命令部队紧追不放，势必消灭这支队伍。

借着树林的掩护，唐林、鲁大虎等人拼命跑出了几十米后，忽感眼前一亮，已出现在了树林的另一端，他们竟然跑出了那片小树林。此时有部分日军绕过树林从两侧又包抄过来。

唐林迅速地观察了一下前面的地形，用手一指道："那边有条土沟，避进那里再说。"

在跑进那条只有半人高的土沟时，又有一人中弹倒下。仅剩唐林、鲁大虎等六个了。

"唐林，还是你先走吧，我和兄弟们掩护你。"鲁大虎高喊着。

"别废话，听我的。"唐林厉声制止了鲁大虎。抬手又两枪射去，击倒了两名日军士兵。立时将远处进逼的日军震住，攻势稍缓，也知道这伙儿人里面有个神枪手。不过日军的火力还是将唐林他们压制在了那条土沟里。

进逼的日军并没想到前面的这伙儿人里有唐林，因为唐林一向都是独来独往的。所以日军指挥官只是想消灭这支袭击阳和机场的游击队而已，要是知道唐林就在其中，所采取的进攻措施可就不一样了。

日军密集的火力击得土沟两侧尘土飞扬，压得唐林等人抬不起头来。这是一条几十米长的天然土沟，四下里全是开阔地，眼下只能避在这里，冲出去必死无疑。唐林感到了事态的严重，却又无计可施。没想到成功地袭击了阳和机场，速战速决之下，仍然不可避免地和一支增援的日军遭遇了。

日军强大的攻击火力奏效，以此为掩护，士兵们又纷纷站了起来，朝土沟逼进。

“小鬼子又上来了……”唐林身边的一个人忍不住抬着望了一眼外面的情形，话没说完，便中弹阵亡了。

唐林痛苦地闭上了眼睛，摸出了身上的一颗手榴弹。鲁大虎见了，和另外几个人围靠过来。

“唐林兄弟，你就拉线吧，死也不能被小鬼子捉去。和你死在一起，我们兄弟们心甘情愿。”鲁大虎悲壮地说道。

“是我考虑不周全，连累了大家。”唐林遗憾而歉意地说道。百密一疏，出此意外情况，是唐林没有想到的。以往的狙击计划，由于是唐林一个人行动，并且是在远距离下的狙击，皆能全身而退。此次行动虽避开了阳和镇增援的日军，但是没有想到另一个据点里的日军增援得竟如此之快。短兵相接本是唐林尽量避免的，更不要说这是一场众寡悬殊的遭遇战了。

“打鬼子就免不了死，今天我们也值个了！能和你一起战斗并死去，也是我们的福分。”鲁大虎说道。

“是的，我们也算值了！”唐林欣慰地一笑。对于唐林来说，猎杀日军士兵，都是有一定危险的存在，他也曾有过死亡的准备，只是未料到是在这种情况下。

就在这时，一侧忽然响起了一阵密集的枪声，攻击土沟的日军火力随之一顿，并传来了日军士兵的惊乱之声。

唐林忽闻外面有变，不由一怔，起身看时，见有几十人在朝日军进行猛烈的攻击，原来是刘勇的游击队到了。

“是刘队长他们！”唐林一时间惊喜万分。从天而降的游击队又一次解了自己的危险之围。

“是游击队啊！”鲁大虎等人立时兴奋之极。

刘勇率游击队又打了这支日军一个措手不及，日军以为是遭到了一支大部队的攻击，随即溃败下去。游击队员们如猛虎下山，个个奋勇当先，日军为之气夺。

“唐林，带你的人快撤，我们掩护。”一个熟悉的人影朝这边挥手喊道。

“李娟!”唐林惊喜道。接着唐林看清了眼前的形势，游击队的突然袭击打乱了日军的阵脚，待明白过来进行反击，游击队也有可能有被反包围的危险。

“鲁大哥，你们快撤!”唐林吩咐道。鲁大虎和仅剩的四个人乘机迅速退去。

唐林没有撤去，他此时发现日军已经缓过神来，开始朝游击队攻击，几名队员相继倒了下去。唐林忙站在土沟里用步枪进行掩护。

“你怎么还不走啊？”李娟飞跑了过来。

此时一颗六〇炮弹落下，李娟不顾一切地扑在唐林身上，二人滚到了沟底。爆炸激起的尘土落了二人一身。

“你快走！刘队长说了，你的作用比我们的大，命令我们不惜一切代价掩护你撤退。”李娟从唐林身上爬起来，朝他大声喊道。

唐林此时很震惊，游击队为什么这么看重自己，三番两次地冒着危险来解救自己，这是一支怎样的队伍啊!

此时游击队的进攻已转为了勉强的防守，又有几名队员中弹倒下。

“走啊！这种仗不是你能打的!”焦急万分的李娟拉了唐林沿了土沟跑出，唐林只好随了她去。

此时刘勇率了游击队且战且退，并将日军大部引向了另一个方向。

奔跑中的唐林发现李娟的速度逐渐慢了下来，并且发现她脸色苍白，但仍在咬牙坚持着。

“李娟，你怎么了？”唐林惊讶道。

“唐林，你……快走，别管我……，记住……永远不要近距离接触鬼子……”李娟发出微弱的声音，接着无力地倒了下去。

唐林此时才惊讶地发现，李娟的背部已被鲜血染红了一片，不知何时中弹了。

“李娟!”唐林一声惊呼。

而在此时，身后枪声不断，约有十余名日军尾随二人追赶过来。

见仅有十余名追兵，愤怒的唐林将已经昏迷过去的李娟放在了一边，单腿跪在地上，端起步枪开始了精确的射杀。

三名日军士兵接连摔倒，令其他日军惊慌失措，此时才发现他们追赶的目标不是那么好对付的。且在开阔地上，没有掩体可以躲避，于是日军纷纷卧倒射击。

唐林来不及填装子弹，随手将步枪扔在一旁，一个翻滚，避开了日军的射击，然后从腰间拔出了那支驳壳枪，身形快速移动反朝日军逼了过去，并扬手射击。

数声枪响之后，几名日军士兵永远地趴在了地上再没有起来。剩下的几名日军见不是个事儿，惊慌地爬起来，转身就跑，自被唐林点豆般地一一射倒。这十余名日军士兵至死也不会想到，他们今天所面对的，正是给他们带来噩梦般的那个中国猎人。

将追兵杀尽，唐林呆怔了一下，猛然意识到了什么，忙回身跑到李娟身边，将她抱起，呼唤道:“李娟，醒一醒，我们现在安全了。”

随即，唐林全身一震，他发现李娟如睡熟了一般，带着一丝美丽的笑容，躺在他的怀里丝毫没有反应。唐林惊呆了，他不相信眼前的这个事实。连呼叫了十余声，李娟静静的脸上仍是含着笑意，只是不应他……

“李娟!”唐林大声疾呼。李娟为了救自己，竟然中弹牺牲了，这个美丽的女孩子永远地闭上了她那双火热的眼睛。唐林感觉到天地间的一切都变了颜色……

那个被岗村宁次派来对付唐林的龟岛，在到来的第二天，便从日军的情报部门那里得到了唐林的资料。在这些关于唐林的新旧资料里，并没有他所期望的唐林的一处住所，更不要谈什么房屋后面的树木和名称了。因为这是一个游猎的猎人，居无定所。在这些资料中，他看到的是一份份唐林的战绩报告，这名中国人所展示的霹雳般的猎杀手段，早已超出一名狙击手的意义了。

就在此时，他在伍田大佐那里得到了一个更令他感到震惊的消息，唐林成功地偷袭了阳和机场，射杀了17名日军中最为出色的飞行员和四名地勤人员。这个聪明的中国人，在明知强攻不进重兵防守的机场情况下，竟然采取了声东击西的战术，在机场外远程射杀跑道上的飞行员。这个可怕的对手并不是德国那些职业狙击手们所能比拟的，他拥有狙击手以外的神奇能力。

"龟岛君，拜托了，请尽快地消灭这个魔鬼般的中国人吧！否则我真的要向天皇陛下剖腹谢罪了！"伍田大佐站在那里，深鞠了一躬，悲壮地说道。

此时的龟岛感到了一种为难和茫然，虽然他知道自己遇到了一个真正的对手，但是这个对手飘忽不定，不能在一个具体的地方找到他和他正面交锋。那些资料早已表明，在自己到来之前，日军为此做出了各种努力和尝试，全部以失败告终。还有最重要的一点，龟岛还要再研究这个对手，只有真正地了解了这个中国猎人，才能找到他的弱点，进而给予致命的一击。所以必须先做些准备。这名对手已将这个战区搞得天翻地覆，但在没有做好充分的准备之前，龟岛不想贸然出击。这是一个冷静的狙击手所必备的基本素质，任何环境的变化，都不能干扰他冷静的判断。

龟岛在日军战区指挥部还见到了崎川中将的卫队长井上。崎川遇袭身亡后，井上率他的无主卫队并没有离开这里，他要找到那个中国人唐林为崎川中将报仇。

井上和他所率的卫队都是日军中百里挑一的精英，个个都是枪法极准的射手，还有就是他们的心理素质是普通士兵们所不能比的，所以龟岛立时相中了这个卫队，以组建他在日军中的第一个狙击小队。但是龟岛的请求遭到了井上的拒绝，他看不起那种靠打冷枪来解决对手，他要用自己的方式来干掉那个中国人。

龟岛没有强求井上，转而在伍田大佐下属的几个联队中挑选人员。一共选中了八个人，并且都曾是猎户和守林人，这是龟岛的第一个要求。因为猎户和守林人不但有着精准的枪法，更有着一般人所不具备的嗅取猎物的敏锐的感觉，这是先天具备的作为狙击手的条件。那几名龟岛所认识的德军中的王牌狙击手，无一不是猎人和守林人出身。

这八个人加上龟岛和他的副手中村正好是十个人，龟岛从德国带回来的也正好是十支狙击步枪。其中五支是德军常配备的制式武器配有光学瞄准镜的 7.92 毫米口径毛瑟 Kar98K 狙击步枪，另五支是配有 10 发弹夹的 G43 半自动狙击步枪。另外，龟岛还带回来了两只当时世界上最先进的夜间狙击装备：代号为“吸血鬼”的红外线夜视镜，是专门为夜间狙击配备的装置。

日本军队中也自配制有九七式狙击步枪和九九式狙击步枪，但这两种步枪的性能和威力无法和德国的毛瑟 Kar98K 狙击步枪和 G43 半自动狙击步枪相比。

龟岛从德国人那里学到了不少的东西并做足了准备，他要大显身手，开辟日本军队中乃自亚洲战场上从未有过的狙击战，而且他打算要青出于蓝而胜于蓝，要成为世界战争史上重新排列的第一号的“狙击之王”。他再要做的是，先实现自己的梦想，在日军部队中先行组建狙击小队，然后再去消灭那个可怕的对手。

龟岛开始给他组建的狙击小队上第一堂狙击课。

龟岛说：“作为一名真正的狙击手，不但要有高超的狙击素质和一定的狙杀效果，更重要的是要给敌人造成恐惧和慌乱，以此来消磨敌人的斗志，以最小的成本来让敌人付出最大的代价。譬如这个叫唐林的中国猎人，虽然他已令我们付出了沉重的代价，但是从狙击战这一单纯的方面来说，这是一个非常出色和成功的狙击手。”

下面那八个挑选出来的狙击小队的成员，眼中呈现出了愤怒和一种恐惧。他们能应龟岛之招组建这个狙击小队，最主要的原因是想消灭那个令他们寝食难安的中国人。

龟岛接着说道：“狙击手只能执行特定的狙击任务，而不能像步兵一样去战斗，我们要将这种特殊的战斗看作是神圣的，因为这不是普通的士兵能做到的，狙击战将成为日后大东亚圣战中重要的组成部分，你们也将成为皇军狙击部队中的先驱。从今天开始，你们要成为真正的狙击手，进行一种特殊的战斗。德国人给狙击手定下了十大戒律，这也是我们要学习和遵守的。”

在龟岛看来，日本军队中是没有真正意义上的狙击手的。虽然也有士兵持了狙击步枪去作战，却和普通的陆军士兵作战方式没什么两样，他要培养和德国狙击手相媲美的日本狙击手。

龟岛随后将这十条戒律公布在墙壁上，命令狙击小组的成员们每天必须阅读一遍。这十条戒律是：

一、要有狂热的战斗激情。

二、冷静并且有目的开火，快速射击不会有什么结果，应该全神贯注地射击。

三、你最大的敌人是对方的狙击手，要以智取胜。

四、一般只在一个阵地上开一枪，否则你会被发现。

五、任何战壕都会延长你的生命。

六、多增加练习距离上的判断。

七、成为一名伪装和利用地形方面的专家。

八、无论是在前线还是在后方，都要坚持不懈地练习你的枪法。

九、不要松开你的狙击步枪。

十、想从战场上生存，就是十倍的伪装加一倍的射击。

龟岛并没有忘记自己来这里的首要任务是要消灭那个中国猎人唐林。但是天生谨慎的龟岛没有立即采取行动，因为他从现有资料上得知自己遇到了一个强大的对手。并且有两点最令他感到迷惑不解。这个中国人竟然可以在无声的状态下射击，猎杀日本士兵于不觉之中，难道说是他的步枪上配置了先进的消音设备？还有一点令龟岛感到恐怖，那就是这个中国人竟可以在2254米的超远距离之外不可思议地精确射杀了崎川中将，这便是他认识的那几名德军中的王牌狙击手都不可能做到的。为什么这个中国猎人能做得到？

另外，这个中国人并不属于中国军队中的士兵，不容易在阵地上遇到他。此人行踪飘忽不定，在这个战区的三分之二的地域里，都有这个中国人射杀日本士兵的记录，他在进行着一种游击式的狙击战。找不到对手，便无法消灭他。

虽然狙击手可以在战场上自由地进行狙击，不过多有着特定的狙击任务，譬如射杀敌方的观察兵、指挥官、机枪手、车辆，通讯设备等，以掩护步兵作战。但是这个中国人几乎是在漫无目的地游杀，是在以他自己的方式进行着一种飘忽不定的游猎，这样的对手，非但难寻其踪迹，更难对付。想到这里，龟岛心中一紧。

龟岛此时心中也明白，他若是真的想尽快地找到唐林，倒是也有一个办法，那就是去山林中。但是他清楚，那是对手所熟悉的地方，已占了天时地利。他也是猎户出身，知道自己所熟悉的山林中的一切，都可以作为致命的武器。在对手熟悉的地方狙击他，是犯了兵家大忌。只有在最后没有任何办法的情况下，才有可能走此一途。

不过对龟岛来说，这个中国人唐林也令他感觉到了一种刺激和挑战。他若能射杀唐林成功，这个中国人给日军带来的所有恐惧慌乱和麻烦将转变为相应的荣誉而加在他的头上，那时军部自会对他另眼相看。龟岛心中明白，他今天能来到这个战区组建他的狙击小队，完全是因为唐林射杀了崎川中将，岗村宁次这才给了他一个机会，目的只有一个，那就是消灭这个中国人唐林为崎川报仇，抹平此事给军部带来的影响，多少算是给日本国民一个交代。只有这样，他才能有资格和条件建立岗村宁次所说的狙击部队。

此时的唐林还不知道，自己已经面临着三股针对他的危险：第一个就是这个专业狙击手龟岛和他的狙击小队；第二个是井上率领的欲为崎川中将报仇的崎川卫队；第三个是日军曾组织的别动队。虽然这支别动队的队长松奇正一在突袭定河县城 28 团团招待处时未果身死，但是这支专门为对付唐林而组建的别动队仍然存在着。

017 崎川卫队

井上从别动队那里得到了一些有价值的情报，这是先前别动队忽略了的。中国猎人唐林和一座镇子上的汪记皮货铺有过兽皮上的交易。很快，那个汪老板被抓了来。

“唐林在哪里？”井上瞪着一双血红的眼睛问道。

“在……在山里啊！”汪老板慌乱地结着舌头说道。

“八嘎！竟敢戏弄皇军！”井上气愤地一掌打去。

汪老板哭丧着脸说道：“具体的我上哪里知道啊！自从皇军打过来，就没有再见到过他。在以前唐林都是独来独往的，个把月才能来皮货铺一次。”

“你的，说谎的不要，否则死了死的！我再问一次，唐林在哪里？”井上抓紧了汪老板的衣领，怒吼道。

“太军饶命！我是真的不知道唐林在哪里啊！早知道现在这样，我以前订购他的皮货干什么呀！他那份钱我不挣就是了！”汪老板吓得全身发抖，懊悔道。

“那你们是怎么联系的？不说的拉出去枪毙！”井上逼问道。

“有时候是唐林自己带了皮子来，，有时候是我派伙计去山中唐林居住的猎屋去取的。太军饶命啊！我是良民，不敢说谎的。”汪老板吓得瘫在地上说道。

“山中的猎屋！”井上眼睛一亮。

张子龙得知唐林和鲁大虎袭击了日军的阳和机场，全歼了日军飞行员，并毁去了两架轰炸机，令其他的轰炸机短时间内已不能起飞，不由得大喜过望。日军轰炸机不断地轰炸 28 团的防御阵地，令士兵们造成了重大伤亡，早已令他头疼不已。这个消息也令28团的全体官兵们感到了振奋，唐林的神枪，简直是无所不能。更是激发了周良、刘海荣等五名神枪手在阵地上狙击日军的决心。

但是阵地上的形势发生了令人意想不到的变化，日军在失去了空中支援下，也随即停止了那种拉锯式的阵地攻防战，由日军在阵地上率先开始了狙击战，龟岛和他的狙击小队来到了阵地上。

龟岛给他刚组建的狙击小队上了几天狙击课之后，迫于伍田大佐的压力，只好先行出击，也是令他的狙击小队进行实战练习。真正的狙击手，都是在实战中磨炼出来的。从情报上得知，唐林和28团的张子龙联系密切，所以龟岛想在28团的防御阵上进行狙击，将唐林引到这里。

不过龟岛此时的主要想法是要达到他的狙击战绩，给中国军队一个下马威，对方有唐林，大日本皇军更有真正的狙击手。他内心深处此时倒不希望唐林早些出现，在他取得了一定的战绩之后，再消灭这个对手，才更有说服力和证明他的作用。

德国人对龟岛影响颇深。在德军的狙击手中，有超过射杀目标50名以上的狙击手可以得到最高的嘉奖，那就是得到党卫军头子弋林的召见，并有机会和他一起狩猎。对于龟岛来说，他也想得到这种相似的荣耀。所以必须先建立自己的功绩，得到日军最高统帅部的认可。

唐林对此时的龟岛来说，并不是第一个要急于击杀的目标，他要等到一个恰当的时机，再将这个令日军士兵感到恐惧的对手消灭，以证明他自己的存在价值。

龟岛的到来，令中日双方的阵地上笼罩了一种异样的气氛。龟岛得知，对面中国的阵地上已有枪法准确的射手出现了，并给日军造成了一定的伤亡。龟岛对此则表现得很淡然，在他的心目中，目前的中国狙击手中，他只有一个对手，那就是唐林。

这天晚上，龟岛只身一人持了配置有夜间狙击专用的“吸血鬼”红外线夜视镜的G43半自动狙击步枪摸到了28团的前沿阵地。他要在自己第一次的狙击生涯中进行一次狙击表演。证明日本皇军中的真正的一名凶猛强悍、各方全能的狙击手正式出现了。

一个人的狙杀

乌云遮住了月光，天地间一片黑暗笼罩，一种危险在朝28团的防御阵地悄然逼进。

红外线夜视镜中清晰地出现了一名中国士兵的影子，那是一名前沿阵地上的哨兵。龟岛瞄准了这名士兵的头部，并锁定在了太阳穴上，在冷笑中轻轻地扣动了扳机。

一声清脆的枪响在黑暗中爆出，那名中国士兵栽了下去。他想象不到，在这般黑暗中，日军竟能实施精确的射击。

14具28团士兵的尸体排放在地上。

“团座，日军也派来了一个狙击手，并且这家伙的枪法比唐林的还霸道，专打眉心和太阳穴。昨天晚上摸到了我军前沿阵地，14个兄弟就这样被他射杀了，这家伙在黑夜里开枪比白天时还他妈的准！而且像鬼似的一样精，折腾了我们一晚上，火力四处出击，连他的影子都没见着！”四连长袁和成站在那里，垂头丧气地说道。

张子龙惊讶之余，感到了事态的严峻，随有所悟，点了一下头道：“是专门对付唐林来的，先拿我28团立威了！告诉阵地上的弟兄们，以后一定万般小心了，尽可能地隐蔽好，不要再成为这名日军狙击手的靶子了。马上派人去找唐林，请他火速前来支援，告诉他，他真正的对手到了。”

“等等，不！”张子龙随即取消了自己刚下的决定。

“唐林的优势在于他的游猎，日本人即使派来了世界上第一流的狙击手，找不到唐林，对他也构成不了威胁。对方在阵地上狙击我28团，意在将唐林引到这里，不能上日本人的当。况且唐林游击猎杀的作用远远大于在阵地上对日军的狙击，不能因为我28团在阵地上遭到了日军狙击手的狙击，就将唐林调过来。这种阵地上的狙击方式，也不是唐林所擅长的，我们不能将这种危险强加于他。就让我们和日军的狙击手比试耐力吧，这也是两个民族耐力的比赛，看谁能坚持到最后。”张子龙郑重地道。

“团长，由我们对付他吧。”周良一旁说道。

“这是一个可怕的对手！能在夜间准确地击中目标，说明他的步枪上配置了特殊的夜间狙击装备。所以我们不能和他在夜间对抗，避开敌人的这种优势，在白天找到他并击毙他。看来我们和日本人在阵地上要进行一场狙击战了，唐林虽然不在，我希望你们要发挥出中国军人的气魄和智慧来，将日军派来的这名狙击手消灭掉。”张子龙说道。

“放心吧团长，我们不行还有唐林呢！”王大力说道。

“此事先不要通知唐林，对方的狙击手在阵地上出现，就是我们军人的事。如果真的有一天非需要唐林不可，我希望他们之间的这场对决是在山林中，而不是在阵地上，毕竟来者不善！”张子龙忧虑道。

龟岛第一次狙击就射杀了 14 名中国士兵，令他无比兴奋。虽然日军阵地上的观察哨在夜晚无法观察到和统计他的战果，龟岛对此也不以为意。他随即给他的狙击小队下了命令，天亮之后开始进入阵地对中国士兵进行全面狙击，以继续扩大他的战果。

此时周良、刘海荣、王大力、张力发、李石头五个神枪手已经到了 28 团的前沿阵地上，他们却不知道，现在所面对的不仅是一个狙击手，而是 10 名神射手。

在一处战壕里。

“唐林不在，我们也行。我就不信了，还对付不了一个小鬼子！”李石头满怀信心地说道。

周良说道：“从昨晚的情形来看，对方不是一般的角色，枪法极准，我们不可太大意了。现在分散隐蔽好，并彼此掩护，不要轻易地暴露所在的位置，现在看我们的了！”

这时“砰砰”从日军阵地方向传来两声枪响，接着刘海荣从一旁爬了过来，说道：“妈的！不对头，刚才我用步枪挑起一只钢盔和一只军帽都被射穿了，从弹孔判断子弹是从两个方向射来的，小鬼子的狙击手来的不只是一个人。”

“我们也不是一个人，现在就看谁更厉害了！”周良说道。随即一挥手，五名神枪手分散潜伏去。

此时两边的士兵们都到了掩体里，静待双方狙击手的对决。只有观察哨在隐蔽地观察双方有可能暴露的目标，以及时地传达给狙击手进行射杀。阵地上一片宁静，却暗伏着无穷的杀机。

一个人的狙杀

四顶山。

阳和机场以及半路上的遭遇战，令四顶山原有人马损失惨重，要不是有游击队的及时掩护，就全军覆没了。李娟的牺牲，令唐林无比悲痛，这个如小妹妹一般的女孩子，是为了掩护自己撤退而牺牲的。唐林回来后，跟罗妹讲起了李娟的事，也令罗妹感激之余，悲伤不已。这次意外之后，唐林和四顶山的人马暂时取消了一切行动，进行修整。

唐林回到四顶山的第二天，便下山找到了布里庄游击队的驻地，见到了刘勇，告诉了他李娟牺牲的事。刘勇和游击队员们闻此噩耗，皆自悲伤不已。为了掩护唐林和四顶山的人撤退，游击队有七个人牺牲、五名队员负伤。

“这次行动我们虽然遭受了重大的损失，但是你狙击阳和机场日军飞行员是非常成功的。情报表明，日军的飞行员现在异常缺少，两三个月内怕是补充不来了，这对中国军队是非常有利的。本来我们游击队也接到了上级的指令，想办法摧毁阳和机场，但是敌人重兵防守，非常严密，便是接近都很难。没想到竟被你想出了个远距离狙击飞行员的法子，也只有你能做到了。”刘勇敬佩地说道。

“李娟同志牺牲了，她是为了中国人民抗击日本侵略者牺牲的。我们虽然难过，但是我们还要振作起来，继续战斗下去。唐林，希望这次事件不要影响到你的心态，同时也提醒你日后要尽量避免与日军的这种遭遇战。你只有发挥自己的特长，远距离隐蔽地狙击日军，才会给他们造成更大的杀伤力和带来极大的恐惧。”刘勇随后又说道。

“放心吧刘队长。”唐林握紧了拳头，坚定地说道，“李娟和牺牲的游击队员不会白死的，我要日本人以十倍百倍的代价来偿还！”

唐林那种凌厉的眼光和全身泛起的杀机，充塞天地，刘勇望之肃然。

四顶山。

罗妹这时候也开始学打枪了，不知是听了李娟的故事后还是什么原因，竟也产生了射击的冲动。不过她的师父却不是唐林，而是鲁大虎。唐林认为一个女孩子家开枪放炮的不合适，主要也是安全方面的担心，不想让罗妹接近这种日后有可能带来危险事，毕竟她和李娟的情况不同。

罗妹见求不动唐林，转而央求鲁大虎。

鲁大虎笑道："守着一个神枪却学不来本事！那就我来教。呵呵！日后你们两口子成了一对神枪，哪还有小日本鬼子的活头，真是要了他们的血命了！"

罗妹说道："打鬼子男女都一样的。我不要求像唐林一般，枪头子打得精打得绝，我只要打得准就行了。"

鲁大虎笑道："这好办，这大山中的一切，就是天然的靶场，练个十天半月的，就能将小鬼子的天灵盖一枪掀了去。当然，要在一米之内！"

罗妹听了，努了努嘴道："鲁大哥是不相信我们女人能打好枪的，我今天偏要证明给你们男人看。"

说着，罗妹从旁边拾起一支步枪，学着以前看唐林拉栓的动作，胡乱地拉了一下，随后闭上眼睛，双手捧着朝天就放了一枪。

"好枪法!"旁边传来了李飞的惊叹声。

罗妹睁眼看时，见一旁的鲁大虎目瞪口呆。伤势未痊愈的李飞则是一瘸一拐地朝前面空地上的一只麻雀走去，口中啧啧称奇道："闭着眼睛也能一枪将天上飞着的麻雀打下来，唐林兄弟也不及你了!"

"我……我只想放一枪试试，没想到瞎猫碰到个死耗子!"罗妹满脸难为情地说道。

鲁大虎哈哈一笑，回身于桌旁坐下，端起碗来喝了一口茶水。

"鲁大哥，现在山上兄弟们的情绪还好吧？"坐在一旁的唐林问道。

"早就没事了，并且这几天还有一些来上山投奔我们的兄弟，日后我们照样能跟你打鬼子。"鲁大虎应道。

"对了唐林。"鲁大虎又说道，"那支游击队什么来头，真是够意思，为了掩护我们撤退，也损失了七八条人命吧，比那些国军们强多了。"

唐林道："他们是共产党领导的八路军，和我们一样，也都是穷苦人出身。"

"听说共产党也是劫富济贫的，这些人打起仗来也真是勇敢，个个都不要命的。对了，我还听说他们与国军不太对付，有争天下之意。现在两方面都敬重你的神枪，日后他们之间要是打起来，你帮谁啊？”鲁大虎说道。

“他们之间会打起来吗？”唐林讶道。

鲁大虎说道：“你在山里久了是什么也不知道。在日本人来之前，共产党和国民党就明火执仗的打过不少回架哩！共产党领着穷哥们闹革命，分地主老财的钱和田地，国民党就拼命地护着，两方于是就打起架来了。由于日本人来了，他们两家于是暂时停手，一致对外。待打跑了小鬼子，国共两党还是要争的。说起来，俺的做法和共产党也有些相似呢，劫富济贫是俺拉山头的口号。张子龙看不惯了，就带兵来打，老子还不是去而复来。”

“谁能帮助老百姓过上好日子，谁就是好的政党。”唐林淡淡地说道。

“如果到了动真格的时候，游击队的那个刘队长和张子龙持枪对上了，那个时候你帮谁？”鲁大虎又问道，好像得不到一个明确的答案，他浑身不得劲似的。

“不知道！”唐林摇了摇头。在鲁大虎的追问下，唐林第一次感到了茫然。

“要叫我，我就帮游击队。”鲁大虎说道。

两天后，唐林独自返回了大山中，他要赶回山中的猎屋，去取一些隐藏在猎屋中隐蔽处的那种可起到神奇消声作用的“息声粉”和部分延长子弹射程的雄鹿血的干末。他还要继续战斗下去，为了李娟，为了被日军杀害的人，更为了这个国家和民族。

行走在山林中的感觉，令唐林好像又回到了以前那种无忧无虑的生活中，之前一系列猎杀日军的行动，是如做了一场梦而已。唐林感慨之余，摇头一叹。知道这场梦还要做下去，他并没有厌倦猎杀日军的行为，而是对往日生活的留恋。那里有他一切美好的回忆，只是被这种突如其来的战争打断了。

唐林居住的猎屋建在一片树林的后面 ，背靠悬崖，不但能遮挡些强劲的山风，位置也自隐蔽，一般人是找不到这里的。这几间木制的猎屋是唐林父亲在世的时候选址建造的，也是为了防范山中土匪和野兽的袭击，只有一条小路通向里面，一条步枪就可以守住，对方便是有几十人也难逼进一步。

唐林走到那片树林前面的时候，天色已有些暗了。忽然，唐林停了下来，他发现那条通往林中小路上的一些杂草有了改变。自从开始猎杀日本人之后，为防万一，唐林每次离开的时候，都会在这条唯一通向猎屋的小路上临时做些暗记，一旦有外人经过，那些暗结的草扣便会变化。

“有人来过！”唐林肯定了自己的判断，这不像是野兽意外经过的痕迹，尤其令唐林吃惊的是，一排暗结的草扣都松动了，来的人可不是少数，并且只走了进去，到现在还没有走出来。因为他发现路径上的杂草都是朝里倒伏的，那是人向里走趟过的迹象。心细如发的唐林可以感觉到山林中微小的异常变化。

“是日本人到了！”一念即定，唐林迅速退后，披上了“百缕衣”消失在了林木中。

这伙人员不在少数的人一定是日本人，否则不会有其他的人来这里。唐林明白，知道这处猎屋的人，除了死去的姐姐唐翠和老猎人杨立山，还有就是镇上汪记皮货铺的汪老板和他店里的一名伙计。那是以前唐林为了方便起见，告诉汪老板的，可以不定期地派人来取自己存放在猎屋中的野兽的皮子。

看来是日本人找到了汪老板，汪老板出卖了自己，并将日本人引到了这里。唐林此时并没有责怪那个汪老板出卖自己的行为，在这种非常时期，倒是可以理解他的。日本人酷刑逼迫人的手段，可以令一个意志坚定的人出卖自己的父母。唐林感到惊讶的是，能敢再到山林里寻找他的日本人，一定不再是普通的士兵，应该是日本人的那支别动队到了。

唐林意识到了危险的存在，这伙强大的敌人必是有备而来。好在自己没有贸然走进去，否则在靠近猎屋的时候，即使感觉到了危险的存在，也必是进入到了对方的伏击范围之中，再想退后可就难了。这队日本人应该到了有几天了，他们仍旧暗伏不动，可见是有着非一般忍耐力的人，一定要将自己等来不可。他们也可能从猎屋中的物品上判断，自己是不定期的经常回来。

日本人既然已经找到了家里，来势再强大，也要解决掉他们，因为这里是自己熟悉的山林。在山林中，唐林从来没有畏惧过什么。

唐林绕到了那座悬崖的后面，从这里攀登上去，可以清楚地看到猎屋周围的一切环境。也可作为一个制高点，居高临下射杀隐蔽猎屋周围的敌人。这是一座孤立的悬崖，四壁陡峭，一般人是攀登不上去的，所以在先前即便有敌来袭，也上不去，进而威胁不了猎屋的安全。唐林的父亲选址在这下面修建猎屋，也不是没有考虑的。

并且这座悬崖也是唐林少年时的一个刻苦训练场地，父亲逼着他徒手攀岩，练就了另一种绝地逢生的本事。

然而唐林在这里却发现了一条从上面垂直下来的绳索，说明已有敌人潜伏在上面了，敌人也发现了这座悬崖的重要性，自己想到的，敌人也想到了，果然不是一伙简单的敌人。

唐林又绕到了另一侧，背了步枪，深吸了一口气，然后两手抓紧了凸起的岩石，朝上攀去。他仍披着“百缕衣”，这样可以令自己在上攀的过程中不会暴露身形。必须将上面的人除掉，抢占这座制高点。

这座悬崖唐林曾从不同的方向已不知上下多少次了，所以熟悉每一块岩石，知道它是松动还是坚固。但唐林还是小心翼翼，生怕不慎碰掉一块石头，朝下滚落的过程中惊动对方，自己可就成了悬在半空中避无可避的日本人的活靶子了。

唐林终于攀上了崖顶，慢慢探出头来，发现平坦的崖壁顶端果然静卧着两个穿着日军军服的人，他们面对猎屋的方向，背对着唐林，距离有二十米远。由于是悬崖顶上，身上倒也没有遮掩伪装，身形完全暴露在了唐林的面前。这两名潜伏在此的日军，不但监控下面猎屋周围的情况，起着预警作用，还兼火力制高点。在他们的前面，架着一挺轻机枪。

唐林轻身翻上了崖顶，慢慢站了起来，取下了步枪，缓步走到了那两名日军的身后，快速拉栓上膛，对准一名日军的头部就是一枪。

弹发无声，但是枪栓的活动声响和那名被击日军的垂头瘫软动作惊动了旁边的另一名日军，在他一转头察看的时候，一支幽深的枪口抵在了他的额头上。

一个人的狙杀

那是一双惊恐的眼睛，因为他看到了一个充满杀气的中国人。一名日本士兵在活着的时候终于看到了这个令日军士兵们胆战心惊的魔鬼杀手。他此刻就站在眼前，不过是持着步枪指着他的头部。这个风一般的中国人，简直就是神兵天降。

唐林仅仅给了这名有幸看到他真正面目的日军士兵几秒钟的机会，在他恐惧和惊讶的感觉还未达到最大限度的时候，便扣动了扳机。

唐林望了望这两名日军士兵的尸体，眉头皱了皱，他发现这两名日军不像是别动队的人。此时的唐林还不知道，暗伏在此欲袭击他的这队日军，是那井上率领下的崎川卫队。

那个崎川中将在视察小孤山日军军营时被唐林超远距离一弹射杀之后，其卫队原有的大部分人员已分调他处，只有卫队长井上率 18 个人精干人员留了下来，他们要找到那名中国猎人为崎川报仇。崎川的死对他们来说是失职和耻辱，他们这些骨干人员本是要集体剖腹自杀殉职，以表示对崎川的尽忠，但是他们要先杀了那个中国猎人。

井上卫队长从那个汪老板口中得知唐林在山中有处猎屋之后，便已生出了偷袭的想法。时值传来唐林率人攻击阳和机场，将飞行员全部射杀殆尽。井上震惊之余，没有犹豫，立刻率 18 名卫队成员押上汪老板进入了山林，在唐林未及时赶回猎屋之前暗伏那里，静候唐林归来，再实施围攻。

崎川卫队的这些骨干成员们，虽然个个身手不凡，但在崎川身边久了，不免也有些养尊处优，在猎屋周围暗伏了三天三夜之后，便有四个人受不住山林中潮湿的侵蚀生了病，此时都躺在猎屋中的木床上。井上坐在一边，也有些烦躁。但他们没有撤离，认为唐林一定会回来的。他们果然从猎屋中的一些物品摆放的迹象观察得知，唐林是经常回这里的。另外还发现了几条步枪和部分子弹。

那个带路的汪老板蜷缩在角落里，心中不断地在祈求："唐林，千万别回来，日本人等在这里要杀你呢！"

井上等人带来了部分食物，又从猎屋中发现了一些腌制的腊肉和部分粮食，所以不顾生病的队员，仍在坚守。15 名卫队成员散布猎屋周围隐蔽，只等唐林出现，群起而围杀。

唐林处理掉了崖顶上两名日军，在一边发现了一些食物罐头和几只军用水壶，知道这些日本人是要在此打持久战了。唐林先回身将垂于悬崖下的绳索收了上来，防止再有日军偷袭上来。然后趴在崖上观察下面的猎屋。那里倒是静悄悄的，熟悉这里一切的唐林只发现了三处可疑的变动点，知道有人潜伏在那里。此时还不知对方到底来了多少人，唐林倒也没有贸然出击，以防惊动对方。他要等待，等到暗伏的日军忍耐不住的时候，自会暴露所在的位置，到时再一一射杀。寂寞中的潜伏，唐林早已在这方面磨炼出了超强的耐力，况且对方已潜伏有几天了，他们等待不及的时候，会失去耐心的。到那时，自己才有机会和这些来者不善的日军们一搏。

山林中已暗了下来，风起林动，树叶沙沙作响，远处又传来了几声狼的嚎叫，一切倒显得自然，只是杀机暗伏。

一名生病的日军捂着肚子从猎屋中走了出来，蹲在一处草丛中开始了腹泻。随即从一旁的草丛里站起了一个挎着冲锋枪的人，骂了几句日语，避开去，隐身到另一侧去了。又一个日军隐蔽点暴露了。

唐林心中暗暗吃惊，这些日本人除了机枪就是冲锋枪，装备如此精良，不亚于那支日军别动队的。他们对自己的威胁，要远远大于先前的那支搜山部队。

井上在门窗全部封闭的猎屋中焦躁地来回走动，明天就是第四天了，唐林仍没有出现。他终于失去了耐心，呵斥怒骂着那四名生病的卫队队员。

“唐林的再不回来，你的，死了死了的！”井上又开始迁怒汪老板道。

“太君！”汪老板愁眉苦脸地说道，“不行我们就回吧，唐林也不经常回这里的，以前便是在山中狩猎，也是十天八天的不回来一次。现在他到了山外面，更没准了，一两个月不回来也是正常的。再等下去，我怕这些生病的皇军们扛不住的。”

“住嘴，就是剩下一个人，也要等到那个唐林的回来，不杀了他，我们的不罢休的。”井上怒斥道。

汪老板再也不敢吱声了。

一晚上的时间过去了，天色也渐渐亮了。唐林在一夜居高临下的观察中又发现了两处日军潜伏点，一共有六处日军潜伏的位置暴露了。猎屋中不知还有多少日军。

唐林决定开始行动，因为他忽然意识到崖顶上的这处制高点，应该是日军重要的监控和火力位置，天亮之后，下面的日军一旦与这上面失去了联系，便会围攻这座悬崖的，自己可就走不掉了。这队日军若是携带了炮火之类的重武器，几发炮弹打上来就能将自己解决了。

机警的唐林，能考虑到任何可能发生的意外。

唐林用手中的莫干纳辛式步枪开始了射杀，瞄准镜中清晰地呈现出了潜伏日军的身形，看到了几张疲倦的面孔，还有两个是背朝着他的。子弹无声射出，暴露位置的六名日军也在莫名其妙中失去了生命。仍然静静地卧在那里，只是变成了尸体。

唐林随后收了步枪，转身正要翻下悬崖去，又忽然想到了什么，忙将自己的外衣脱了下来，给一名昨日被自己击杀的日军的尸体换上，并将对方的皮鞋袜子和军帽脱了，然后将其拖到了一侧悬崖边上，尸体半悬空地放置了。只要下面的日军对悬崖上面发起攻击，这具尸体便会被炮火掀落崖底，这侧崖底很深，人下不去的。唐林是要制造自己被日军攻击时的炮火击毙的假象，令他们放松警惕，以在他们放心离开的时候，在另一方向狙击他们。

唐林轻轻地攀滑下了崖下，转身迅速离去。他又绕到了那片树林的前面，准备在这里守住那条外出的小路，给予出来的日军最后一击。

不出唐林所料，天色大亮之后，下面的日军与悬崖上的两名日军失去了暗号联系，意识到出了问题。随即，那六名在潜伏中被击毙的日军尸体也被发现了，并确认了头部中弹的弹孔方向均来自崖顶。

惊怒的井上没想到自己会遭到唐林的反偷袭，立即指挥卫队朝崖顶进行了猛烈的攻击。他们带来了几门掷弹筒，炮弹都准确地落在了悬崖顶端。

一阵炮火之后，四下又恢复了平静，攻击中没有遭到唐林的反击，应该将他杀死了。井上随后率人察看，在一侧幽深的谷底，看到了一个穿着中国老百姓衣服的尸体，全身血肉模糊，应该是那个唐林了。

井上等十一名日军欢呼起来，俱是泪流满面，他们终于为崎川中将报了仇。那个汪老板则瘫坐地上，懊悔不已。

“这个魔鬼唐林终于死了！我们为大日本皇军立了一件奇功！伍田大佐那边也可以放心了，我们为崎川中将报了仇了！”井上显得有些激动地道。

“天皇万岁！”日军们又一阵欢呼。

守在树林外面的唐林，在望到悬崖顶端遭到炮火轰击之后，随后闻得日军的欢呼之声，知道自己的计划成功了，脸上呈现出了一抹冷笑。

大功告成之后的井上，如释重负，不再管那个坐在地上的汪老板，率了十名卫队队员兴高采烈地离开了猎屋，朝树林外面走去。他们此时已没有了剖腹谢罪的念头，幻想着日军最高统帅部给予他们的嘉奖，因为他们消灭了这个令日军士兵们闻风色变的无影杀手。

林中的小路上出现了十一名形色憔悴，却又兴奋异常的日军，他们在哼唱着一首日本歌曲，在庆贺着自己的凯旋，完全没有了警惕。有两名日军甚至扔掉了手中的冲锋枪，边走边手舞足蹈。得意忘形便是这般了。

这队日军的情形，令唐林颇感意外，冷笑之下，举起了步枪开始从后面逐一射杀。

沉浸在兴奋之中的日军，根本没有意识到死亡已经降临了。走在后面的两名日军接连倒去，柔软的草丛托住了他们的尸体，令走在前面的日军竟没有发现后面的异常。

又一名日军倒去，死亡一瞬间的惊恐，令他意识到了那个无形杀手的复活，抬手欲示警前面的队友，可惜已无了任何的力气，整个身子瘫软下去。

唐林步枪内的五发子弹射尽，五名日军随之毙命，剩余的六名日军终于感觉到了不对劲，脚步停了下来，嘴里哼唱的歌也止了。

就在他们还未缓过神来的时候，唐林已从他们后面的草丛中站起，举着手中的驳壳枪“砰砰砰”开始了近距离快速射杀。他先是让过了那两名丢掉武器的日军，接连射穿了四名持有冲锋枪的日军的头部，包括那个井上。四具已成了尸体的日军没有立即倒下，还在保持着一字的队形。

“欢迎到我的猎屋中做客！”唐林微笑着未做丝毫的停留，转手又点射了那两名没持有武器的日军的前额。他们听到枪声后，明白发生了什么，刚刚转过身子，还未及有所反应，便又遭到了无情射杀。面对日本军人，不管他有无武器，都是唐林的必杀目标，因为他们面对手无寸铁的中国百姓，一样无情。

耸立着的六具尸体，开始依次倒去。在他们死亡前的瞬间，可能已经明白发生了什么，这个传说中的影子杀手，果然是无所不在，他是永远杀不死的。死的只能是他们日本军人。

018 阵地阻击战

唐林终于将这支崎川卫队全体歼灭，这让他感受到了一种痛快和放松。

忽然，唐林一个翻滚，快速地躲进了草丛中，因为他又听到了树林中的脚步声，以为后面还有日军。一惊之下，也自冒出了一身冷汗。后面的日军若是朝他及时地进行攻击，此时不知身中多少弹了。

树林中走出了一个踉踉跄跄的人影，却是那个汪老板。望着前面地上横七竖八地躺着井上等那十一名日军的尸体，不由惊呆在了那里。

“汪老板！别来无恙！”唐林从草丛中站了起来，微笑道。

“唐……唐林！”汪老板明白了眼前发生的这一切，他终于认识到了这个他所熟悉的猎人，是多么神奇，多么厉害。

“我……我对不起你！”汪老板跪了下去，老泪纵横，捶胸大哭，愧疚之情令他无颜面对眼前的唐林。

唐林见了，摇了摇头，上前扶了，安慰道：“这不怨你，况且你引不来这些日本人，我也没有机会杀他们的。”

“唐林！呜呜……”汪老板已哭得说不出话来。

“好了！好了！”唐林笑道，“我不会怪你的，我知道这是日本人逼你的，我们是朋友，日本人才找到了你，我现在没有出事，你也没有出事，大家一切安好！这就够了。”

“你别说了唐林，为了活命，我他妈的竟然做了一次出卖中国人的汉奸，我还有什么脸面存活于世，你一枪崩了我吧。”汪老板痛哭流涕道。

“你不是汉奸，你是一个好的生意人，这我知道。这次是个意外，怪不得你，换了别人也会这么做的。你的本意是不愿这么做的，所以我不怪你。”唐林好说歹说，才止住了汪老板的哭泣。

“唐林，我知道我这次错了，请你放心，不会有下次了，日本人就是杀了我全家，我再也不会做出这种汉奸的事了。我的命以后就是你的了。”汪老板抹去眼泪信誓旦旦地说道。

“其实我也应该谢谢你的，这队日军不一般，是专门对付我来的，借这个机会消灭了他们也好，否则也会找我麻烦的。对了，他们一共来了多少人？都在这里了吗？”唐林说道。

汪老板说道：“一共十九个鬼子，猎屋那边死了六个，这里死了十一个，还有两个悬崖上的，应该也被你干掉了吧，否则他们不会朝上面放炮的。”汪老板应道。

“这我就放心了！”唐林松了一口气。

唐林和汪老板将那些日军的尸体拖进一道山沟里，简单地埋了，归拢了一堆武器，准备回四顶山后叫人来取以装备鲁大虎的人马。汪老板感激之余随后告别离开了，唐林提醒他，为防意外，他全家人还是先避一避为好。

回到四顶山，唐林便将在猎屋和日军遭遇的事说了一下，吓得鲁大虎出了一身冷汗。见唐林安然无恙，更加敬佩之余，庆幸不已。

“妈的！小鬼子竟然还敢找进山里来，一定是我们打飞机场的事令小鬼子急红眼了。看来我们还得要多干他几家伙，让小鬼子更不得安生。”鲁大虎嚷道。

“我们上次行动损失不小，还是先休息些日子再说吧。这队日本人来历不明，不像日军别动队的人，我从他们衣服上找了些东西，准备找28团的张团长，让他辨认一下。看看是哪支针对我的部队，为了对付我，竟然潜伏山中三四天。应该不是支普通的日军部队。”唐林说道。

鲁大虎说道：“怎么，找到是哪支小鬼子的部队，你还要找上门去大开杀戒？”

唐林道：“那倒不是，我只是感觉这些日本人不是一般的士兵，他们千方百计地找到我，一定是有某种原因。当然了，我杀的日本人太多了，这是他们采取的特别报复行动也说不定。”

“唐林，你现在杀了多少小鬼子了？”鲁大虎感兴趣地问道。

唐林说道：“我哪里记得清，不过五六百人倒是有了吧！”

“好样的！真是杀人如麻啊！”鲁大虎惊叹道。

“我杀的是野兽！”唐林淡淡地道。

龟岛率领他的狙击小队开始了在阵地上对中国军队的狙击战。由于他在一晚上射杀了 14 名国军士兵，已令 28 团有了防范，并派周良、李海荣等五名神枪手前来对付日军的狙击手，双方阵地上已很难再见到普通士兵的影子。两边潜伏的射手都在寻找对方的破绽，随时给予致命的一击。

龟岛在战壕中隐蔽移动，凭借手中先进的 G43 半自动狙击步枪和他的机警敏锐，还是先行射杀掉了 28 团两名在掩体中进行隐蔽观察的观察哨兵。并且在故意暴露位置的情形下，引诱王大力对他进行射击，抢先 0.1 秒将王大力射杀。

周良等人手中持的是普通的中正式步枪，而非专用的狙击步枪，在一个真正受过特殊训练的狙击手面前，显然是处在了下风。

李海荣移动到了周良身边，忧虑地道：“这个日本人简直和唐林一般厉害，应该是这些日军狙击手的头，我们认为最安全的地方，都能成为他成功狙击的目标，两处隐蔽的观察哨没了。王大力也失手了，对方出枪太快了，甚至在王大力未暴露之前便锁定了他。不能这样下去了，否则我们几个都要报销的。28 团的阵地也就成了日本人的靶场了。”

密切注意前方的周良没有说话，忽然开了一枪，随即迅速地滑到了战壕里，脸色呈现出兴奋道：“终于干掉了一个！这个小鬼子可能身上生了虱子，无意中动了一下，被我发现了，没有给他任何机会。”

李海荣听了，高兴道：“好样的！”

周良道：“不管对方有多厉害，也不要怕他们。有我们在，就能在一定程度上保证阵地上其他兄弟们的安全。想让我们 28 团的阵地变成这些日军狙击手的靶场，没那么容易！我们也不是吃干饭的！”

被周良射杀的这名日军狙击手叫田中进二，子弹击穿了他的颈部。田中进二的死令龟岛颇感意外，他连忙将附近的几名日军狙击手召集到了一处掩体里，进行战地指导。

龟岛说道："田中君的牺牲在于他隐蔽得不到位，我刚才看了一下，在他的身上发现了几只蚂蚁，记住，这种外部因素的干扰丝毫不能影响我们的注意力和忍耐力，因为这种无意中看似轻微的疏忽都是致命的。并且对面的这名中国射手很机警，一击得手之后，迅速隐去。要是他再慢一点，也就没命了。"

"难道说是那个唐林来了？"中村一旁说道。

"不！"龟岛摇头道，"要是那个唐林在这里，我们现在至少还要损失两个人，也就是你们其中的两位。我仔细地研究过这个唐林的资料，他在以往狙击皇军士兵的过程中，简直说是在一种无形中进行的。他将自己的隐蔽看作是至关重要的，任何时候都无法确定他的存在，因为他无所不在。从迹象上来看，我们现在所面对的这些中国士兵，不是普通的士兵，应该是从中国军队中挑选出来的高手。我现在命令，就当那个唐林已经到了这里，此后的每个目标都看作是唐林，我们每时每刻都处在这个中国猎人射杀的危险之中。所以，更要万般谨慎，要么你杀死对手，要么对方杀死你。"

"都去吧！"龟岛说完，一挥手。

"嗨！"那几名日军狙击手恭敬地应了一声，自各散去。

"中村君，你留下！"龟岛唤住了中村。

"龟岛君，有何吩咐？"中村上前说道。

"你在这里领导狙击小队在阵地上对中国军队的狙击，我要离开。"龟岛说道。

"遵命！可是龟岛君不在这里狙杀中国士兵完成你的梦想，难道是要自己去寻找那个唐林吗？"中村茫然道。

龟岛深沉地说道："这个唐林给了我很多启发，我们也应该从这个强大的对手身上学习一些有用的东西。他独特的游猎猎杀方式令我们大日本皇军遭受到了重大的损失，事实证明，这种游击式的狙击战术是行之有效的。我们不妨借鉴一下。中国人有句古话，以其人之道，还治其人之身！中国人永远是我们最好的老师，我们只要学习对我们来说最为有用的东西即可。

唐林游走不定，难寻其踪迹。我希望以这种猎杀的方式在某个地方遇到他，进行一场我们两个人之间的巅峰对决。无论谁死在谁的手上，他都是最光荣的。”

“这个唐林的出现，是这场战争造就了他。但他不是最专业的，有许多弱点，龟岛君完全可以击败他，这一点我深信不疑！”中村说道。

“不！”龟岛摇了摇头，认真地说道，“到目前为止，我还没有发现唐林的任何弱点，他简直是一个天生的最为完美的狙击手！他可以在不可思议的超远距离上精确地射杀目标，更为可怕的是，他射出的子弹是无声的，这是我百思不解的地方。不知他在步枪上装置了什么先进的消音设备，可以令他隐遁无形。这些是德国王牌狙击手都难以做到的，而他做到了，实在是不可想象。还有重要的一点，他除了用手中的步枪进行狙击，同时也是在用他的智慧进行狙击。这一点是最为可怕的，因为他的思维是以一种不合常规的，甚至是以一种猎人的思维去思考他所要猎杀的目标。”

“龟岛君不也是一名来自北海道最优秀的猎手吗？应该熟悉唐林这种猎人的思维，进而找出他的弱点所在，去消灭他。”中村说道。

“你说的不错，所以我要去找他了，以猎人的方式去对付猎人，看看到底谁是最终的猎物。我现在真的是有些迫不及待了。在找到他之前，我也要给予中国军队沉重的打击，搞他个天翻地覆！唐林能做到的，天皇殿下的士兵也能做到，甚至比他做得更好，我要让中国人明白，大日本皇军狙击手才是世界上最优秀的狙击手！”龟岛扬起他的脸，坚定地说道。

“中村君，你还要记住一点。作为一名真正的狙击手，是冷酷无情的，为了能消灭他的目标，是要不择手段的。狙击手的战绩，只看结果，不看过程。”龟岛最后说道。

唐林来到了定河县城28团指挥部，张子龙不在，团参谋吴飞接待了他，告诉唐林，张子龙到师部开军事会议去了。

唐林将自己从井上卫队尸体上摘下的部分领章递给了吴飞，说是有一队日军找到了他在山中的猎屋，准备伏击他，但被自己全部歼灭了。吴飞惊讶之余，接过那些日军的领章，看后，吃惊地道："这些可都是日军军官啊！应该不是别动队的人。"

"我想起来了！"吴飞恍然大悟道，"这些日军可能是崎川卫队的人，前几天我们接到情报部门传过来的一份情报，那个崎川中将在小孤山日军军营被你击毙之后，他的卫队中的部分骨干成员没有离开，执意找到你为崎川报仇，从你所述对方的装备和战斗力来看，应该是崎川卫队无疑了。团座还特别指示我，要我通知你，要注意这队日军。"

"唐林，你真是好样的！你竟然一个人干掉了崎川的一支卫队。"吴飞随后惊叹道。

唐林笑了笑道："管他们是什么人，只要找上门来，照杀不误。"

"对了，唐林……"吴飞欲言又止。

"吴参谋，什么事？"唐林问道。

"怎么说呢，本来这件事团座有命令是不让告诉你的，可是现在不告诉你是不行了，我们28团的防御阵地上急需你的帮助。"吴飞犹豫了又犹豫，还是下定了决心说道。

"阵地上怎么了？"唐林讶道。

吴飞说道："日本人派出了一小队专业狙击手，在我28团的阵地上开始了对我军士兵的狙击。昨天从阵地上传来消息，仅仅几天的时间，王大力、李石头、刘海荣三个神枪手和十一名士兵遭到了日军的狙击牺牲了。并且在这之前，一名日军狙击手在夜间摸到了我军前沿阵地上，竟然在黑暗中射杀了我们十四名兄弟。种种迹象表明，这小队日军狙击手是针对你来的。"

"兵来将挡，水来土掩！为什么不早些通知我，让我来对付他们好了。"唐林意外之余，毅然道。

"这是我们军人的事，由我们来应对吧。"门外响起了一个浑厚的声音，张子龙大步走了进来。

"团座！"吴飞见了，为自己的违令，忙低了头去。

"张团长！"唐林上前迎了。

“唐林，你来得正好，告诉你一个好消息。现在在太平洋上的日军被美国人打得节节败退，已经开始退守本土了。在中国战场上，有的战区也已经开始了对日军的大反攻，近八年的抗战，我们终于看到胜利的曙光了！”张子龙兴奋地说道。

“我就知道日本人在中国待不长的！从哪里来回哪里去！既然如此，请张团长派我去阵地上吧，听说日本人派来了什么专业的狙击手，我倒要领教一下他们的枪法。”唐林说道。

张子龙责怪地望了一眼吴飞，然后对唐林说道：“军事上的事就由我们军人来对付吧，况且你真正的作用不在阵地上，那里也比较危险，安全上没有十分的把握，我不想你去冒这个险。”

“没关系，我会小心的，吴参谋刚才也对我说了，对方是针对我来的，我不露面，岂不是令日本人失望。我倒是想看看，日本人的狙击手是什么样的货色。”唐林说道。

见唐林如此坚持，张子龙考虑了片刻，只好说道：“好吧，不过你既然到阵地上，就要按军令行事，什么时候叫你撤下来，必须撤。”

唐林笑道：“遵命！”

“真是拿你没办法！”张子龙摇了摇头，然后认真地说道，“唐林，你这次可能是遇到麻烦了。我刚在师部看到了一份重要的情报，知道吗！你四处游猎射杀日军，尤其是击毙了那崎川中将，已惊动了日军在华的最高统帅‘中国派遣军总司令官’岗村宁次。他特地派来了一名专业狙击手前来对付你。”

“哦！也没什么，日本人对我采取的行动多了去了，多来几个也不妨。”唐林不以为意地道。

“不！唐林，这次不一样，据情报上说，岗村宁次亲自派来的这名狙击手名叫龟岛，也曾是一个猎人，并且是从德国专门训练狙击手的图普塞塔乐艾普狙击学校毕业的。这是一个接受过特殊狙击训练的杀手，不比寻常，千万不可大意了。师部的长官对我说，不行先让你避开这种危险，抗战快要胜利了，不想给日本人这个复仇的机会，主要的是不想令岗村宁次的这个计划得逞。因为你现在的影响力太大了，不想你在这最后的时刻出现什么意外，进而影响到全体抗日军民的情绪。所以，还是请你三思而后行！”张子龙说道。

“我有那么重要吗！”唐林挠了挠头。

“怎么，到现在你还没有意识到自己的重要性？你早已惊动了中日双方的最高统帅了，并且那个岗村宁次破天荒地亲自派来了专业的狙击手来对付你，说明你在日本人心中的重要程度已经超过了我们中国的任何一位将军了。”张子龙感慨道。

“人家既然特地找上门来了，就应该面对他，否则会令日本人以为我们中国人在最后的时刻胆怯了。所以，我是应该到阵地上去会会这个龟岛的。”唐林说道。

“好吧！那就按我刚才说的办，要严格地执行军事上的命令。唉！也是阵地上真的是需要你出现的时候了，周良他们已经支持不住了，这会影响到军心和斗志的。”张子龙无奈地道。

唐林的到来，令28团阵地上的官兵精神为之一振。

周良和张力发也感到了鼓舞，在一处掩体内朝唐林介绍目前阵地上的情况。

在简单地介绍了一番之后，周良有些茫然道：“这几天很奇怪，我感觉日军那个王牌狙击手在射杀了王大力之后没有再开过枪，海荣和石头及其他兄弟们的死都是日军其他狙击手所为。”

“你怎么能这么肯定？”唐林问道。

“根据他射击的特点，这名日军王牌狙击手都是一枪命中目标的眉心和太阳穴部位，精确得可怕！海荣他们都是身体其他部位中弹的，且在海荣中弹的同时，我也一枪解决掉了那个对他射击的狙击手。”周良说道。

“哦！”唐林听了，点了点头，感觉到这个龟岛果然不一般。并对周良的机警和及时快速地出枪感到佩服。

“对方的射手比我们多，通过这几天观察，应该在六七个以上，经验都比较丰富，一枪得手之后能迅速地转换位置。战壕里的兄弟们无意中的暴露，都避不过他们隐蔽的一击。”张力发说道。

“现在双方已停止了阵地攻防战，进入了狙击战，这也是日军有意选择28团阵地，意在引你前来较量。我估计，那名日军王牌狙击手是专门在等你来的。”周良说道。

“那么就告诉他，我已经到了。”唐林淡淡地道。

唐林随后和周良、张力发来到了前沿阵地上一处隐蔽的观察点，这是在一座掩体内通过一条狭长的细缝观望前方日军阵地上的动静。唐林要对日军阵地有个全面的了解。

唐林持了望远镜观察了片刻，视野中除了一些日军的工事外，见不到任何日军士兵的影子。

“注意正前方300米外的那座土包后面，还有右前方260米外的那片草丛，这两处地点都应该成为日军狙击手的潜伏位置，只要想办法引对方动一下，我们便能得手。他们在开枪的同时，硝烟火焰，以及周围的草木尘土都会有异常的变化，你们抓住时机一枪直中其形就可以了。”唐林一边观察，一边对身旁的周良、张力发说道。

“厉害！”周良、张力发二人心中暗暗惊叹，没想到唐林仅仅凭借观察，就能确认日军狙击手的潜伏位置。

就在这时，唐林忽然意识到了什么了，猛地一低头，随闻日军阵地上传来一声清脆的枪响，观察口处激起了一道尘土，那是一颗飞来的子弹。

唐林靠在掩体墙壁上，揉了一下鼻子道：“这个日本人的反应太慢了！”

周良惊讶道：“你怎么知道对方发现了你，并能提前躲避？”

“感觉！”唐林说道，“他一注意到我，我便感觉到了，可惜他犹豫了一下才开枪。这也影响了他的准头。记住，以后枪口一定要随着自己的视线移动，一发现对面有异常，就立刻开枪，不要有丝毫的迟疑，否则战机稍纵即逝。”

张力发有些惑然道：“这处观察点很隐蔽，日本人怎么发现你的？”

唐林望了望手中的那架望远镜，又抬头望了望外面的天空，点了点头道：“镜片反光，才被他发现的。现在时间是上午，而我们的阵地在西面，很容易造成镜片反光的现象。从现在开始，我们在上午和中午的时间里取消一切行动，只有过了中午之后再实施对日军的狙击。那种镜片反光的现象会移到日军阵地上的。我们的武器不仅仅是手中的步枪，自然中的一切事物和现象，都可以作为武器来利用的。”

“受教了！”周良和张力发敬佩道。

唐林让人找来了几捆稻草，并各自套上了一身28团士兵的军装，一端用绳子系了，叫几名士兵躲藏在战壕里牵着一头缓慢地拉动，就像有士兵在阵地上匍匐爬行的样子，以此来引诱日军的狙击手开枪，暴露他们所在的潜伏位置。

这种法子来源于唐林少年时惯用的“吊狼”狩猎技巧，那是以一支锋利的钩子挂上一块肉，以此引诱野狼前来咬钩并将其吊起来。唐林所施的一切猎杀日军的方法，都得益于他以前在山林中捕杀野兽的技巧，受其启发，灵活运用。

这种奇妙的方法令周良、张力发齐声叫绝，懊悔自己以前怎么就想不出来呢。随即，两个人和唐林开始了对日军的狙击行动。

“砰”的一声枪响，一具稻草人身上被击中了一颗子弹。与此同时，唐林一枪将一名暴露位置的日军狙击手射杀。

接着又传出了两声枪响，那是一名日军狙击手开枪的同时，被周良一个点射，击翻身形，滚到了一边。

“太过瘾了！”周良一枪得手后，躲在战壕里兴奋地喊道。

被日军击中的两具稻草人随即抛弃不用，换上新的，以令日军狙击手以为他们同时也射杀了一个目标，免得起疑，继续令他们上当。

“砰砰！”两声枪响之后，张力发那边也得手了。他高兴得他躲在战壕里捂着嘴直乐。

短短的几分钟时间里，日军就有三名狙击手被射杀，虽然说是他们也同时射杀了三名中国“士兵”，还是令那个中村感到了惊异。难道说是那个唐林到了阵地上了？中村随后又否定了自己的判断，因为在短短的几分钟时间里，被击中的三名狙击手都是被来自不同的方向子弹射中的，不可能是同一个人。可是令这个中村百思不得其解的是，中国方面的狙击手怎么会在一夜之间忽然变得厉害了呢？

接着，周良又在阳光的帮助下，在对方位置和角度恰缝其时，导致望远镜反光的一瞬间，射杀了一名隐蔽的日军观察哨，张力发也射杀了一名战壕中大意的日军士兵。唐林则暗伏不动，他的目标是日军的狙击手。

好奇心永远是人类的弱点，在战壕里拉动稻草人的一名28团的国军士兵，在周良和张力发接连得手的兴奋欢呼中，忘记了告诫，忍耐不住探出头来想观看一下日军阵地上的情形。就在他帽檐露出战壕的同时，一颗子弹击中了他的额头上部，击穿了天灵盖，身子向后惯性地一仰，站起来后，倒下。这名牺牲的士兵倒下也令那几具稻草人的作用更加以假乱真。

那名射击的日军狙击手也自被唐林一枪贯穿了头部。

中村终于感觉到了阵地上的气氛异常，他摸到了那名狙击手的潜伏位置，在后面拉了一下对方的裤角，那名狙击手却没有反应。

中村一惊之下，将那名狙击手顺势拉进了战壕里，这才发现，他的同伴已变成了一具尸体，额头上一点弹孔正在向外流出一道血线。

“无声子弹!”中村感到了一种袭来的恐怖，在自己同伴开枪的时候，他并未听到来自中国阵地上的枪声，这名同伴便无形中被射杀了，传说中的无影杀手到了。中村此时才知道，那个中国猎人，真的是已经到了阵地上了。

事情往往是阴差阳错，昨天龟岛刚离开，今天这个中国猎人唐林便来到了阵地上，那几名中国狙击手也应该得到了唐林的指点，才屡屡得手。一个下午，竟然有四名己方狙击手被射杀。这个刚刚组建起来的日军狙击小队，目前除了离开的龟岛，就剩下中村和另三名狙击手了，已经损失去了一半。中村脸上的肌肉颤动了几下，恐惧和愤怒，令他要自行改变这个游戏规则。

唐林望了望逐渐阴暗的天空，似乎嗅到了一种异样的气息，忙从潜伏位置退了下来，找到了周良，说道：“撤吧，日军今天遭受到了此等损失，也应该明白是我到了，有可能会对我方阵地进行炮击报复。”

周良听了，忙通知28团前沿阵地指挥官，以令士兵们进入掩体内躲避，随后和唐林、张力发退出了阵地。

结果他们刚刚离开阵地，日军猛烈的炮火便覆盖了阵地表面。对唐林能有这般预感和先知，令周良和张力发惊讶不已。

一个人的狙杀

唐林的到来，令中日双方在阵地上的狙击战由开始时朝日军一边倒的形势发生了逆转，

28团前沿指挥部。

张子龙在获知了阵地上的狙击战况后，惊喜道："好唐林，没想到你在阵地上也一样出色！真是战无不胜啊！看来日军这些所谓的专业狙击手，在你面前也是不堪一击的！我以前的担忧是多余了，我要给你们每人记上一大功！"

周良兴奋道："今天至少干掉了四名日军狙击手，要是唐林早到几天，早就将日本人的这支狙击小队消灭干净了。"

唐林冷静地说道："今天那个龟岛不在阵地上，我们才能如此顺手。这个人才是我们真正的对手！"

"怎么，那个龟岛不在阵地上，那么他去了哪里？"张子龙听了，眉头不禁一皱。

这天晚上，唐林将周良和张力发找到了一起，说道："趁那个龟岛目前不在阵地上，我们明天最好将剩余的那些日军狙击手一并做掉，解除他们对28团弟兄们的威胁。明天你们继续在阵地上进行稻草人战术吸引日军狙击手的注意力，我今天晚上则要摸到另一侧日军前沿阵地上去，在天亮之后，对进入阵地的日军狙击手们进行一次出其不意的打击。"

周良听了，忙摆手道："不行，这太危险了！"

唐林说道："我并不是要摸到日军阵地上去。白天我已对日军阵地的周围环境进行了仔细的观察。在日军阵地的右侧边缘地带，虽然筑有环形工事防御阵地的外围，但是那里草木比较多，利于隐蔽，并且地势也比较高，能清楚地看到日军阵地上的情况。"

张力发说道："那里虽然有些草木，但也是平坦地带，日军的炮火和工事内的火力直截控制着的，一旦被发现，避无可避。而且距离日军主阵地较远，应该有千米以上的距离，不利于狙击的。"

唐林说道："距离上不是问题，那片地带虽然危险，但是只要不暴露，

也是最安全的。日军的狙击手们不会想到我能潜伏在那里等他们的，兵贵奇出，防不胜防，才能得胜。我的子弹是无声的，射杀掉几个人也不会被发现。我只射杀对方的狙击手，别的目标也就不能管了，所以暴露的机会很小。”

周良说道：“你今晚潜伏在那里，即使不会被发现，但是想要撤离，也必须要等到天黑之后。那可是在日本人的炮口下藏上一整天不能动啊！还是太危险了。”

唐林笑道：“只要隐蔽好，这些都不是问题，如果那个龟岛在，我可能在开第一枪后就会暴露位置的，但是他不在，所以我们一定要利用这个机会将日军的狙击小队除去。剩下龟岛一人，也就容易对付了，我会将他引到阵地以外的地方和他来一场对决。他来此地的真正目标是我，所以我也要满足他这个愿望。他也曾是个猎人，猎人对付猎人，这件事情越来越有意思了！”

周良见唐林说得有理，点头道：“好吧！我们这边尽可能吸引日军狙击手的注意力，你那边若是有状况，我们也可以在阵地上以炮火来掩护你撤退。”

唐林随后睡了一觉，在午夜醒来，吃了点东西，带上一只军用水壶，然后身披“百缕衣”，手持莫干纳辛式步枪，乘着夜色，独自一人悄然离开，摸向了日军阵地右侧的边缘地带。

天亮了，潜伏在一片草丛中的唐林寂然不动，密切地观察着前方日军阵地上的动静。在他左侧三十米的地方，就是日军的环形防御工事，两座碉堡赫然耸立在那里，从里面的射击口内可以平视这片平坦地带。

唐林今天也是冒了一回险，但是也只能这么做，只要潜伏在这个位置，才使远处的日军主阵地显得一目了然。唐林知道，必须将日军的这些狙击手先行射杀掉，自己才能集中精力对付那个龟岛。这几个狙击手的存在，不仅是对28团的国军士兵，对自己也是种潜在的威胁。周良曾对唐林介绍过，那个龟岛竟然在漆黑的夜间，射杀了十四名28团的士兵，且枪法极准，只射击目标的眉心和太阳穴。这样的一个对手，应该是自己最强大的敌人。

唐林虽不畏惧，甚至感觉到了一种遇到真正对手时的兴奋，然而在心中，也对这个龟岛的到来，感到了前所未有的压力。

有日军开始进入了阵地，那是四名身上伪装了枯草和树枝的人，弯着腰在战壕里快速地移动，奔向自己的潜伏点。很明显，他们就是日军狙击手。

唐林所潜伏的位置距离日军主阵地有千米之远，在此距离上远程无声射杀对方，对方是不易察觉的。中村等四名日军狙击手，做梦也没有想到，在他们右侧的千米之外，死神早已在那里等候着他们了。中村在昨天感觉到了唐林已到了阵地上之后，命人寻找龟岛去了。他期望龟岛能尽快回来，这个中国猎人的可怕，他已经领教到了。

三名日军狙击手的潜伏位置完全地暴露在了唐林的视野之中。在莫干纳辛式步枪的瞄准镜里，加上唐林极强的目力，可以清楚地看到他们的身形，甚至于耳朵。

唐林开始了射杀，推膛拉栓的动作都是在一种轻微缓慢中进行的，以免被近在咫尺的工事内和碉堡里的日军发现。

一颗子弹无声击出，一名正在观察前方的日军狙击手，头部一颤，随即垂软在了那里。旁边战壕里的日军士兵们毫无察觉，因为这些狙击手们可以潜伏一天不动，也自没有人敢去惊动他们。因为他们正在执行特殊的任务。

阵地上仍然是那样安静，没有人知道已经发生了什么和正要发生着什么。

“砰”的一声枪响，那是一名日军狙击手击中了28团阵地上的一具稻草人。由于今天是个阴天，没有阳光，周良、张力发二人便也在上午开始了配合唐林的狙击行动。

“砰”的又一声枪响，那是周良不失时机地朝这名日军狙击手所在位置开了一枪。但是经过昨天的教训，这名狙击手在开枪之后，迅速地缩头隐蔽，避过了周良的一击。

就在他心中窥喜的时候，头部突地一震，眼前一黑，面孔痛苦地抽搐了一下，卧在那里不动了。唐林及时地补上了一枪，好像是周良的一枪已经射中了他。

周良在开了一枪之后，迅速地滑到了战壕里，以防其他的日军狙击手也如法炮制。他此时摇了摇头，知道自己那一枪并没有击中目标，对方躲避得太快了，看来也是有了经验。周良不知道，那名日军狙击手已然毙命。

周良随后又移动到了一处掩体后面，这是由几层沙袋垒成的中间留有空隙的掩体，可以观察日军阵地和射击。

但是在此时，周良犯了一个致命的错误，他担心唐林的安危，想看一眼唐林所潜伏的方向，沙袋阻碍了他的视线，便转过头来不经意探了下身子，半个头部暴露在了沙袋外面。

“砰”的一声枪响，一颗子弹击中了周良的左侧额头，他向后倒去。

开枪的是那个中村，他早已注意到了这处中国军队阵地上的掩体，知道后面是有人的，静待目标的自我暴露。一枪得手之后，他以为是射杀了一名普通的中国士兵而已，没想到是一名出色的狙击手。

中村潜伏的位置，正是唐林看不到他身形的地方，只能看到他伸出掩体外的半截狙击步枪的枪身。

唐林从刚才的枪声判断，感觉是应该击中了目标，没想到这一枪射杀的竟是周良。

唐林慢慢地移动枪口，瞄准了另一名日军狙击手。而在此时，张力发竟然与这名日军狙击手同时发现了对方的潜伏位置，“砰砰”双方同时开了枪。

唐林却领先了那名日军狙击手零点几秒开了枪。这名日军狙击手在开枪的同时已中了弹，双手一颤，子弹走偏，射到了张力发身边的沙袋上，激起了一道尘土。张力发的子弹也击中了这名日军的头部，令他同时头中两弹毙命。要不是唐林抢先开枪，张力发很有可能和这名日军狙击手同归于尽了。

双方阵地上零星枪声令中村感觉到了极大的不安，今天的气氛异常，让他感觉到压抑，似乎有种危险已经笼罩在了他的头上。在静卧了三个小时后，他终于忍不住从隐蔽的掩体内退了出来，他要查看一下其他狙击手的现在状况。

中村在战壕内爬行，他此时甚至不敢在战壕里弯腰行走了，令战壕中的其他日军士兵感觉到了惊讶。

中村移动到了一名狙击手的潜伏位置，蹲起来，伸手拍了对方一下。忽然，他的手停在了对方的身体上，因为他看到了这名狙击手靠他这侧的太阳穴上流出了一道已凝固的血迹，早已毙命多时了。

中村惊骇之下，意识到了什么，因为他发现这名狙击手所中的弹孔是来自另一个方向的子弹射中的，而不是对面的中国军队的阵地方向。

中村全身发冷起来，慢慢转过头来，望向了唐林这边。此时，唐林的步枪已将他锁定。在瞄准镜中，看到了一张惊恐得变形的脸。

中村此时明白，那个神秘的魔鬼杀手，已潜伏在了阵地的另一侧，给予他们致命的打击。可他迷惑不解的是，他所看到的方向尽是日军的工事和碉堡，那个中国人不可能潜入到日军阵地之中的。然而子弹又明明是从那个方向射来的。

中村这时感觉到了眼前有些异动，似乎有什么东西劲逼而来并钻进了脑中。他嘴角抽动了一下，感到额头有一条温热的虫子在爬行，痒痒的，顺着鼻梁进了嘴里，是一种咸咸的味道……

唐林将步枪慢慢收回，掩在了“百缕衣”下面，枕枪而卧，不再理会其他，静待天黑撤去。此时就算有搜索的日军走到近前，他也不能再动了，发现不了则罢，发现了也无可奈何。

仅存的张力发见到牺牲的周良，悲痛不已。这时候观察哨报道，日军阵地上有些异常，似乎有部队在调动。张力发听了，知道唐林那边一定得手了，已将日军狙击手全部射杀，否则日军阵地上不会变动的。随即请示28团前沿阵地指挥官，组织兵力朝日军主阵地发起了一次佯攻，以吸引日军的注意力。掩护唐林继续潜伏，天黑撤退。

双方的炮击一直持续到了傍晚才停止。中国军队的阵地上，又出现了28团士兵们活跃的身影。没有了日军狙击手的威胁，令士兵们感到了一种轻松和振奋。

唐林乘夜色掩护，悄然撤去。

一个人的狙杀

见到了张力发，意外得闻周良牺牲，唐林痛惜不已，周良的机警和敏锐，在28团的几名神射手中是最为优秀的，也是唐林最看重的一人。

唐林冒着生命危险潜伏日军阵地前沿，将剩下的几名日军狙击手尽行射杀，免去了对28团阵地上的威胁，令28团的士兵们更加敬佩不已。

019　危险的敌人

第二天一早，唐林便从前线阵地赶回了定河县城28团指挥部，向张子龙汇报战况。得闻唐林仅仅两天的时间里，领导张力发等人将日军阵地上的狙击手全部射杀尽，惊喜不已。

随后，张子龙告诉了唐林一个意外的消息，在此战区驻防的其他国军部队中，这两天忽然有超过三十名的士兵遭到了意外的射杀。一切迹象表明，应该是那个龟岛所为，这名日军的王牌狙击手竟然也开始效仿唐林，走出阵地，四处游猎中国军队的士兵了。

“唐林，你要尽可能地在极短的时间内阻止这个龟岛狙击我军士兵的行动，否则时间久了，这个日本人有可能带来和你一样的猎杀效果，这对我军是极为不利的。我已得到师部的命令，全力配合你找到并击毙这名日本人，不能再让他继续下去了。”张子龙忧虑地说道。

“没想这个日本人也会这么做！你们找不到他的，就让我对付他吧，这也是这个日本人证明自己和激我出来的方式，最后的目标是我。”唐林沉静地说道。此时唐林也清楚地意识到了这个对手的可怕，这个日本人好像在研究他并了解了他，更以他不愿看到的方式来激怒他。

张子龙郑重地说道：“从师部那边劫获并破译的几封日军的电文中得知，日军最高统帅部对这个龟岛极为重视，接连几次命令他务必在短时间内消灭你，所以这个龟岛在用你的方式引你出来，并乘机大肆杀戮我军士兵。这是一个和你一样的高手，万不可轻敌。可以这么说，现在在此战区，敌我双方的注意力都已经集中在你和这个日本狙击手的身上了。最终的胜负直接影响到双方军队的士气，战争已经到了最后的关键时刻，我们希望战无不胜的神枪唐林能坚持到那最后胜利的时候。”

“我会的！”唐林宽慰地笑了一下道，“战争结束的时候，我也希望这个龟岛是我最后的猎杀目标。”

唐林又摇头笑了笑道：“没想到会引来这么一个日本人！也好！我要看看这个日本猎人，怎样成为我枪口下的猎物。”

张子龙说道：“现在海外的部分媒体已得知了一名日军专业的狙击手到了此战区，都明白是针对你来的，他们也都在关注此事的下一步进展。从某种意义上说，你和龟岛的对决，是两个民族最后的较量，孰胜孰败，关系重大。当然了，希望你也不要因此产生任何的压力，还要以一种平和的心态，用你自己的方式去对付他。”

唐林冷冷地说道：“这个请张团长放心，任何强大的敌人，在我的眼中，都是山中的野兽而已，不管他来自何方，都将成为我的猎物！我会去找这个龟岛的！他杀不了我，因为这是在我们中国的土地上！”

唐林的自信，令张子龙感到了一丝安慰。

告别了张子龙，唐林开始了猎杀龟岛的行动。但是唐林知道，这个龟岛现在也和自己一样在游猎，难寻其踪迹。于是唐林一边在日军据点周围出没，射杀日军的同时，等待与龟岛的不期而遇。

一连数天，张子龙都接到了令他心神不安的消息，那个日军狙击手龟岛不分昼夜，出没在中国军队的防区，不断地在射杀中国军队的士兵。此人也自如唐林一样，神出鬼没，不见踪影，也自给中国军队的士兵们带来了恐慌。

唐林在猎杀日军士兵，龟岛也在射杀中国士兵，导致了中日双方的士兵们希望他二人早日相遇，来一场巅峰对决，并且都认为己方获胜。可是唐林和龟岛皆在游走不定，甚至在同一地区擦肩而过，而未能知道对方的存在。虽然，他们也在同时寻找着对方。

张子龙相信唐林能最终战胜龟岛出现他的面前，因为未曾有过一个猎物在唐林的枪口下逃脱，唐林已经成了张子龙心中战无不胜的神话。

这天，张子龙站在定河县城的东城门楼上，望着远处的定水河，感叹道：“这两个猎人不知道能在何时何地相遇，似乎中日之间的这场战争要以他二人的这次最后的绝杀来收尾了。希望唐林能像往常一样，扛着他的步枪出现在我的面前，亲口告诉我他战胜那个日本人的喜讯。”

副团长李志南一旁笑道：“团座对唐林真是有信心啊！这个突然出现的日军狙击手虽然厉害，但狙击手最大的敌人就是对方的狙击手，我们也相信唐林会赢得最后的胜利。因为他是日本人的克星！”

张子龙笑道：“不错！唐林的出现是此战区的变数，他接连创造的奇迹几乎是一个人颠覆了一场战争，所谓英雄不过如此！更令人意外的是，唐林竟然惊动了岗村宁次，进而派来了一个专业的狙击手来对付他。这件事的意义已经非比寻常了。”

这时，一个幽灵般的身影出现在了城门外 600 米处的一片树林里，此人正是龟岛。他此番到定河县城外面，是想知道唐林当日是以什么样的方式，仅仅凭借手中一杆步枪就惊退了一城的日方守军。这个神奇的中国人给他带来了太多的疑惑，唐林的影响，已经远远地超出了一名狙击手的作用了。

龟岛举起了狙击步枪。忽然在瞄准镜里他惊喜地发现，定河县城的城门楼上出现了一群中国军官，为首一人正在手指着远处的那条河水说着什么。

龟岛心中窃喜：“唐林，你能做到的我也能做到！”龟岛在兴奋中扣动了扳机。

一声清脆的枪声响处，正说着话的张子龙忽觉面门处一顿，似乎有东西在头脑中炸开，天地色变，一切模糊了去……

“团座！”副团长李志南隐闻城外枪声一响，随后见张子龙身形一颤朝后跌倒，忙上前扶住。忽见张子龙眉心处流出了一条血线，一个弹孔赫然在目，大吃一惊道：“有日军狙击手！”随行众军官忙低身隐蔽。

“警卫连，快出城找到那个日军狙击手，击毙他！”李志南悲痛之余，命令道。

28 团警卫连迅速出击，在城外大范围搜索。只是那个龟岛一枪得手之后，早已撤去了。

“团座！”众军官围在张子龙的尸体旁边，失声痛哭。他们万万没有想到，那个日军狙击手竟然潜伏进了国军防区，摸到了定河县城附近。

唐林得到张子龙被射杀的消息是在第二天的傍晚，28 团的一名通信兵在一处联络点找到了他，告诉了唐林这个噩耗。唐林当时就震惊在了那里，没想到这个龟岛的破坏力如此之大，令他始料未及。

张子龙已成了唐林最好的朋友，不仅在各方面给予他全力的支持，还和刘勇一样给他讲解抗日救国的道理。令他从一个单纯猎杀日军复仇的猎人，成为了一个为整个民族战斗的勇士。

“走到天涯海角我也要找到你！”唐林暗中发誓道。

唐林此时在寻找龟岛，龟岛也在四处地寻找唐林。

龟岛这个善于学习的日本人，终于尝到了这种游击式猎杀目标方式的甜头。十几天里，他潜伏于中国军队的防区，射杀了近百名中国士兵，尤其是在定河县城外，射杀了张子龙，更令他感觉到了莫大的鼓舞。他愈来愈佩服唐林了，也期盼早日与这个对手相遇。

在阳和镇的日军据点里，做短暂休息的龟岛，接到了几份令他震惊的情报：井上率领的崎川卫队进入山中伏击唐林，已经十几天了，竟然没有一人返回，应该是全部遭到了唐林的射杀。

还有一份给他当头一棒的消息，他刚刚组建的狙击小队，已在阵地上全军覆没，唐林竟然在他离开日军阵地的第二天就到了。仅仅两天的时间里，他精心组建的狙击小队就永远地消失在了唐林的枪口下。这到底是一个什么样的对手，几乎无所不能，战无不胜。任何针对他的行动，全部以失败告终。

还有几份关于战局的情报，令龟岛感觉到了沮丧。他预感到战争要结束了，日本要战败了，他必须地要尽快地找到唐林，否则他可能就没有机会了。

另外，还有一份日军特高课送来的情报令龟岛心中一动。与唐林合作的那支抗日武装是四顶山的一伙儿土匪，就是他们袭击了阳和机场，伍田大佐命令他想办法解决掉这支抗日武装。同时情报中还有便衣队王加林的一份供词，以前的便衣队队长李德曾以唐林的未婚妻罗妹要挟唐林未果，李德的便衣队遭到唐林的伏击后，那个罗妹一家人也随后失踪，应该是上了四顶山，住在那伙儿土匪处。

“唐林，我想见到你自然会见到你，不过，现在还不是时候！”龟岛坐在那里，将手中的情报揉成了一团，冷冷地说道。

1945 年 8 月 15 日。龟岛走向了陈家洼日军据点，他昨天晚上又射杀了十三名中国士兵，心中是一种难以抑制的亢奋，他觉得在中国战场上来创造“世界第一狙击之王”的梦想实在是太容易了，他在努力地朝这个目标前进。可以说用不上一个月，经过日夜狙击，他的梦想完全可以实现。德军中那几个王牌狙击手对他来说，已是遥不可及的了。他要在最短的时间内超过他们。

龟岛走进了陈家洼据点，他随即感觉到了一种异样的气氛，据点里旗杆上的日本国旗竟然降了下来，哨位上也没了哨兵。在前面的操场上，据点里的守军正列队静静地站在那里。令龟岛惊讶的是，全体日军士兵竟然自行解除了武装，每个人的脸上都充满了沮丧和悲哀。

“龟岛君！”据点里的日军指挥官宫本少佐走上前来，以一种悲壮的语气说道：“战争结束了！天皇殿下刚刚颁布了投降诏书，命令在中国的日本军队停止抵抗，无条件向中国军队投降。”

“咦！”龟岛感到了一种极大的震惊，惊呆在了那里。

“放下武器吧，龟岛君，等待中国军队的接收。”宫本少佐无奈地说道。

“不！”龟岛以一种坚决的语气说道，“我的任务还没有完成，我还没有找到那个中国猎人唐林。”

“可这是天皇殿下的命令，作为一名军人，我们不应该违抗的。”宫本少佐提醒他道。

龟岛慢慢地摘下了他的军帽，并脱下了身上的军装。

“你这是干什么？”宫本惊讶道。

龟岛冷冷地道：“我现在已不再是一名大日本皇军中的士兵，而是一名大和民族的猎人，在没有找到我最后的猎物并杀死他之前，我不会放下武器的。并且我现在还没有接到正式的命令，也不想再接到任何命令了。”

脱去军装的龟岛，持了手中的狙击步枪，凄凄然转身离去。

宫本和他身后的日军士兵们，此时神情复杂且愧然地低下了头去。他们没有想到，在他们心中敬畏的日军王牌狙击手竟然能做出这样的举动。虽然这是一种违命的悲壮。

龟岛来到了四顶山，这是他想找到唐林最后实施的手段。

这天鲁大虎不在山寨里面，他率了几个人下山办其他的事去了，只有伤势还未痊愈的李飞及罗妹等二十多人守在山寨里。由于龟岛的出现，四处游杀中国军队的士兵，唐林怕鲁大虎等人与其遭遇上，以免被其射杀，所以叫四顶山的人暂时停止了一切打击日军的行动，避其锋芒。

龟岛先是将四顶山的周围地形观察了一遍，然后来到了山寨的前门，未及一名守卫开口问话，便被一枪射倒。接着迅速隐了身形，在远距离进行射杀。四顶山突遭袭击，几名守卫还未明白发生了什么事，但闻枪响处，一个一个地倒了下去。一处暗哨见情形不妙，忙逃向里面报告去了。

龟岛攻破了山门，大摇大摆地走了进来。

“二当家……家的，山门外来了一个人，枪法极准，几名守寨门的兄弟被他一枪一个都打死了，现在已经攻上来了。”那名哨兵气喘吁吁地朝李飞报告。

“什么，有人胆敢单枪匹马攻击山寨!”李飞闻言一惊。

接闻外面枪声不断，四顶山的人已与来犯者交上了火。一个人惊慌失措地跑进来报道：“二当家的，这个人他妈的太厉害了，弟兄们挡不住了。”

李飞惊得站了起来。要知道四顶山现在的武器装备可不比从前了，是缴获那崎川卫队的武装，机枪、冲锋枪都有的，竟被一个人轻而易举地攻上山来，简直是不可思议。

这时罗妹持了一支步枪跑进来，焦急地说道：“李二哥，听说有人攻上了山寨。”

李飞这时猛然意识到了什么，忙说道：“罗姑娘，你快从山寨的后门走，去找唐林兄弟。”

罗妹听了，不解道：“怕什么，听说只来了一个人，我们一齐来对付他就是了。”

“罗姑娘，你……你不知道。”李飞脸上渗出了一层冷汗道，“应该是唐林说的那个叫龟岛的日本人到了，此人和唐林兄弟一样厉害，我们都不是他的对手。此人此番前来攻击四顶山，意在罗姑娘。你快走，我率兄弟们掩护。”李飞说着，持了“盒子枪”冲了出去。

罗妹犹豫了一下，没有走，而是持了步枪跟了上去，她还未意识到眼前的危险。

李飞率了两个人冲出了院子，再看时，不由都惊呆在了那里，此时枪声已稀，通往山顶的路上，躺满了四顶山人的尸体。

一声枪响，一名退到山顶的人倒在了李飞的脚下，头部太阳穴处流出了一道血迹。而此时并未看到来犯者的身影。

龟岛冷枪四出，令四顶山人马茫然不知目标何处，纵有强大火力，不能自防，只能一个接一个地遭到其准确地射杀。

“砰砰”又是两声枪响，那两名李飞身边的人应声倒了下去。俱是眉心中弹。枪法又准又狠，不亚于唐林，看得李飞心惊胆战。山寨里的二十多人，竟不能阻敌攻进，转眼间都被这个日本人射杀殆尽。

李飞知道自己此时想退已是不可能了，举起手中的“盒子枪”欲行四下射击。

一声枪响，李飞随觉手腕处一痛，腕部被击断，“盒子枪”掉在了地上。正诧异间这个日本人为什么没有射杀自己。

“李二哥！”罗妹惊呼一声，跑上前来。

“你怎么还不走？想找死吗！”李飞惊怒道。

“我不怕！”罗妹举起步枪，欲寻找目标射击。

一声枪响，步枪枪身火星飞溅，罗妹但觉双臂一震，步枪不由脱手落地。

接着从一棵大树的后面走出了一个手持狙击步枪的人，上身穿着一件雪白色的衬衫，腰间缠了一排弹夹，下身倒是穿着日军的裤子和皮靴。脸色阴沉着，缓缓走了上来。

罗妹和李飞无奈地站在了那里，不敢再动一下，这个人的枪法奇准，当是有意留下了二人的性命，否则便是会飞也逃不脱这个人的步枪子弹。

龟岛走了上来，围着罗妹看了看，然后用生硬的中国话说道："你就是那个罗妹，唐林的女人！"

罗妹没有应声，愤怒地望着龟岛，她此时有些明白，这个日本人为什么攻上四顶山找她来了。

"你到底想做什么？"李飞一旁手捂着断腕处，忍着疼痛问道。

"你的，马上下山，通知唐林，就说大和民族的猎人龟岛在这里等他。他最好在明天的中午之前赶来，否则他的女人便会失去性命。"龟岛冷冷地说道。

"你敢动罗姑娘一下，唐林的神枪不会饶过你的。"李飞愤恨地道。

"鹿死谁手，还未确定！记住，我会在山里等他，用猎人决斗的方式来解决一切。在他来之前，我会保证这个女人的安全。他若是不来，这个女人死定了。并且我仍然会去找他的。"龟岛淡淡地说道。接着用步枪指了一下李飞，意思是叫他马上离开。

"李二哥，不要叫唐林来，也不要让他为我报仇。"罗妹目睹了龟岛的厉害，不想让唐林前来冒险。

"如果唐林是个胆小鬼可以不来，但你必须死。一个连自己的女人都不能保护的猎人，不是个真正的猎人，更不是个男人，这样的对手，就等于已经死在了我的枪下。"龟岛摇了摇头说道。

"你错了，唐林会来找你的！"李飞咬了咬牙，说道。随后转身走去。

定河县城，28团指挥部。

原副团长李志南现为28团的代理团长，他接到日军投降的消息后，立即派人分几路去各联络点联络唐林，此时正在焦急地等待唐林的消息。

唐林在一联络点看到了一封李志南紧急约见他的信件，不知发生了什么事，便朝定河县城赶来。路上遇见了到处寻找他的两名28团的通信兵，通信兵来不及和唐林说明具体的情况，便将所乘的马匹给了唐林，让他火速赶往指挥部。

一进定河县城，唐林便感受到了一种欢乐的气氛，那是全城欢庆日本投降。

“日本人投降了？”唐林从街上人群的欢呼中惊闻此事，感到突然，也自一阵激动。中国人终于将日本人打败了。

到了28团指挥部，众军官们一见到唐林，皆自长吁了一口气，李志南兴奋地道：“唐林，战争结束了，日本今天已经宣布投降，从现在开始，你要停止一切狙击日军的行动。”

唐林激动之余，感到了一丝失望。

李志南明白唐林的心思，感慨道：“那个龟岛现在也已经接到投降的命令了，应该也放下武器等待朝中国军队的受降。虽然失去了为张子龙团长报仇的机会，但根据国际公约，放下武器的军人，我就应该以俘虏相待，希望你能明白。”

唐林坐在那里没有说话，日本的投降，以及未能击杀龟岛，多少令唐林感到了一种失落和一种遗憾。他的猎杀行动从此结束，在唐林的心中是一件未能尽兴的事。

“报告！外面有四顶山的人要见唐林，说是有紧急的事情相告。”一名卫兵进来报告。

“四顶山的人！嗯！也算是抗日队伍了，让他们进来吧。”李志南说道。

“唐林在吗？他要是不在我想见你们的长官，赶快去找唐林，出大事了！”鲁大虎一阵风地跑了进来。

“鲁大哥，出了什么事？”唐林闻声惊起。

“唐林！谢天谢地！可见到你了！快……快回四顶山！”鲁大虎急切地说，“那个小鬼子龟岛杀光了山寨里所有的弟兄，劫持了罗妹。”

“什么！？”唐林和李志南等众军官闻言，皆是大吃一惊。

“没想到这个龟岛还在负隅顽抗！传我命令，警卫连出动，势必消灭这个龟岛。”李志南说道。

“不！”唐林阻止了李志南，从旁边拾起了莫干纳辛式狙击步枪，咬着牙道：“这个日本人是去找我的，就让我来对付他吧。他这么做，可就怪不得我了。”

“听我说唐林。”李志南上前说道，“对那些不愿放下武器投降的日本军人，我们是坚决予以打击的。张子龙团长生前曾对我说过，你现在的影响力已非一般，不能在这最后的时刻有什么闪失。还是让警卫连去对付这个垂死挣扎的龟岛吧，应该没什么问题。”

唐林摇头道：“进山里围捕龟岛，警卫连就是得手，也势必伤亡惨重。他既然不肯投降，也是和我一个心思，还没有将最后的目标射杀。就让我二人来一次对决吧。这是他给我的一个机会，也是给他自己的一个机会。”

鲁大虎说道：“他是让李飞带话出来的，说是要和你以猎人间方式来一次决斗，明天中午前见不到你就杀死罗妹。李飞还说，这个龟岛没有穿军装，一副不见到你不罢休的样子。”

团参谋吴飞一旁说道：“战争结束了这个龟岛还敢这么做，说明他是报了誓死之心。也是他没有完成岗村宁次给他的任务，无颜再以一名战俘的身份见人了。他现在是以一种私人的复仇方式来要挟唐林必须和他决斗，说他丧心病狂也不为过。他心智已乱，唐林去对付他也算是有了几成把握。此人厉害着呢，警卫连也未必能对付了他。我看就让唐林去吧，只是要多加小心，罗妹在他手中，所以更要冷静，不可意气用事。”

“我知道，龟岛用这种办法来激我，也是想激怒我贸然出手给他创造机会。他倒是想错了，他这么做，只能增加我杀他的信心。放心吧，这个龟岛将是我猎杀的最后一个日本人。”唐林说道。

唐林和鲁大虎纵马飞奔，来到了山口外，勒住缰绳。

唐林望了望前方幽深的大山，说道：“这个龟岛反客为主，现在他可以在山中任何地方狙击我。鲁大哥，你不宜进山了，在这里等我。”

鲁大虎道：“怕他个熊！多个人也有个照应，你去杀那个小鬼子，我去救罗家妹子。四顶山人马都被他杀光了，我也要为兄弟们报仇的。”

唐林摇头道：“虽是龟岛一人，但此时山中却危机四伏，纵有千军万马也自奈何不了他。龟岛很聪明，以静制动，他已占了先机。此时容不得我分神，必须全力对付他。他杀光了四顶山的弟兄们，一是为了挟持罗妹逼我现身，二是为了激怒我们，自乱阵脚。所以我们一定要冷静，冲动之下，便中了龟岛的计了。”

鲁大虎听了，觉得有理，点头道："也好，那我就在后面策应你，要小心了。"

唐林下了马，检查了一下步枪，淡淡地道："不管怎么样，他毕竟是到了山里，自合我意。"说完，披了"百缕衣"朝山口走去。

唐林走到了山口处，隐蔽在一块石头后面，举起望远镜观察。他忽地一怔，前方一块空地上，立了一根木桩，罗妹被绑在上面。

唐林眉头一皱，不由恼恨龟岛狡猾多端，更是卑鄙无耻。罗妹被绑那里，任何人都近不得前的，那是龟岛狙击步枪的射杀范围，也会令人投鼠忌器。龟岛若是感觉到对他不利，先行会射杀罗妹的。

"小鬼子，太可恶了！"随着一声呼喊，鲁大虎竟然驱马从唐林身旁奔驰而过，大声喊道，"罗家妹子，我来救你了！"

"回来！"唐林欲止已晚，鲁大虎的坐骑已跃出几十米了。

"鲁大哥，不要这样！"唐林懊悔得摇头。唐林明白了鲁大虎的用意，他是要用自己甘冒中枪的危险将龟岛隐藏的位置暴露出来。也是鲁大虎见罗妹被作为人质绑在那里，惊怒之下，做出的举动。

"砰"的一声枪响，鲁大虎坐下的马匹前蹄一软，人马齐翻。

"鲁大哥！"唐林悲痛地喊了一声，随即枪口调转，对准了右侧一座山坡上的树林。枪声一响，唐林便判断出了龟岛所在的方向。但是那里树木茂密，不能定其具体位置。并且知道龟岛在开了一枪之后，会迅速变换位置的。

这时，唐林惊讶地发现，鲁大虎落马后在地上翻了几个滚，竟然又站了起来。显然龟岛射的是马匹，并没有射杀鲁大虎，当是有意为之的。

鲁大虎意外之余，还要跑向罗妹那里解救她。又是一声枪响，在他右脚尖前仅仅一寸处，一道尘土激起，阻止了他前行。鲁大虎也自定在了那里，不敢再迈步。唐林眼光横扫，发觉这第二枪的来源处已距离射击第一枪的位置至少拉开了五六米的距离。茂密的树林中，对方迅速地变换移动身形，实在令人无法确定其具体的存在。

"鲁大哥，不要过来。"罗妹在那边大声喊道："唐林，我知道你来了，开枪打死我，然后再去杀小鬼子。只能这样做，否则我们谁也活不了。开枪！唐林快点开枪！”

罗妹的喊声，唐林听起来似如撕心裂肺。

“都不要开枪！”这时，从一侧忽然跑出了一个人来。

“不要开枪！大家都不要开枪！”那人一边朝这里跑着，一边挥着手焦急地喊道。

“鲁大当家的，罗小姐没有危险，请你千万不要过去，否则事情就搞乱了。”那人跑到鲁大虎面前，劝阻道。

“我当是谁呢！原来是王大副队长，怎么，给那个小鬼子做起说客来了。”鲁大虎认出那人，是便衣队的王加林，冷笑道。

“鲁大当家的听我说，此时千万不要冲动，否则大家都危险。亀岛先生让我做个中间人，给唐林带几句话。”王加林此时松了一口气道。

“妈的，小日本都已经投降了，你还在做他妈的汉奸，有瘾啊！你们在耍什么阴谋诡计？不说老子一枪崩了你。”鲁大虎拔出驳壳枪对准了王加林的头部。

“砰”的一声枪响，鲁大虎但觉手中一震，驳壳枪脱手落地。

“真他妈的准！”鲁大虎惊叹一声，也不敢去拾地上的枪。整个局面竟被那个亀岛在远处用步枪控制住了。

“果然厉害！”唐林这边看得真切，暗叹不已。于是大声喊道：“鲁大哥，将那个人带过来。”唐林知道，亀岛没有射杀鲁大虎，又找了一个传话的人来，是有他的目的。

鲁大虎朝四周的山林望了望，知道自己的行动无济于事，这里已被那个亀岛控制住了，于是对王加林说道：“走吧，和我去见唐林，那个小鬼子有什么阴谋尽早说出来，都这个时候了，帮谁不帮谁你也应该明白了。”

“亀岛先生只是让我传给唐林几句话而已，没别的。唉！鲁大当家的，我这也是迫不得已，是那个日本人逼着我来的。”王加林摇头叹息道。

鲁大虎带了王加林来到了唐林的面前。王加林看到一个冷酷的年轻人坐在那里，持着一支步枪，冷冷地盯着他，令他不由泛起了一身寒意。李德的便衣队就是毁灭在这个传说中的猎人手里，以及五六百名日军士兵都丧命在他的步枪之下，看着这个令日军和汉奸特务们闻声色变的“杀人王”，王加林的双腿开始颤抖起来。

“那个小鬼子让你传什么话，你就说吧。”鲁大虎一拍王加林的肩膀，说道。

“龟岛先生说。”王加林抹了一下头上渗出的冷汗说道，“他很敬佩神枪唐林，想和你见上一面，然后在今天晚上再开始你们之间的决斗。这之前龟岛先生不再杀人了。也希望你们这边不要采取什么行动。如果答应，我现在就去将那位罗小姐放回来，你们双方就可以不带武器在那边的山上见面。”

“那个小鬼子真的是这么说的？你和他不是在和我们玩什么花样吧。”鲁大虎不信道。

“我说的都是真的，现在日本已经投降了，我还帮着他干吗？我看这个日本人就是想见上神枪唐林一面，因为你的名声太大了。并且现在就他一个人，我看龟岛先生是真心的。”王加林说道。

“真的假的现在也说不定，你现在就去将罗家妹子放回来，保证她无事，我们才能相信你说的话。”鲁大虎说道。

“好好好！我现在就去。龟岛先生说，他看到我放罗小姐，就说明唐林答应了他的条件，希望双方在天黑前都不要行动，来一次公平的决斗。”王加林说完，忙朝罗妹那边跑去。

王加林到了木桩旁边，果然给罗妹松了绑，一前一后走了过来。

“还真将人给放了！”鲁大虎见状一喜道。

“唐林！”罗妹走到近前，激动得一把抱住了唐林。

“没事了！”唐林拍了拍她的背，安慰道。

“唐林，刚才这个狗汉奸说，放了我，你就会和那个日本人见面，不要去，太危险了。”罗妹随后说道。

“是啊！这个小鬼子我是信不过。”鲁大虎说道。

唐林摇了摇头说道：“如果罗妹还在他手上，他总是有机会杀我的。他这样做当是为了将我引来罢了，他既然说要来一次公平的决斗，我相信他，和他见一面就是了。”

“不行，说不定你走过去还未见到他，这个小鬼子就会开枪的。他的终极目标是你，可以不计任何手段的。”鲁大虎阻止道。

“唐林，他杀了山寨的所有人，他的话不能信的。”罗妹说道。

王加林在旁边犹豫了一下，说道：“龟岛先生说了，他绑罗小姐是出于无奈，因为他的时间不多了，并且只有这样他才能和唐林在短时间内相见，他说他相信唐林是个守诺言的人，否则便不配做他的对手。战争虽然结束了，但是你们将对方作为一个终极猎杀的目标还没有结束，这已经变成了你们两个人之间的战争。在对决之前，他想看到自己的对手究竟是个什么样的人，即使失败身亡也无遗憾。我个人意见，这个日本人倒是真的想见上唐林一面，那么多日本人死在了唐林的枪下，几乎没有一个人见到唐林的真正面目，我猜他也是一种好奇吧。”

“你他妈的真是汉奸的德性，还在和小鬼子穿一条裤子，那小鬼子枪法奇准，只要唐林一露面，他便会开枪的，这是你和他设下的诡计，诱使我们上当。”鲁大虎指了指王加林，愤怒道。

“这是一个特别的对手，应该不会施诈，若是不去和他见上一面，以为我中国人胆小呢。他能放罗妹安全地回来，说明他还是有这个诚意的，我倒想看看他要和我说些什么。你们在这里等我。”唐林说着，放下了手中的步枪，又将腰间的驳壳枪拔出也放到了一边。然后向前走去。

“唐林！”鲁大虎和罗妹见阻止不了，无可奈何地望了望。鲁大虎一把将王加林抓住，双眼一瞪道：“若有差错，老子先毙了你！”

020　最后的决战

唐林来到了那座山顶上，迎风而立，等待龟岛的出现。

“你就是唐林！”一个冰冷的声音在身后响起。

唐林回头看时，一个身材魁梧，方脸平头，面色阴冷的人站在那里。一种无形的杀气在他的身体周围隐隐扩散去。

“是我！”唐林淡淡地应道。

“你能来见我，说明你很有勇气。”龟岛缓步走上前来。

“我们之间本没有见面的必要。”唐林平和地说道。

唐林此时忽然感觉到，面对这个日本人，他已经没有了往日的那种仇恨，甚至有点可怜起这个战败国的军人来。虽然对方还充满了杀气和斗志。

“你是一个狙击大师，所以我必须和你见上一面。我要知道我的对手是个什么样的人。”龟岛说道。

“一个普通的中国老百姓而已。在你们日本人到来之前，我从未杀过人，是你们逼我出枪的。”唐林冷冷地道。

“这是战争！战争总是要死人的。”龟岛说道。

“这是你们国家发起的战争，就好像一个人强行去抢邻居家的东西，你认为公平吗？”唐林说道。

“你是个猎人，应该知道山林中弱肉强食的法则，这种法则也适合这个世界。弱小总要臣服于强大！”龟岛说道。

“但是你们日本国现在战败了，你们所谓强大的战无不胜的军队已经在朝中国军队投降。”唐林说道。

龟岛痛苦地闭上了眼睛，仰天叹息了一声道：“大日本皇军本来就是战无不胜的。只是我们的战线拉得太长了，如果……”龟岛盯着唐林，呈现出一种傲慢道，“如果我们大日本的军队和国家所有的力量都集中在中国战场上，你们中国人现在仍然是我们日本人的奴隶。”

唐林冷笑了一声道：“那么我手中的步枪仍然在猎杀，直到杀尽最后一个侵略者。”

龟岛脸上的肌肉抽搐了一下，转过身道：“你的出现是个意外！”

唐林语气一肃说道：“如果战争继续下去，这种你认为的意外还将出现更多，它所汇集的力量足以令你们日本人亡国绝种，不是今天战败投降那么简单的。”

“你……”龟岛激动之余，摇头冷笑了一下道，“可惜中国人虽多，也仅仅是逼出了你这样一个天生的狙击手而已，令人惧，但不为虑，因为会有终结你这种狙击生涯的人。”

“你错了，你们忽略了中国人的忍耐力，逼人太甚之时，它会在不同的阶段爆发，会出现更多的令你们意想不到的意外。战争提前结束对你们日本国来说，也是一件好事，否则这个世界上会永远地消失掉一个国家。”唐林淡然道。

“没想到唐林先生还是一位雄辩大师，佩服！不过……”龟岛顿了一下道，“大日本帝国虽然战败了，但曾以一个小小的岛国几乎占领了大半的中国，除了我们军事上的强大，还有重要的一点你知道是为什么吗？那就是团结！这是你们中国人所不具备的。这一点想必唐林先生不会否认吧。”

唐林听了，暗叹一声，未言语。

龟岛见了，冷笑道：“我们日本若是有中国这样广大的国土，早已称雄世界了。便是再有一百个唐林先生这样的狙击天才，也不会改变什么。因为你们的政府是一个无能的政府，你们中国人更喜欢自相残杀，把一个好好的大唐盛世延续下来的强大帝国搞得千疮百孔。说明白了，你们中国人的麻烦是你们中国人自己惹来的，一个不自强的民族就要灭亡，优胜劣汰，也是这个世界的法则。大日本帝国的失败在于错误地发动了太平洋战争，树敌太众。否则整个中国仍然是我们日本国的猎场，我们永远是猎手，中国人永远是我们的猎物。”

以前唐林虽久处深山之中，也对当时的这个国家和社会所暴露的黑暗和腐朽有所认识，这也是他宁愿独猎山中，也不愿在山外忍气吞声地活着的主要原因。不可否认，这个龟岛的话不是没有一点道理。中国老百姓的忍耐力其实是在自己所处的环境中磨炼出来的。懦弱的政府，麻木的国民，这才令侵略者们有机可乘。

见唐林无言以对，龟岛显得颇为得意，继续说道："日本虽然是战败了，但是大和民族永远是世界上最优秀的民族，还会为它的再一次强大而奋斗。我今天找到你，就是为了证明，大和民族的斗志永远不会消失。"

"谢谢你！"唐林内心激动之余，仍平静地说道。

"谢我什么？"龟岛闻之一怔。

"谢谢你们带来的这场战争，虽然给我们国家带来了苦难和灾祸，但是同时唤醒了中国人的自强意识。就拿我来说吧，以前在山林中游猎，几乎不闻不问山外面的事，更不知道国家和民族是一个什么样的概念。你们日本人的到来让我明白了，野兽闯进了你的家里，伤害了你的亲人，就要毫不犹豫地拿起猎枪来消灭它。甚至还要找到兽巢，斩尽杀绝！"唐林的最后一句话，冰冷无比。

龟岛闻之，心中一凛，他没想到一个没有受到正规教育的猎人还能说出这般话来。并且还感觉到唐林的杀机是隐藏在心中的。一旦爆发，自可充塞天地。

残酷的战争已经令中国人在现实中受到了教育，不再自强，只有灭亡。

双方静对了十多分钟，龟岛最后朝唐林鞠躬一礼，认真地说道："我很庆幸遇到了你这样一个真正的对手，也感谢你给了我一个公平对决的机会。天色一黑，我们之间的这场猎杀就开始了，就让事实来证明哪一个民族更伟大吧！"说完，龟岛转身走去。

唐林望着这个离开的日本人，心中默念道："你我之间的胜负证明不了什么，每个民族其实都是伟大的，只是在人性和兽性上的不同选择。你即便变成了魔鬼，我一样可以将你打回原形！"

唐林回身找到了鲁大虎和罗妹、王加林三人，说道："你们离开这里吧，天色一黑就危险了，有可能会成为被误杀的目标。"

"唐林，你要多加小心。"罗妹忧虑道。她知道唐林此番和那个龟岛一战，已经别无选择。

“不要担心，唐林兄弟会杀死那个小鬼子的。因为这个小鬼子来此一战已是报了必死之心，不死才怪呢！我们就在山外面等唐林兄弟的好消息罢。”鲁大虎说道。随后押了王加林拉了恋恋不舍的罗妹朝山口外走去。

唐林检查了一下步枪，然后披了“百缕衣”隐进了茂密的树林中。

夕阳西下，夜幕垂临，一场中日猎人之间的猎杀开始了。

唐林先是选择了一处制高点潜伏了下来，观察了一番之后，闭上眼睛静感周围的一切。

龟岛在白天已经将这附近的地形观察了几遍，以一个猎人的敏锐和直觉，早已确定了几处唐林极有可能潜伏的位置。在排除了其他的地点之后，龟岛摸到了唐林潜伏山顶的对面。

唐林睁开了眼睛，他感觉到龟岛已经到了对面山坡上的树林里，并且在睁眼的一瞬间，看到了对面树林中有几只飞鸟惊起。但是唐林却将枪口迅速移向了树林的另一侧。那是龟岛朝旁边扔了一块石头，“打树惊鸟”。

这种原始简单的方法，唐林自会识破，也知道对方是在告诉自己，他已经到对面了。

很快，龟岛在夜间狙击专用的红外线瞄准镜中发现了对面草丛中的异动，立时朝那里开了一枪。与此同时，唐林也发现了龟岛隐藏的位置，也自开了一枪。

两枪齐发，但闻一声枪响，也是巧合之至，两人的射击位置竟然都在一条直线上，令两颗子弹在半空中相向而撞，溅出了几点火星，便弹落一边去了。

“厉害！”唐林惊嘘一声，身形向后滑去。

唐林知道，龟岛的狙击步枪上配置有夜间狙击装备，他选择双方从晚上开始决杀，当是有他的目的的。所以唐林在两颗子弹意外地对撞之后，迅速退去，不再与龟岛对峙，借山体树木的掩护，撤离了隐蔽处，绕道回到了猎屋。唐林避开了龟岛夜间狙击的优势，准备在第二天天亮之后再想办法对付他。他要在猎屋中好好休息一下，令那个龟岛在山林中紧张一晚上再说。在自己熟悉的大山中，不能让对方反客为主的。

一个人的狙杀

龟岛在开了一枪之后，发现竟然是与唐林同时开的枪，两颗相向的子弹不可思议地对撞上了。龟岛惊讶之余，一枪击出之后，也快速地离开了隐蔽处，转换了位置。

龟岛的确是想借自己夜间狙击的优势对付唐林，因为这毕竟是对手熟悉的山林中，不过到了夜间，双方的机会也就平等了。然而令龟岛没有想到的是，唐林此时已经避藏到猎屋中睡大觉去了，扔下了精神高度戒备的他在到处寻找唐林的踪影。在双方这种最终对决的关键时刻，龟岛是想象不到唐林会主动地退出战场。

回到猎屋的唐林，在进来时用树枝封了林间的那条小路。他知道在晚上，那个龟岛是无论如何也找寻不到这里的，待用一晚上的时间将龟岛拖得精疲力竭，天亮时再对付他就相对容易多了。这是一种在公平的决杀中斗智斗勇的表现，聪明的猎人，总是将他的猎物玩弄于股掌之中。面对来势凶猛强大的对手，唐林不失冷静，甚至想戏耍一下这个对手。让他知道，谁才是这座山林中的主人。

躺在木床上的唐林，此时心中也颇多感慨，没想到自己猎杀日本人最后的一个目标也是最难对付的一个，因为对方是专门来取自己性命的职业狙击手。这个与自己同是猎人的对手，不但机警敏锐，枪法尤其精绝。若不是这场战争，能与这样的人在此地相遇，实在是人生一大快事。可是对方是一个杀手，不知道在明天，谁将是最后的猎物。

唐林避开龟岛，回到猎屋中睡觉，其实也是调整一下自己的心态，令自己恢复到以前在山林中狩猎时的最佳状态，找回欲将猎杀凶猛野兽时的感觉。龟岛射杀张子龙，又杀尽四顶山的人马，绑架罗妹，以及和自己的那一番谈话，令唐林意识到这些意外的事件已经让自己分神了。尤其和龟岛的对话，当是龟岛下了苦心有意为之的，意在令自己暴露弱点，呈现出破绽，在心理上产生一个障碍。

龟岛这个从德国专门受过狙击训练的职业狙击手，倒是给唐林先施了一次心理战。但是龟岛选错了对决的战场，在山林中的感觉，可令唐林迅速恢复到猎杀的状态。也是龟岛低估了他的对手。

一个人的狙杀

潜伏在草木中的龟岛，警惕地观察着周围的一切。四下里愈是安静，他愈是感觉到唐林的威胁和危险的临近。他知道这是双方耐力的比拼，稍有不慎，都将遭到对方致命的一击。

山林中的夜晚，湿气迫人，冷风刺骨，加上蚊虫的叮咬，不是一般人所能忍受的。同时还要防备随时有可能射过来的子弹。这些倒是丝毫动摇不了龟岛的意志，他早已报了必死之心，即便战胜唐林，他也不准备再走出这座山林了，因为日本国战败了，他感觉到已无家国可归。龟岛是在以一种悲壮的心情来进行这场最后的决杀。他的梦想随着战争的结束而破灭，他这个人就是为战争而生的，没有了战争，他也就没有了存在的意义。日本军国主义的教导和德国狙击学校的残酷训练，每每令这些可怜的军人们走上极端。

狙击手的生涯是血色而浪漫的，他们的职业就是杀人，并且杀人有理，嗜血成性。一旦没有了令他们可以射杀的目标，往往会让他们感到绝望。龟岛就属于这类人。狂热的激情一旦随着战争的结束而冷却下来，真的会使他感到失去了存在的意义。

但是龟岛也感觉到自己是幸运的，因为他遇上了世界上最强大的对手——神枪唐林。这个神奇的中国人所创造的狙击战上的辉煌，足以令世界各国的狙击手们奉其为神。而这个唐林又将成为自己的终极猎物，只要射杀了这个唐林，日本国虽然战败了，但是对他个人来说，他则是胜利者。

龟岛此时倒是有着十足的信心，暗自涌动着一种兴奋。在与唐林的一番对话中，龟岛认为这个不善言谈的中国人已经不是自己的对手了。唐林的成功，是上帝的偏爱，因为在中国战场上根本没有与他对抗的狙击手，否则他不会顺利地活到现在。唐林的战绩，本应是属于自己的。

日本国的战败是个意外，他战胜唐林则是个必然。心死之志激起了龟岛必胜的信心，无尽的杀机在山林中蔓延开去。夜晚常闻的狼嚎也不再显其声，鸟兽竞相避去。

睡意蒙眬的唐林睁开了双眼，猛然坐了起来。他感觉到了这个夜晚气氛的异样，他的对手正在树林中杀气腾腾地等待他的出现。

唐林开始做准备，仔细地检查步枪的部件和子弹。唐林知道，龟岛将是自己射杀的最后一名日本人，也可能是最后一个人了，这种杀人的游戏也将终止。

唐林的心中感到了一种宽慰，猎杀的生活随着战争的结束，终于令他感觉到了一丝厌倦，过了明天，一切也就都结束了。唐林此时杀机顿消，有的只是天亮之后还要去狩猎一次的感觉。生活又似乎恢复到了往日的平静，唐林忘记了明天的决斗将是一场生死相搏。

天慢慢亮了，唐林吃了些食物，然后披了“百缕衣”，手持莫干纳辛式步枪离开了猎屋，开始了一次特殊的终极猎杀行动。

潜伏一夜的龟岛，此时虽然有些困倦，倒也在佩服唐林的忍耐力。曾为猎人的龟岛，也自熟悉山林中的环境和生活，虽与日本北海道的山林中有些差异，但是他也找到了那种狩猎的感觉。两个猎人，两个对手，都已经达到了猎杀目标时的最佳状态。

慢慢的，龟岛感觉到了山林中真正的宁静，所猎杀的目标已失其所在，龟岛心中诧异，他终于意识到了唐林早已避他远去了，是在避开他夜间的狙击优势，当是在哪里睡了一觉，以逸待劳。生死相决的时刻，这个中国人竟然能主动地撤去，让他苦候了一夜。龟岛这才明白所面对的这个对手超乎他的想象，心中敬佩之余，也自更加万般地警惕，因为天色已大亮了，唐林也应该出动了。

一支枯枝被踩断的脆响惊动了龟岛，他迅速地将步枪指向了那个方向。一只晨起觅食的野兔出现在了龟岛的视野里。但随即，那只野兔一个翻滚倒在了一旁不动了，显是遭到了无声的射杀。

龟岛一惊，慢慢抬头望向了对面茫茫的大山，他明白，唐林是在告诉他，他的对手已经到了，并且明确了所在的方位。

龟岛心中终于隐隐地泛起了一丝恐惧。他此时倒不是害怕死亡，而是对这个强大的不可捉摸对手的恐惧，这个对手似乎已经和这片山林融合成了一体，无所不在，在窥视着他的一举一动，并在嘲笑着他。

龟岛轻轻地抹去了额头上的一层冷汗，他知道，那个中国人已在朝他示威了。昨天一晚上酝酿出的杀机此时已荡然无存。因为那个中国人根本无视他的存在，生死相决时刻，竟也进退自如。

龟岛闭上了眼睛，他明白为什么这个中国人能令日军损失惨重了，这个在山林中培训出来的天生的杀手，几乎就是不可战胜的。这个中国人与万物合一，游猎于天地之中，无可匹敌。他杀人似乎如在山林中猎取鸟兽的性命一样，探囊取物般的容易。

龟岛眼睛忽地睁开，杀机复现。他知道能与这样强大的对手对决，可谓千载难逢，即便死再对方的手里，对于一名真正的狙击手来说，也是一种荣誉。既然已经不再畏惧死亡，就应该与这个中国人全力地一战。对方毕竟也是肉体之躯，不能抵挡住一颗子弹，就看在关键时刻，谁的枪快了。

唐林望了望前方的山林，一种无尽的杀气笼罩其上，以致鸟兽惊绝。唐林点了点头，一种久违的兴奋油然而生，这是他期盼许久的时刻，似乎猎杀那六七百名日军士兵的目的就是为了引来这一刻。任何事物任何事情都有着它的顶峰和最高的境界，即将实现的那一刻，竟能令人产生如此的愉悦。

面对龟岛这样的对手，唐林感觉到了莫大的刺激，那种猎杀日军未能尽兴的快感，终于可以在今天得到爆发式的喷泻和极大的满足。这种猎杀的感觉，已不在于目标的多少，而是在于猎杀目标的难度。那一枪致目标死于非命的时刻，足以令人的精神得到升华，虽然这是在杀人，但并非嗜杀成性，这是在杀人有理情况下猎杀的一个最强大的敌人。

唐林在快乐地微笑，他感觉山林中的草木都在和他一同等待那种美妙时刻的到来。因为那是一种使命的终结。

忽然，龟岛在他的 G43 半自动狙击步枪的光学瞄准镜中意外地发现了三百米外的一座土坡上的草丛中露出了一截步枪的枪管。

龟岛心中一动，他知道自己发现了目标，兴奋之中也自不失冷静。他明白唐林这样的高手不可能在极其隐蔽的伪装下暴露，但是这的确是一截步枪的枪管，探出草丛中少许，或是这个中国人没有注意到步枪枪身的伪装。

一个人的狙杀

龟岛此时身上披的是一件他自编的草衣，步枪的枪身也都缠了伪装的布条，趴在那里不动，走到近前也很难发现他的存在，人枪全部伪装是一名狙击手首要的任务。

“看来这个唐林也会百密一疏！”龟岛观察了片刻，终于确定了那是唐林潜伏的位置，不过他所在的角度看不到唐林的身形，当是头部压得极低的缘故，此时开枪伤不到目标。

龟岛缓缓后移，借地形的掩护绕了过去。

龟岛匍匐到了唐林潜伏位置的后侧百米处，伸出步枪对准了那个方向。但是龟岛在瞄准镜中马上发现了异样，那处山坡的地势和草丛赫然在目，根本不像是有人潜伏在那里。同时他清楚地看到，竟然是两块石头夹住一支步枪的枪身在那里，显然这是一个陷阱。

龟岛意识到了什么，在他一发现异样之后，立时一个翻滚，翻到了旁边一处早已观察好的土沟里，顺着坡势迅速地滚到了沟底。同时感觉到耳侧火辣辣的疼痛，一颗无声子弹紧贴着他的耳朵擦过，深深地钻进了他刚才头部所在位置下面的泥土里。

唐林没有想到龟岛能如此机警，并且他的动作竟然和他的反应一样迅速快捷，几乎是同步的。一枪失手之后也自叫了声：“好！”唐林意外地第一次失手。

“还不错！”远处设伏的唐林，点头笑了一下，看到龟岛翻进的那条土沟纵深很大，不能将其压制在里面，随即隐身退去。

险些中枪的龟岛，已是惊出了一身冷汗。他此时才明白，唐林的伪装根本无破绽可寻，所谓的破绽，都是为了引诱他上当的陷阱。对方的狙击步枪多亏不是自动的，来不及开第二枪，否则在他避过第一枪翻滚的同时，已然毙命了。在唐林和他这样的高手眼中，快速移动的目标和静止的目标，命中率都是一样精确。

龟岛在沟底迅速地游滑而去，根据刚才子弹飞来的方向，他已确定了唐林的位置。但是他也知道，此时的唐林又不知道转换到何处去了。

龟岛意识到了自己的大意和轻敌，在选择了一处隐蔽的潜伏点之后，决定不再移动，要以静制动，静待唐林的自我暴露。

时间在流逝，山林中仍然是那样平静。龟岛和唐林皆自潜伏不动，二人在比试着耐力。空气中弥漫着无尽的杀机，谁稍有不慎，就会遭到对方的无情射杀。此时谁也不知道对方身在何方，甚至有可能就在身边几米处。

夜色又一次降临了。龟岛感觉到了饥渴，他已经两天没有进任何食物了，也是他没有想到这次与唐林的对决会拖这么长的时间。唐林在找机会射杀他，同时也在耗费他的体力。而唐林那边则吃喝两不误，甚至晚上还能去睡上一觉。

又潜伏了一夜的龟岛，耐不住口中的干渴，在天色渐亮时开始移动去寻找水源。他不动，唐林也不动，耗上几天不用唐林射杀，也会将他饿死渴死。

口中冒火的龟岛隐隐地听到了远处有水流的声音，他在静静地感觉了一下周围之后，犹豫了一下，向水声寻去。

这是一条清澈的溪水，缓缓流向大山之外，是定水河的上游源头之一。

望着前方二十几米外的溪水，龟岛未敢再前进一步，因为他感觉到唐林也接近了这里。龟岛随即意识到了那条溪水也是唐林的陷阱，他在以饥渴为武器来对付自己。

又强挨到了中午，万般的饥渴终于慢慢地消磨去了龟岛顽强的意志。他意识到了日本帝国的辉煌已经远去，在中国的战场上只剩下他一个日本人在做一种无谓的不可能胜利的战斗。他即便射杀了唐林，又有谁会知道呢，并且唐林已经是这场战争的胜利者，完成了自己的狙击使命。在这场战争游戏中，他龟岛作为一名狙击手真的是无足轻重，尤其是在此时，再伟大的狙击手也已经失去了他存在的意义。

龟岛躺在草丛里仰望着天空，茫茫然，他此时开始有些后悔起来，他本应该有机会作为一名战俘，日后被遣送回日本国去。可是他却选择了一条不可能再回头的死亡之路，战争的结束，日本的战败，本是他绝望的开始，但冷酷的杀人意识和找到一名强大对手对决的思想仍然令他固执地要“战斗”下去，没想到对手却将他玩弄于股掌之中，似乎和他在山林中捉起了迷藏。对不可测对手的迷惘，令龟岛感到了茫然。

龟岛此时才真正地意识到，自己不可能是这个中国人的对手。那些辉煌的狙击战绩早已显示出了这个中国人的实力，本是自己不能做到的，自己原来忽略了这些，怀着侥幸之心来进行这场对决。并且自己是以愚蠢的方式用生命来给这个中国人的狙击生涯划上一个最为完美的句号，来成全对方最后的胜利。

龟岛甚至在某一瞬间忽然意识到，自己强迫唐林对决，应该就是令自己死在唐林的枪下，也算是对自己未曾完成的任务有个交代，杀死唐林的想法原是他怀有侥幸时的一厢情愿。

自己所做的一切原来都是徒劳的，此时此刻已失去了任何的意义。

精神一溃，绝望顿生。龟岛扔掉了手中的狙击步枪，爬向了那条溪水，求生的愿望已经赛过了任何的理想和信念。即使遭到射杀的危险，龟岛也顾不得了。

恍惚中，龟岛觉得前面就是日本北海道家乡的泉水，在那里召唤着他的归来。有一瞬间，龟岛感觉到了异常的清醒，他这才觉得什么也比不上归还家园的亲切感觉，那里才是他生命的真正意义所在。战争、狙击手、杀人，那是一场噩梦而已。

龟岛不顾一切地奋力朝前爬去。

清凉的溪水令龟岛趴在水中狂饮不止，这才是他需要的。溪水的滋润令龟岛恢复了些本能的机警，他慢慢地抬起头，看到了身披百缕衣，手持苏制莫干纳辛式狙击步枪的唐林站在一旁冷冷地望着他。

“开枪吧！我输了！”龟岛愧然地低下了头。他感激唐林给了他一次喝水的机会。

“日本国都输了，你焉能不输！你现在算是投降了，我不杀你。”唐林淡淡地道。对于龟岛抛弃了狙击步枪不顾一切地爬到溪间喝水，唐林多少感到了一些失望，这场他期望已久的对决，竟然会以这样意外的方式结局。

“我输了，但并不想向你投降！你不杀我，我仍然还会杀你！”龟岛支撑着站了起来，走向了他的狙击步枪。

唐林见了，摇了摇头，举起了手中的莫干纳辛狙击步枪对准了龟岛的头部。

龟岛拾起了他的狙击步枪，转过身来，面无表情地对着唐林，木然地拉栓上膛。

“砰”的一声清脆的枪响，唐林没有犹豫，终于射出了他最后一颗射杀日本人的子弹，这是他有意地选择了一颗未经过改制的子弹。

金黄色的金属弹头，旋转着破空而去……

龟岛的眉心处若朱砂点涂，赫现一孔，头部后面溅出了几点血花，一弹贯脑。他双目圆睁，也以一种惊恐来迎接这颗贯穿他头颅的子弹。他曾以这种方式把死亡送给别人，今天也亲自尝到了这种死亡的滋味。

在龟岛毙命的一瞬间，昔日在日本北海道的山林中狩猎时的情景在他的脑海中一闪而过，甚至还看到了母亲慈祥的面容和弟妹们童真的欢笑……

好似这一切又重新来过。然而这瞬间的一切，又暗淡去了……

他此时终于后悔，为什么会走出那个本属于自己的美好的地方，来到异国他乡进行这种无谓的杀人游戏……

但是这一切，已经晚了……

唐林望着倒下去的龟岛的尸体，摇了摇头，轻轻叹息了一声。然后抖落身上的百缕衣，扔掉了手中的莫干纳辛式狙击步枪，转身轻松地走去，似如往日般又完成了一次狩猎的行动。只不过今天实施的是一次特殊的终极猎杀，因为他完成了自己的使命，从此以后，不再去猎杀任何的猎物了。山林中终于又恢复了往日的宁静，溪水在静静地流淌，枝叶间又传出了昆虫的鸣叫，微风互递着草木的清香之气。一切，又呈现出了那种原始的和谐，似乎不曾发生过什么。

天地之间，只有一个曾经的猎人在行走。